W0356083

Tourne la page pour découvrir ton poster !

Pour Comprendre

Tout mon CE2

Français
Claire Faucon
Marie-Laure Carpentier

Maths
Agathe Allisy

Histoire
Enseignement moral et civique
Fabienne Dachet

Géographie
Emmanuel Guimberteau
Pauline Bodeau

Sciences
Jack Guichard

Anglais
Séverine Chatelain
Pascale Huet

hachette
ÉDUCATION

Sommaire

+ À DÉTACHER

- Le Guide Parents avec :
  - des conseils pratiques
  - les programmes
  - tous les corrigés
  - 18 dictées d'entraînement
- Une frise historique / carte

Français

Grammaire

Conjugaison

Orthographe

Vocabulaire – Compréhension de texte

Histoire / Enseignement moral et civique

Histoire

Enseignement moral et civique

ISBN : 978-2-01-714932-3
www.parascolaire.hachette-education.com

Maths

Nombres et calculs

Espace et géométrie

Grandeurs et mesures

Résolution de problèmes Graphiques et tableaux

Géographie

Sciences

Anglais

Pour comprendre tout le CE2 !

Dans cet ouvrage, parfaitement conforme au programme officiel du CE2, vous trouverez **tous les outils pour bien accompagner votre enfant** tout au long de l'année, en appui du cours dispensé en classe ou comme support des révisions de vacances.

1 Les doubles pages types dans chaque matière

Chaque double page présente **tout ce que l'enfant doit savoir et savoir faire** sur chaque **notion fondamentale** du programme.

Pour l'adulte
Des conseils, des compléments de méthode ou de cours, pour aider l'enfant.

Retiens l'essentiel !
Un résumé de cours que l'enfant devra bien connaître.

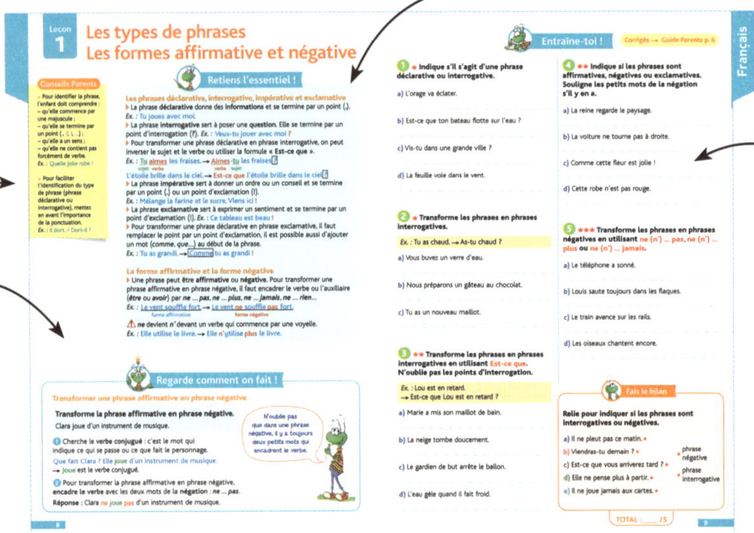

Regarde comment on fait !
Un exercice corrigé pas à pas, pour montrer à l'enfant comment bien appliquer le cours dans les exercices.

Entraîne-toi !
Des exercices gradués (faciles* à plus difficiles***) pour un entraînement progressif.

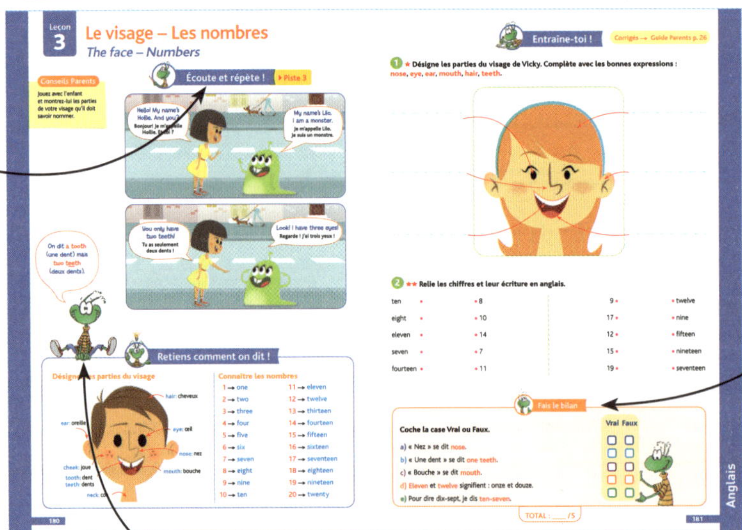

Écoute et répète !
Un mini-dialogue en anglais, avec sa traduction, et son enregistrement audio à télécharger gratuitement sur www.parascolaire.hachette-education.com

Fais le bilan
Un exercice noté sur 5 pour que l'enfant évalue lui-même son travail et mesure ses progrès.

Oscar
La mascotte qui guide l'enfant tout au long du cahier, en lui rappelant les notions ou astuces clés du programme.

2 Le Guide Parents détachable

Le Guide Parents vous propose :
- **des conseils** pour bien accompagner votre enfant tout au long de l'année ;
- **tous les corrigés** des exercices de l'ouvrage ;
- **18 dictées,** classées par notions d'orthographe, pour valider l'acquisition de ces notions.

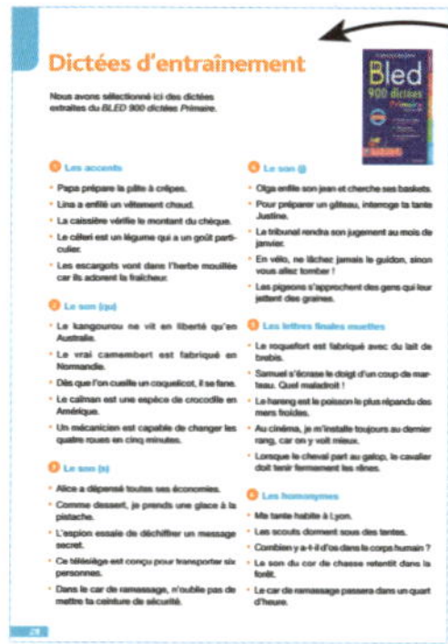

18 dictées
classées par notions,
pour un entraînement
ciblé en orthographe.

3 Le poster détachable

Le poster, ou dépliant détachable, vous propose :
- au recto, une **superbe frise historique ;**
- au verso, **un planisphère.**

Grandes périodes de l'Histoire

Les faits marquants

Les constructions typiques de la période

Les inventions

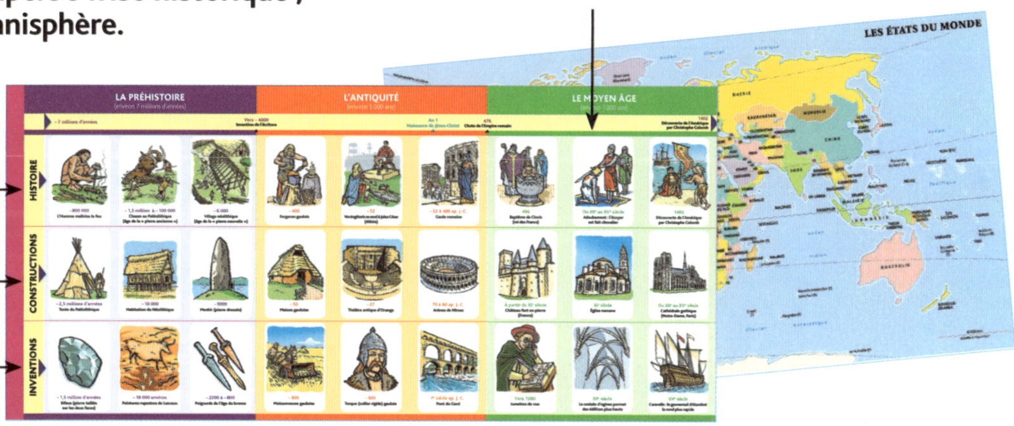

4 Les tables de multiplication, les tableaux de conjugaison et les chiffres romains

En fin d'ouvrage, retrouvez les tables de multiplication, toutes les conjugaisons du programme et les chiffres romains.

Conjugaisons

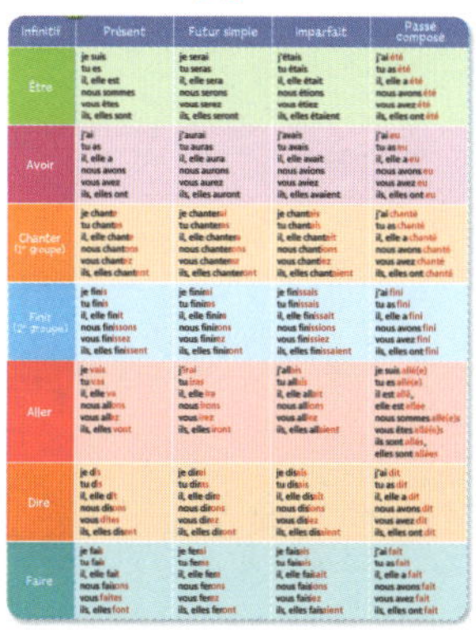

Tables de multiplication

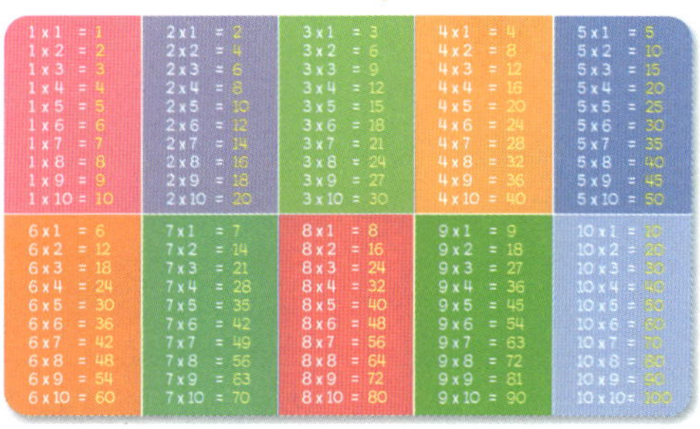

Les chiffres romains

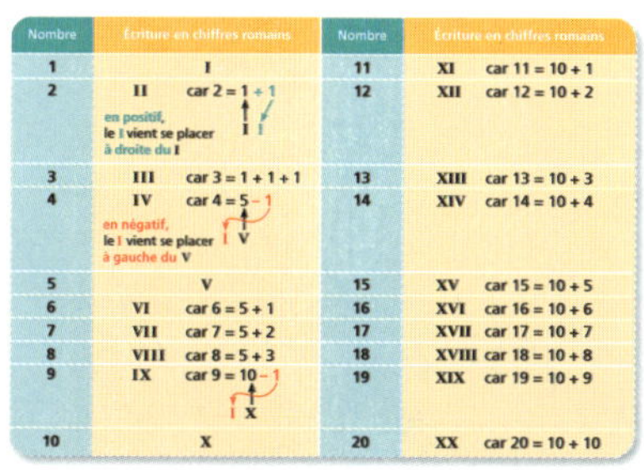

Français

Grammaire

Conjugaison

Orthographe

Vocabulaire – Compréhension de texte

Leçon 1

Les types de phrases
Les formes affirmative et négative

Conseils Parents

- Pour identifier la phrase, l'enfant doit comprendre :
  – qu'elle commence par une majuscule ;
  – qu'elle se termine par un point (., ?, !, ...) ;
  – qu'elle a un sens ;
  – qu'elle ne contient pas forcément de verbe.
  Ex. : Quelle jolie robe !

- Pour faciliter l'identification du type de phrase (phrase déclarative ou interrogative), mettez en avant l'importance de la ponctuation.
  Ex. : Il dort. / Dort-il ?

Retiens l'essentiel !

Les phrases déclarative, interrogative, impérative et exclamative

▸ La phrase **déclarative** donne des **informations** et se termine par un point (.).
Ex. : Tu joues avec moi.

▸ La phrase **interrogative** sert à poser une **question**. Elle se termine par un point d'interrogation (**?**). *Ex.* : Veux-tu jouer avec moi ?

▸ Pour transformer une phrase déclarative en phrase interrogative, on peut inverser le sujet et le verbe ou utiliser la formule « **Est-ce que** ».
Ex. : Tu (sujet) aimes (verbe) les fraises. → Aimes (verbe)-tu (sujet) les fraises ?
L'étoile brille dans le ciel. → Est-ce que l'étoile brille dans le ciel ?

▸ La phrase **impérative** sert à donner un ordre ou un conseil et se termine par un point (.) ou un point d'exclamation (**!**).
Ex. : Mélange la farine et le sucre. Viens ici !

▸ La phrase **exclamative** sert à exprimer un sentiment et se termine par un point d'exclamation (!). *Ex.* : Ce tableau est beau !

▸ Pour transformer une phrase déclarative en phrase exclamative, il faut remplacer le point par un point d'exclamation, il est possible aussi d'ajouter un mot (*comme*, *que*...) au début de la phrase.
Ex. : Tu as grandi. → Comme tu as grandi !

La forme affirmative et la forme négative

▸ Une phrase peut être **affirmative** ou **négative**. Pour transformer une phrase affirmative en phrase négative, il faut encadrer le verbe ou l'auxiliaire (***être*** ou ***avoir***) par ***ne ... pas***, ***ne ... plus***, ***ne ... jamais***, ***ne ... rien***...
Ex. : Le vent souffle fort. (forme affirmative) → Le vent ne souffle pas fort. (forme négative)

⚠ ***ne*** devient ***n'*** devant un verbe qui commence par une voyelle.
Ex. : Elle utilise le livre. → Elle n'utilise plus le livre.

Regarde comment on fait !

Transformer une phrase affirmative en phrase négative

Transforme la phrase affirmative en phrase négative.
Clara joue d'un instrument de musique.

1 Cherche le **verbe conjugué** : c'est le mot qui indique ce qui se passe ou ce que fait le personnage.
Que fait Clara ? Elle joue d'un instrument de musique.
→ Joue est le verbe conjugué.

2 Pour transformer la phrase affirmative en phrase négative, **encadre le verbe** avec les deux mots de la **négation** : ***ne ... pas***.

Réponse : Clara ne joue pas d'un instrument de musique.

Entraîne-toi !

Corrigés → Guide Parents p. 6

1 ★ Indique s'il s'agit d'une phrase déclarative ou interrogative.

a) L'orage va éclater.
déclarative

b) Est-ce que ton bateau flotte sur l'eau ?
interrogative

c) Vis-tu dans une grande ville ?
interrogative

d) La feuille vole dans le vent.
déclarative

tb

2 ★ Transforme les phrases en phrases interrogatives.

Ex. : Tu as chaud. → As-tu chaud ?

a) Vous buvez un verre d'eau.
Buvez-vous un verre d'eau ?

b) Nous préparons un gâteau au chocolat.
Préparons-nous un gâteau ?

c) Tu as un nouveau maillot.
As-tu un nouveau maillot ?

tb

3 ★★ Transforme les ~~phrases en~~ phrases interrogatives en utilisant Est-ce que. N'oublie pas les points d'interrogation.

Ex. : Lou est en retard.
→ Est-ce que Lou est en retard ?

a) Marie a mis son maillot de bain.
Est-ce que Marie a mis son maillot ?

tb

b) La neige tombe doucement.
Est-ce que la neige tombe ?

c) Le gardien de but arrête le ballon.
Est-ce que le gardien arrête le ballon ?

d) L'eau gèle quand il fait froid.
Est-ce que l'eau gèle ?

4 ★★ Indique si les phrases sont affirmatives, négatives ou exclamatives. Souligne les petits mots de la négation s'il y en a.

tb

a) La reine regarde le paysage.
affirmative

b) La voiture ne tourne pas à droite.
négative

c) Comme cette fleur est jolie !
exclamative

d) Cette robe n'est pas rouge.
négative

5 ★★★ Transforme les phrases en phrases négatives en utilisant ne (n') ... pas, ne (n') ... plus ou ne (n') ... jamais.

TB

a) Le téléphone a sonné.
le téléphone n'a pas sonné.

b) Louis saute toujours dans les flaques.
Louis ne saute jamais dans les flaques

c) Le train avance sur les rails.
le train n'avance plus sur les rails

d) Les oiseaux chantent encore.
... ne ... plus ...

Fais le bilan

Relie pour indiquer si les phrases sont interrogatives ou négatives.

tb

a) Il ne pleut pas ce matin.
b) Viendras-tu demain ?
c) Est-ce que vous arriverez tard ?
d) Elle ne pense plus à partir.
e) Il ne joue jamais aux cartes.

phrase négative

phrase interrogative

TOTAL : 5 /5

Leçon 2

Les noms communs et les noms propres

Conseils Parents

- Pour identifier les noms communs, encouragez l'enfant à rechercher les déterminants *(le, la, les, l', un, une, des, mon, tes, cette, ces…)*.
Ex. : la lumière, cet arbre, des cahiers, vos crayons.

- Pour reconnaître un nom propre, l'enfant doit observer s'il y a une majuscule.

Retiens l'essentiel !

Il existe deux catégories de noms : les noms communs et les noms propres.

Les noms communs

▸ Les noms communs désignent, **d'une manière générale**, une personne, un animal, une chose ou un sentiment. Ils sont en général accompagnés d'un **déterminant** *(un, le, mon, une, la, cette, des, les, nos…)*.
Ex. : un enfant, le chat, une trousse, la joie.

▸ Ils ont un **genre** (masculin ou féminin) et un **nombre** (singulier ou pluriel).
Ex. : un chat → nom masculin singulier
cette maison → nom féminin singulier
leurs amis → nom masculin pluriel
les fleurs → nom féminin pluriel

Les noms propres

▸ Les noms propres désignent une personne, un animal ou un lieu **en particulier**.
Ex. : Valentin, Cendrillon, Idéfix, Paris.

⚠ Les noms propres commencent toujours par une **majuscule**.

▸ Ils peuvent être accompagnés d'un déterminant quand ils désignent un **lieu**.
Ex : l'Angleterre, les Alpes, la Loire.

Regarde comment on fait !

Reconnaître les noms communs et les noms propres

Souligne les noms communs et entoure les noms propres.
Avignon – des livres – la Garonne – la fée – l'Europe – une chanson

1 Cherche les mots qui commencent par une majuscule : ce sont les **noms propres** (même s'ils sont précédés d'un déterminant).
Avignon – des livres – la Garonne – la fée – l'Europe – une chanson

2 Les autres mots sont des **noms communs**. Vérifie qu'ils n'ont pas de majuscule et qu'ils sont accompagnés d'un déterminant.
~~Avignon~~ – des livres – la ~~Garonne~~ – la fée – l'~~Europe~~ – une chanson

Réponses : Avignon – des livres – la Garonne – la fée – l'Europe – une chanson

Entraîne-toi !

Corrigés → Guide Parents p. 6

1 ★ Entoure les noms propres.

Quentin – un éléphant – Napoléon – une valise – Lyon – un roi – Charlemagne – un lutin – Milou – un coffre – les Pyrénées – une histoire – une planète – l'Italie – un avion

2 ★ Souligne les noms communs.

la Seine – des châteaux – Charles Perrault – la danse – Bordeaux – les vignes – une pyramide – Versailles – la cathédrale – Brest – un conte – Venise – le pont – Mehdi – une tour – la musique – un palais

3 ★★ Classe les noms dans le tableau.

le stylo – la Loire – une voiture – le Jura – la plante – Reims – la souris – l'Amérique – la chaise – l'Océanie

Noms propres	Noms communs
le stylo -	la Loire -
une voiture -	le Jura -
la plante -	Reims -
la souris -	l'Amérique -
la chaise -	l'Océanie

4 ★★ Associe le nom propre et le nom commun qui lui correspond.

l'Afrique •	• une mer
les Alpes •	• un continent
Londres •	• une chaîne de montagnes
la Bretagne •	• une ville
la Méditerranée •	• une région

5 ★★ Entoure en bleu les noms communs et en rouge les noms propres.

a) Notre chat s'appelle Mistigri.

b) Julie et sa mère vont aller à la piscine.

c) Cet homme vit à Paris mais chaque été il part se reposer à Marseille.

d) Je prends l'avion pour me rendre aux États-Unis le mois prochain.

6 ★★★ Complète les phrases avec les noms communs proposés. Puis souligne les noms propres.

mer – fleuve – océan – capitale

a) L'Atlantique est un .... à l'ouest de la France.

b) La Méditerranée est une .... assez chaude.

c) La Seine est un .... navigable entre les villes de Paris et du Havre.

d) Moscou est la .... de la Russie.

Fais le bilan

Coche la bonne case.

	Nom commun	Nom propre
a) la Chine	☐	☒
b) Astérix	☐	☒
c) une statue	☒	☐
d) Lille	☐	☒
e) un monument	☒	☐

TOTAL : 5 /5

Leçon 3

Les déterminants

Conseils Parents

- Pour reconnaître les déterminants, l'enfant doit d'abord repérer les noms, puis observer les petits mots placés devant.
- Faites vérifier à l'enfant que le déterminant a le même genre (masculin ou féminin) et le même nombre (singulier ou pluriel) que le nom qu'il détermine.

Retiens l'essentiel !

▸ Les **déterminants** sont des petits mots placés **avant les noms**.
Le déterminant et le nom forment un **groupe nominal** (GN).
Ex. : une poésie, le dessin, des pommes, les bouquets.

▸ Ils **s'accordent en genre** (masculin ou féminin) **et en nombre** (singulier ou pluriel) avec le nom qu'ils déterminent.
Ex. : un robot → des robots la fusée → les fusées

▸ Parmi les déterminants, on trouve les **articles définis** (le, la, l', les) et les **articles indéfinis** (un, une, des).

Les articles définis

	Singulier	Pluriel
Masculin	le, l'	les
Féminin	la, l'	

⚠ Devant un nom qui commence par une voyelle ou un ***h*** muet, on écrit l'.
Ex. : l'abeille, l'élève, l'igloo, l'ours, l'usine, l'hirondelle

Les articles indéfinis

	Singulier	Pluriel
Masculin	un	des
Féminin	une	

Regarde comment on fait !

Savoir reconnaître les déterminants

Souligne les déterminants.
le papillon – des greniers – l'école – une glace – la chambre

1. Repère les noms. Ils désignent la personne, l'animal ou la chose dont on parle.
→ papillon, greniers, école, glace et chambre sont des noms.

2. Observe les petits mots placés **devant** les noms que tu as repérés : ce sont des déterminants.
le papillon, des greniers, l'école, une glace, ma chambre

Réponses : <u>le</u> papillon – <u>des</u> greniers – <u>l'</u>école – <u>une</u> glace – <u>la</u> chambre

Entraîne-toi !

Corrigés → Guide Parents p. 6

1 ★ Entoure le déterminant dans chaque groupe nominal.

a) une plume
b) des chevaux
c) les oiseaux
d) le bijou
e) la nature
f) les bouteilles
g) des valises
h) une girafe

2 ★ Souligne les noms et entoure les déterminants.

a) Elle mange des fruits.
b) Tu arroses les plantes.
c) Il admire le paysage.
d) Nous lavons la voiture.
e) Vous écoutez une chanson.

3 ★★ Complète les phrases avec les déterminants proposés.

des – les – une – les – le – l' – la

a) Luna est .... fée, elle a .... robe verte.
b) .... écureuil aime grimper dans .... arbres.
c) .... lapin se couche sur .... mousse et se réchauffe sous .... rayons du soleil.
d) .... filles lisent souvent .... histoires de princesses.
e) Elle a .... frère à qui elle pense souvent.

4 ★★ Relie les articles aux noms qu'ils peuvent accompagner.

les •	• robe
le •	• bonbons
la •	• images
des •	• livre
un •	• téléphone

5 ★★ Classe les groupes nominaux (GN) dans le tableau.

la trousse – une règle – le bureau – un cahier – les feutres – des crayons – une feuille – les cartables – la classe – un stylo

GN avec un article défini	GN avec un article indéfini
....	....
....	....
....	....
....	....
....	....

6 ★★★ Écris les groupes nominaux au pluriel.

Ex. : une table → des tables

a) la pomme → ....
b) l'ami → ....
c) un chien → ....
d) une boîte → ....
e) le jouet → ....

Fais le bilan

Coche la bonne case.

	Article défini + nom	Article indéfini + nom
a) des canards	☐	☐
b) les billes	☐	☐
c) l'herbe	☐	☐
d) une fraise	☐	☐
e) le chat	☐	☐

TOTAL : ____ /5

Leçon 4

Les pronoms personnels sujets

Conseils Parents

- Faites apprendre à l'enfant la liste des pronoms personnels dans l'ordre : *je*, *tu*, *il*, *elle*, *nous*, *vous*, *ils*, *elles*.
- *on* est un pronom indéfini, souvent utilisé comme un pronom personnel. Avec *on*, il faut conjuguer comme avec *il* ou *elle*.
- Devant un verbe qui commence par une voyelle ou un *h*, il faut écrire *j'* (*j'appelle*, *j'habite*).

Retiens l'essentiel !

▸ **je, tu, il, elle, nous, vous, ils, elles** sont des pronoms personnels sujets.
À chaque personne du singulier correspond une personne du pluriel :

	Singulier	Pluriel
1re personne	je	nous
2e personne	tu	vous
3e personne	il, elle	ils, elles

▸ Les pronoms personnels sujets sont le **sujet** du verbe conjugué.
Ex. : Je (sujet) vais (verbe) à l'école. Venez (verbe)-vous (sujet) à la piscine ?

▸ Les pronoms personnels sujets **remplacent un groupe nominal** (GN).
Ils ont le même genre et le même nombre que le groupe nominal.
Ex. : Le kangourou saute haut. → Il saute haut.

⚠ Il faut savoir par quel pronom personnel remplacer un groupe nominal :

toi + moi, elle + moi, lui + moi, eux + moi → **nous**

elle + toi, lui + toi, eux + toi → **vous**

2 filles → **elles**
2 garçons → **ils**
1 fille + 1 garçon → **ils**

Regarde comment on fait !

Remplacer un groupe nominal par un pronom personnel

Remplace le groupe nominal en gras par un pronom personnel.

Un enfant mange une pomme. → ... mange une pomme.

La terminaison du verbe varie en fonction du pronom personnel sujet : je chante, nous chantons.

1 Commence par observer la **terminaison** du verbe. Trouve **à quelle personne il est conjugué.**
mange → C'est le verbe *manger* conjugué à la 3e personne du singulier.

2 Cherche le **pronom personnel** qui correspond à la 3e personne du singulier.
→ il et elle correspondent à la 3e personne du singulier.

3 Pour savoir s'il faut remplacer le groupe nominal par il ou elle, cherche son genre (**masculin** ou **féminin**).
Un enfant est un groupe nominal masculin. → Il faut choisir le pronom personnel il.

Réponse : Un enfant mange une pomme. → **Il** mange une pomme.

Entraîne-toi !

Corrigés → Guide Parents p. 7

1 ★ Entoure les pronoms personnels singuliers en bleu et pluriels en rouge.

nous – il – je – elles – vous – tu – ils – elle

2 ★ Souligne le pronom personnel dans chaque phrase.

a) Elle habite près du parc.

b) Je suis en retard.

c) Nous aimons aller ensemble à l'école.

d) Dors-tu de bonne heure le soir ?

e) Aujourd'hui, vous êtes fatigués.

f) Vont-elles souvent au cinéma ?

3 ★ Complète les phrases avec le pronom personnel qui convient.

a) .... regardez la télévision.

b) .... fait un joli dessin.

c) .... marchent dans la rue.

d) .... chantons ensemble.

e) .... allumes le feu.

4 ★★ Réécris les phrases en remplaçant les groupes nominaux en rouge par un pronom personnel.

a) Le chat dort sur le fauteuil.

....

b) Nicolas et toi jouez dans le jardin.

....

c) Manon et Lucie jouent à la marelle.

....

d) Éva, Zoé et Pierre rentrent de l'école.

....

e) Guillaume et moi bavardons souvent.

....

5 ★★ Complète les phrases avec il, elle, ils ou elles.

a) La purée n'est pas froide, ... est chaude.

b) Le chat regarde les souris, ... a très envie de les attraper.

c) Les fleurs n'ont pas été arrosées, ... sont fanées.

d) Les petits chiens sont nés, ... se cachent sous le ventre de leur mère.

6 ★★★ Réécris les phrases avec le pronom personnel correspondant au pluriel. Pense à accorder le verbe.

Ex. : Tu chantes dans la chorale de l'école.
→ **Vous** chant<u>ez</u> dans la chorale de l'école.

a) Je joue au ballon.

....

b) Il aime le chocolat.

....

c) Tu sautes à la corde.

....

d) Elle nage rapidement.

....

Fais le bilan

Remplace les groupes nominaux en gras par il, elle, ils ou elles.

a) **Le corps** (................) est composé d'os et de muscles.

b) **Les os** (................) constituent le squelette.

c) **La peau** (................) protège le corps.

d) **Les muscles** (................) servent à actionner le squelette.

e) **Les articulations** (................) permettent les mouvements.

TOTAL : ____ /5

Leçon 5

L'adjectif

Conseils Parents

Pour identifier l'adjectif, faites comprendre à l'enfant qu'il apporte des renseignements sur le nom (sa couleur, sa taille, ses qualités...).

Retiens l'essentiel !

Un **groupe nominal** (GN) est un ensemble de mots organisés autour d'un **nom** principal. L'**adjectif** fait partie du groupe nominal.

Les fonctions de l'adjectif

▸ L'adjectif donne des informations sur le nom : il peut apporter des renseignements sur sa couleur (bleu, rouge...), sa taille (grand, petit, énorme, mince...), ses qualités (gentil, agréable...), ses défauts (méchant, vilain, jaloux...), etc. Il peut être placé **avant** ou **après le nom**.

Ex. : un <u>éléphant</u> <u>gris</u> / un <u>énorme</u> <u>éléphant</u>
(éléphant : nom ; gris : adjectif / énorme : adjectif ; éléphant : nom)

▸ Un nom peut être complété par plusieurs adjectifs.

Ex. : un <u>long</u> <u>chemin</u> <u>vert</u>
(long : adjectif ; chemin : nom ; vert : adjectif)

L'accord de l'adjectif

L'adjectif **s'accorde** en genre (masculin, féminin) et en nombre (singulier, pluriel) avec le nom.

Ex. : un garçon intelligent, des garçons intelligent<u>s</u>
une fille intelligent<u>e</u>, des filles intelligent<u>es</u>

Regarde comment on fait !

Repérer l'adjectif

Souligne l'adjectif.

Louise a des cheveux blonds.

Pour vérifier qu'il s'agit bien d'un adjectif, tu peux le supprimer : Louise a des cheveux et t'assurer que la phrase garde un sens.

1. Cherche d'abord les noms dans la phrase.

<u>Louise</u> a des <u>cheveux</u> blonds.
(Louise : nom ; cheveux : nom)

2. Regarde si les noms sont suivis ou précédés par un mot que tu peux supprimer.

Louise a des cheveux.

3. Si le mot que tu as supprimé apporte une précision sur un nom, c'est un **adjectif**.

Réponse : Louise a des cheveux <u>blonds</u>.

Entraîne-toi !

Corrigés → Guide Parents p. 7

1 ★ Souligne les adjectifs dans les groupes nominaux.

a) une grande girafe
b) des nuages sombres
c) des gentils garçons
d) le ciel bleu
e) une forte tempête
f) les plantes vertes

2 ★ Barre les groupes nominaux qui ne contiennent pas d'adjectifs.

Ex. : ~~un chat de gouttière~~

a) le moniteur de ski
b) des jouets multicolores
c) le grand sac à dos
d) une boîte en plastique
e) les chiens blancs
f) un panier en osier

3 ★★ Complète les groupes nominaux en ajoutant le bon adjectif.

méchant – fatigués – usés – belles – froissé

a) le pantalon ....
b) les .... danseuses
c) un chien ....
d) des champions ....
e) les meubles ....

4 ★★ Recopie les phrases en supprimant les adjectifs.

a) Sami cherche son grand frère.

....

b) Lucie porte un bracelet brillant.

....

c) Le gentil prince rencontre la pauvre bergère.

....

d) J'ai reçu un joli paquet.

....

e) Le petit garçon lit une histoire.

....

5 ★★ Souligne les adjectifs dans chaque phrase.

a) Ma cousine Éva a les yeux verts et les cheveux roux.
b) Mes parents ont acheté une nouvelle machine à laver.
c) Pour la rentrée, ma sœur a choisi un grand cartable violet.
d) Maman a jeté les fleurs fanées de son vase bleu.

6 ★★ Complète les phrases avec le bon adjectif.

blanches – anciens – rayé – bleu – gris

a) Le ciel .... se remplit de nuages ....
b) Je range mes .... jouets dans le coffre.
c) Tu préfères le pantalon .... à l'autre.
d) Où sont mes chaussures de sport .... ?

Fais le bilan

Classe les expressions en gras dans le tableau.

a) une tasse **à café**
b) un **adorable** chaton
c) des flocons **de neige**
d) un bonbon **à la fraise**
e) des pommes **vertes**

Avec adjectif	Sans adjectif
....	....
....	....
....	....

TOTAL : ____ /5

Leçon 6

Le verbe

Conseils Parents

- Pour repérer le verbe dans une phrase, encouragez l'enfant à changer de temps ou de personne : le verbe est le mot qui change.
  Ex. : Elle rentre tard.
  → Autrefois, elle rentrait tard.
  → Nous rentrons tard.

- Les verbes *être* et *avoir* sont des auxiliaires qui permettent de former les temps composés.

Retiens l'essentiel !

Définition du verbe

▸ Le verbe indique une **action** (ce que l'on fait) ou un **état** (ce que l'on est).
Ex. : L'ours <u>avale</u> un poisson. (action) L'ours <u>semble</u> calme. (état)

Les différentes formes du verbe

▸ Le verbe **se conjugue**. Il change de forme en fonction :
– du temps ;
Ex. : Hier, il <u>a regardé</u> le paysage. → Aujourd'hui, il <u>regarde</u> le paysage.
– de la personne.
Ex. : Je regard<u>e</u> le paysage. → Nous regard<u>ons</u> le paysage.

▸ Lorsqu'il n'est pas conjugué, le verbe est à l'**infinitif**. *Ex.* : regarder.

Forme conjuguée d'un verbe

▸ Dans un verbe conjugué :
– la partie de la forme conjuguée du verbe qui **ne change pas** s'appelle **le radical du verbe.** Pour les verbes dont l'infinitif se termine en « er », le radical s'obtient en supprimant le « er » final de l'infinitif ;
Ex. : infinitif : regarder → radical : regard
– la partie de la forme conjuguée du verbe qui **change selon le temps et la personne** s'appelle **la terminaison du verbe.** Elle s'écrit à la suite du radical.
Ex. : au présent de l'indicatif :
forme conjuguée de regarder = radical (regard) + terminaison
je regarde, tu regardes, il/elle regarde, nous regardons, vous regardez, ils/elles regardent

Regarde comment on fait !

Repérer le verbe conjugué et donner son infinitif

Souligne le verbe conjugué, puis donne son infinitif.

La voiture freine devant l'école.

1 Cherche le **verbe conjugué** : c'est le mot qui indique ce que fait le sujet ou comment il est.
Que fait la voiture ? Elle <u>freine</u>. → Donc freine est le verbe conjugué.

2 Pour trouver l'infinitif du verbe, utilise la formule « **Il faut...** » devant le verbe.
La voiture freine. → Il faut freiner.

Réponse : La voiture <u>freine</u> devant l'école. → Infinitif : *freiner*.

Pour trouver le verbe conjugué, tu peux changer le temps de la phrase.
Ex. : La voiture a freiné devant l'école.

Entraîne-toi !

Corrigés → Guide Parents p. 7

1 ★ Conjugue les verbes avec les sujets proposés.

a) Je regarde la télévision.

→ Nous .... la télévision.

b) Tu parles à son frère.

→ Vous .... à son frère.

c) Il joue avec toi.

→ Ils .... avec toi.

2 ★ Indique l'infinitif des verbes en rouge.

a) Le chien garde le troupeau.

→ C'est le verbe ....

b) Léo pose son cartable sur son bureau.

→ C'est le verbe ....

c) Maintenant, tu coupes la feuille.

→ C'est le verbe ....

d) Les oiseaux chantent gaiement.

→ C'est le verbe ....

e) L'enfant lance la balle.

→ C'est le verbe ....

3 ★★ Conjugue les verbes au présent à la personne indiquée.

a) Hier, je donnais un jouet à Jeanne.

→ Aujourd'hui, je .... un jouet à Jeanne.

b) Hier, tu habitais ici.

→ Aujourd'hui, tu .... ici.

c) Hier, elle arrivait tôt.

→ Aujourd'hui, elle .... tôt.

d) Hier, il trouvait un trésor.

→ Aujourd'hui, il .... un trésor.

e) Autrefois, nous dansions.

→ Aujourd'hui, nous ....

f) Demain, tu rêveras.

→ Aujourd'hui, tu ....

g) Hier, elles criaient.

→ Aujourd'hui, elles ....

4 ★★ Souligne le verbe conjugué dans chaque phrase.

a) Ma mère porte la valise.

b) Le bateau arrivera au port.

c) Le cuisinier casse les œufs dans le plat.

d) La maîtresse appelle ses élèves.

e) Lilou réveillait son petit frère.

f) Chaque matin, Guillaume prépare son cartable.

5 ★★★ Souligne les verbes conjugués dans le texte.

Il imagine un grand jardin. Il utilise son crayon et dessine beaucoup de fleurs. Il les colorie avec ses feutres. Elles ont de belles couleurs. Puis, il trace des nuages. Dans le ciel, le soleil est tout rond et ses rayons sont des lignes jaunes. Ensuite, il ajoute des enfants qui jouent dans l'herbe verte.
Il me montre son beau dessin et nous en parlons.

Fais le bilan

Souligne les verbes et relie-les à leur infinitif.

a) Ils posaient leurs stylos. • • rentrer

b) Nous chantions bien. • • poser

c) Tu rentrais de l'école. • • chanter

d) J'habite près de chez toi. • • manger

e) Ils mangent leur goûter. • • habiter

TOTAL : ____ /5

Leçon 7

Le sujet du verbe

Conseils Parents

• Le **verbe conjugué** est l'élément principal de la phrase. L'enfant doit commencer par le repérer pour pouvoir ensuite identifier le sujet.

• Pour reconnaître le **sujet** dans une phrase, l'enfant doit connaître les différentes formes que celui-ci peut prendre : nom propre, groupe nominal ou pronom personnel.

Retiens l'essentiel !

Définition du sujet du verbe

▸ Dans la phrase, le **sujet** indique **qui fait l'action** ou **de quoi on parle**. Il est souvent placé avant le verbe.

Ex. : Le soleil (sujet) brille (verbe).

⚠ Le sujet peut être placé **après** le verbe.

Ex. : Remplacez (verbe)-vous (sujet) la maîtresse ?

▸ Le sujet peut être :

– un **nom propre** ; *Ex.* : Rudy regarde la télévision.

– un **groupe nominal** (GN) ; *Ex.* : Le volcan est en colère.

– un **pronom personnel**. *Ex.* : Tu vois une fusée.

L'accord du sujet et du verbe

▸ Le verbe **s'accorde toujours** avec le sujet.

Ex. : Ce camion (sujet au singulier) roule (verbe au singulier) vite. Ces camions (sujet au pluriel) roulent (verbe au pluriel) vite.

Les compléments

▸ Dans une phrase, il y a certaines informations, des **compléments**, que l'on peut **déplacer ou supprimer**.

Ex. : À l'école (complément), il (sujet) écrit (verbe) des phrases (complément). → Il (sujet) écrit (verbe) des phrases (complément) à l'école (complément).

→ Il (sujet) écrit (verbe). (Si on supprime les compléments, la phrase garde un sens.)

Regarde comment on fait !

Repérer le verbe conjugué et son sujet

Souligne le sujet en rouge et le verbe en vert.

Les enfants jouent aux billes.

Pour trouver le sujet, tu peux aussi l'encadrer par « C'est... qui » ou « Ce sont... qui » : Ce sont les enfants qui jouent aux billes.

1 Commence par chercher le verbe conjugué : c'est le mot qui indique l'action. Pour le trouver, tu peux changer le temps de la phrase.

Les enfants jouent aux billes. → Hier, les enfants jouaient aux billes.

→ Donc jouent est le verbe conjugué.

2 Cherche le sujet du verbe. Pour le trouver, pose la question **« Qui est-ce qui... ? »** ou **« Qu'est-ce qui... ? »** devant le verbe.

Qui est-ce qui joue aux billes ? → Les enfants.

→ Donc les enfants est le sujet du verbe jouent.

Réponse : Les enfants jouent aux billes.

Entraîne-toi !

Corrigés → Guide Parents p. 8

1 ★ Relie les sujets aux verbes qui conviennent.

a) Tu •	• prépare le repas.
b) Vous •	• fermes la porte.
c) Le cuisinier •	• regardez un film.
d) Nous •	• allument la lumière.
e) Ils •	• jouons aux cartes.

2 ★ Classe les mots soulignés dans le tableau.

a) La petite grenouille saute dans l'eau.

b) Hugo range ses feutres dans sa trousse.

c) Cet été, nous irons en vacances en Bretagne.

d) As-tu des frères et des sœurs ?

e) Renoir est un peintre célèbre.

f) Le serpent crache son venin.

Les sujets	Les verbes
....	....
....	....
....	....
....	....
....	....
....	....

3 ★★ Souligne le sujet dans chaque phrase.

a) L'araignée tisse sa toile.

b) Les vaches broutent l'herbe du pré.

c) Le cycliste grimpe la côte rapidement.

d) Manges-tu à la cantine aujourd'hui ?

e) Les singes grignotent des cacahuètes dans leur cage.

f) Elle tricote une écharpe.

g) Où passe-t-il ses vacances ?

h) La maison est au bord du chemin.

4 ★★ Remplace les sujets en rouge par le pronom personnel qui convient.

Utilise les pronoms personnels il, elle, ils ou elles.

a) L'aigle vole dans le ciel.

....

b) Les enfants enfilent leurs manteaux.

....

c) Louise fait du théâtre le mercredi.

....

d) Les étoiles brillent dans la nuit noire.

....

5 ★★★ Complète les phrases avec un sujet qui convient en suivant les indications entre parenthèses.

a) *(nom propre)* .... est une grande ville.

b) Chaque matin, *(GN)* .... boit un bol de lait.

c) *(GN)* .... fait cuire le pain.

Fais le bilan

Dans chaque phrase, le sujet est souligné.
Coche la case Vrai ou Faux.

	Vrai	Faux
a) La fillette parle à son amie.	☐	☐
b) Pierre et sa sœur vont chez le dentiste.	☐	☐
c) Chaque hiver, ce monsieur mange des marrons.	☐	☐
d) Êtes-vous en retard ?	☐	☐
e) Les élèves collent l'exercice dans leur cahier.	☐	☐

TOTAL : ____ /5

Leçon 8

Le passé, le présent et le futur

Conseils Parents

• Pour aider l'enfant à différencier le passé, le présent et le futur, demandez-lui si l'action se passe **hier**, **aujourd'hui** ou **demain**.

• Faites-lui également observer la **terminaison** du verbe pour identifier le moment où se déroule l'action.
Ex. : Il fermait son livre.
→ passé
Il ferme son livre.
→ présent
Il fermera son livre.
→ futur

Retiens l'essentiel !

Le verbe se conjugue. Sa **terminaison** change en fonction du **temps** de la phrase. On utilise aussi des **indicateurs de temps** pour préciser le moment de l'action (*aujourd'hui*, *demain*, *hier*...).

Le passé

▸ Quand l'action a lieu **avant le moment où on parle**, elle est au passé. On utilise l'imparfait ou le passé composé.
Ex. : Hier, Julia cherchait son chien. Elle l'a retrouvé dans le parc. ❶

Le présent

▸ Quand l'action se passe **au moment où on parle**, elle est au présent. On utilise le présent.
Ex. : Aujourd'hui, elle promène son chien en forêt. ❷

Le futur

▸ Quand l'action a lieu **après le moment** où on parle, elle est au futur. On utilise le futur.
Ex. : Demain, elle l'emmènera chez le vétérinaire. ❸

⚠ Pour ordonner des événements, il faut se repérer sur l'axe du temps :

Regarde comment on fait !

Conjuguer le verbe au temps qui convient

Colorie la forme du verbe qui convient.

L'année dernière, tu [chantes] [chantais] [chanteras] dans la chorale.

❶ Commence par repérer le ou les mots qui indiquent **quand se passe l'action**, par exemple : *hier*, *autrefois*, *aujourd'hui*, *en ce moment*, *demain*, *l'année prochaine*...
→ L'année dernière est un groupe de mots qui indique le **passé**.

❷ Tu dois donc choisir le verbe qui est conjugué à un temps du passé. Pour cela, observe la terminaison des verbes.
chantes → Le verbe est conjugué au présent.
chantais → Le verbe est conjugué à l'imparfait, c'est un temps du passé.
chanteras → Le verbe est conjugué au futur.

Réponse : L'année dernière, tu [chantais] dans la chorale.

La conjugaison d'un verbe indique le passé, le présent ou le futur. Observe bien les terminaisons !

Entraîne-toi !

Corrigés → Guide Parents p. 8

1 ★ Relie chaque phrase au mot qui précise quand se passe l'action.

a) Il écoute de la musique. •
b) Vous terminiez votre jeu. •
c) Tu penseras à lui. •
d) Tu es rentré tard. •
e) Il prépare le repas. •

• hier
• aujourd'hui
• demain

2 ★ Indique si l'action se situe dans le présent, le futur ou le passé.

a) Avant, la grenouille était un têtard.

→ ....

b) Maintenant, le soleil brille.

→ ....

c) Tout à l'heure, tu goûteras avec tes amis.

→ ....

d) Bientôt, ils visiteront un château au bord de la Loire.

→ ....

e) L'été dernier, il allait à la plage.

→ ....

f) L'année prochaine, mon petit frère entrera au CP.

→ ....

3 ★★ Colorie la forme du verbe qui convient.

a) Ce soir, tu [rentreras] [rentrais] tard.

b) Demain, elle [regarde] [regardera] un film.

c) En ce moment, la lionne [protège] [protègera] ses petits.

d) Autrefois, le seigneur [habitait] [habitera] dans un château.

e) Plus tard, la chenille [sera] [était] un papillon.

4 ★★ Classe les indicateurs de temps dans le tableau.

actuellement – autrefois – le mois prochain – immédiatement – lundi dernier – dans quelques années – en ce moment – bientôt – avant

Passé	Présent	Futur
....	....	....
....	....	....
....	....	....

5 ★★★ Souligne dans le texte les verbes conjugués au présent.

La maîtresse copie la leçon au tableau et les élèves la recopient sur leur cahier. Ensuite, ils jouent aux billes dans la cour de récréation. À midi, certains enfants mangent à la cantine. À la fin de la journée, ils préparent leur cartable et rentrent chez eux. Demain, ils réciteront cette leçon car leur enseignante les interrogera.

Fais le bilan

Relie chaque phrase à l'indicateur de temps qui convient.

a) Nous jouons aux cartes. •
b) Elles ont mangé du chocolat. •
c) Il est malade. •
d) Vous rangiez vos cahiers. •
e) Je promènerai le chien. •

• hier
• aujourd'hui
• demain

TOTAL : ____ /5

Leçon 9

Le présent des verbes du 1er groupe

Conseils Parents

Attirez l'attention de l'enfant sur les trois personnes du singulier des verbes du 1er groupe.
Ex. : je joue / tu joues / il joue.

Retiens l'essentiel !

L'emploi du présent de l'indicatif

▸ Le présent est utilisé :
– quand une action se passe au moment où l'on parle ;
Ex. : En ce moment, je regarde les étoiles.
– quand l'action est une habitude ;
Ex. : Chaque jour, il va à l'école.
– quand l'action est toujours un fait valable, c'est le présent de vérité.
Ex. : La Lune tourne autour de la Terre.

La conjugaison des verbes du 1er groupe au présent

▸ Pour conjuguer les verbes du 1er groupe au présent, il faut enlever la terminaison ***-er*** de l'infinitif et ajouter les terminaisons suivantes au radical : -e, -es, -e, -ons, -ez, -ent.

Personne	Radical	Terminaison	Exemple
Je	chant	e	je chante
Tu	chant	es	tu chantes
Il/Elle/On	chant	e	il chante
Nous	chant	ons	nous chantons
Vous	chant	ez	vous chantez
Ils/Elles	chant	ent	elles chantent

Regarde comment on fait !

Conjuguer un verbe au présent

Conjugue le verbe entre parenthèses au présent.

Les élèves *(rentrer)* .... en classe.

1 Cherche si le verbe entre parenthèses appartient aux verbes du 1er groupe.
→ Rentrer se termine par *-er*.

2 Cherche le **sujet** : pose la question **« Qui est-ce qui... ? »** avant le verbe.
Qui est-ce qui rentre en classe ? → Les élèves.
→ Donc les élèves est le sujet.

3 Trouve à quelle **personne de conjugaison** correspond le sujet et choisis la bonne **terminaison**.
Les élèves = ils (3e personne du pluriel). → La terminaison est ***-ent***.

Réponse : Les élèves **rentrent** en classe.

Entraîne-toi !

Corrigés → Guide Parents p. 8

1 ★ Souligne les phrases au présent.

a) Tu suces un bonbon.

b) Bientôt, il nagera très vite.

c) Ma mère promène ma petite sœur dans le parc.

d) Ce matin, les pompiers montent à la grande échelle.

e) Le chien a dévoré la viande en un instant !

2 ★ Barre la forme verbale qui ne convient pas.

a) Thomas décides décide de passer le ballon au gardien.

b) Le bébé tombes tombe sur le tapis.

c) Nous donnons donnont à manger aux oiseaux.

d) Tu avales avale le bol de lait.

3 ★★ Conjugue les verbes entre parenthèses au présent.

a) Il *(arriver)* .... le premier à la course.

b) Nous *(écouter)* .... de la musique.

c) Nous *(terminer)* .... de lire ce livre sur l'espace.

d) Vous *(laver)* .... votre uniforme bleu pour la rentrée des classes.

4 ★★ Conjugue les verbes en gras en suivant les indications.

a) **poser**, 2ᵉ personne du singulier

→ ....

b) **marcher**, 2ᵉ personne du pluriel

→ ....

c) **voler**, 3ᵉ personne du singulier

→ ....

d) **briller**, 1ʳᵉ personne du pluriel

→ ....

5 ★★ Recopie les phrases en mettant les verbes soulignés au présent.

a) Jean <u>a traversé</u> la rivière en bateau.

....

b) Les enfants <u>dévoreront</u> leurs sandwichs rapidement.

....

....

c) Nous <u>avons attrapé</u> le rôdeur.

....

d) Vous <u>regarderez</u> longuement cet artiste.

....

6 ★★★ Réécris chaque phrase avec le sujet proposé.

Ex. : Je lave la voiture. *(vous)*
→ Vous lavez la voiture.

a) Elle dessine une étoile. *(tu)*

....

b) Je grimpe dans la cabane de cet arbre. *(nous)*

....

c) Vous accompagnez gentiment vos parents. *(elles)*

....

Fais le bilan

Entoure la bonne terminaison.

a) Le chien boug e / es dans sa niche.

b) Les avions vol ont / ent au milieu des nuages.

c) Nous prépar ont / ons le repas.

d) Tu parl e / es avec la maîtresse.

e) Vous habill ez / er la poupée de ma sœur.

TOTAL : ____ /5

Leçon 10

Le futur des verbes du 1er groupe

Conseils Parents

Pour repérer le futur, conseillez à l'enfant d'employer le mot *demain*.
Ex. : Elle rentrera tôt.
→ Demain, elle rentrera tôt.

Retiens l'essentiel !

L'emploi du futur simple de l'indicatif

▸ Le futur est utilisé pour exprimer des actions qui vont se produire **dans l'avenir**.
Ex. : Nous terminerons nos devoirs demain matin.

La conjugaison des verbes du 1er groupe au futur

▸ Pour conjuguer les verbes du 1er groupe au futur, il suffit d'**ajouter les terminaisons** suivantes à l'**infinitif** du verbe :
-ai, -as, -a, -ons, -ez, -ont.

Exemples :

Chanter
Je chanterai
Tu chanteras
Il, elle, on chantera
Nous chanterons
Vous chanterez
Ils, elles chanteront

Couper
Je couperai
Tu couperas
Il, elle, on coupera
Nous couperons
Vous couperez
Il, elles couperont

Regarde comment on fait !

Identifier un verbe conjugué au futur

Entoure le verbe conjugué au futur.

Nous *lavons* / *laverons* la voiture avant de partir.

1 Observe chaque **verbe** et sa **terminaison**.
lavons → C'est la terminaison de la 1re personne du pluriel au présent.
laverons → On retrouve l'infinitif du verbe. C'est la terminaison de la 1re personne du pluriel au futur.

2 Pour vérifier qu'il faut entourer *laverons*, tu peux commencer la phrase par l'indicateur de temps ***demain***.
Demain, nous laverons la voiture avant de partir.
→ La phrase est correcte, c'est la bonne réponse.

Réponse : Nous *lavons* / *laverons* la voiture avant de partir.

Dans les formes verbales au futur, on retrouve toujours l'infinitif du verbe : nous laverons.

Entraîne-toi !

Corrigés → Guide Parents p. 8

1 ★ Souligne les phrases au futur.

a) Ils rentreront de bonne heure.

b) Romain téléphone à son ami.

c) Tu donneras à manger au chat.

d) Ce matin, le soleil se cache derrière les nuages.

e) Vous achèterez un cadeau pour l'anniversaire d'Océane.

f) L'enfant aimera ses nouveaux amis d'école.

2 ★ Complète avec le pronom personnel qui convient.

a) .... réchaufferont le repas.

b) .... chercherai mon chemin.

c) .... cassera son assiette.

d) .... regarderas le dessin animé.

e) .... inventerons un nouveau robot.

f) .... marcherez toute la journée.

3 ★★ Conjugue le verbe entre parenthèses au futur.

a) Nous *(féliciter)* .... le gagnant du concours.

b) Bientôt, tu *(habiter)* .... dans une autre ville.

c) Cette fille *(danser)* .... avec ses amies.

d) Ensemble, vous *(décorer)* .... votre chambre.

e) Les enfants *(arracher)* .... les mauvaises herbes.

f) Le coureur cycliste *(gagner)* .... la course en faisant un grand effort.

4 ★★ Réécris les phrases en remplaçant le pronom en rouge par celui qui est proposé.

a) Ils démonteront le pneu crevé.

Nous ....

b) Vous passerez chez vos amis.

Je ....

c) Elle donnera la liste des ingrédients.

Ils ....

d) Je parlerai à mon voisin.

Tu ....

5 ★★★ Recopie les phrases en les mettant au futur.

a) Le chat attrape la souris avant de la dévorer.

....

....

b) Les abeilles fabriquaient du miel en rentrant à la ruche.

....

....

c) Le vent se levait et chassait les nuages noirs.

....

....

Fais le bilan

Entoure la forme verbale correcte.

a) Une bonne odeur *traverseras / traversera* la cuisine.

b) Les ailes du moulin *tournerons / tourneront* de plus en plus vite.

c) Les spectateurs *observerons / observeront* les comédiens.

d) Grand-père *allumeras / allumera* un grand feu.

e) Vous *penserai / penserez* à ramener les livres à la bibliothèque.

TOTAL : ____ /5

Leçon 11

L'imparfait des verbes du 1er groupe

Conseils Parents

- Les terminaisons de l'imparfait sont les mêmes pour tous les verbes.

- Attirez l'attention de l'enfant sur les trois personnes du singulier et la 3e personne du pluriel qui se prononcent de la même façon, mais qui s'écrivent différemment.

Retiens l'essentiel !

L'emploi de l'imparfait de l'indicatif

▸ L'imparfait est un temps du passé. Il est souvent utilisé dans les récits. Il indique généralement une action qui a duré ou qui s'est répétée dans le passé.

Ex. : Chez sa grand-mère, elle couchait dans un petit lit.

La conjugaison des verbes du 1er groupe à l'imparfait

▸ Pour conjuguer les verbes du 1er groupe à l'imparfait, il faut enlever la terminaison ***-er*** de l'infinitif et ajouter les terminaisons suivantes au radical : -ais, -ais, -ait, -ions, -iez, -aient.

Exemples :

Chanter
Je chantais
Tu chantais
Il, elle, on chantait
Nous chantions
Vous chantiez
Ils, elles chantaient

Parler
Je parlais
Tu parlais
Il, elle, on parlait
Nous parlions
Vous parliez
Ils, elles parlaient

Regarde comment on fait !

Identifier un verbe conjugué à l'imparfait

Entoure le verbe conjugué à l'imparfait.

Je *passais* / *passerai* les vacances chez mes grands-parents.

1 Observe chaque **verbe** et sa **terminaison**.
passais → C'est la terminaison de l'imparfait à la 1re personne du singulier.
passerai → On retrouve l'infinitif du verbe. C'est la terminaison du futur à la 1re personne du singulier.

2 Pour vérifier qu'il faut entourer *passais*, tu peux commencer la phrase par l'indicateur de temps ***autrefois***.
Autrefois, je passais les vacances chez mes grands-parents.
→ La phrase est correcte, c'est la bonne réponse.

Réponse : Je [*passais*] / *passerai* les vacances chez mes grands-parents.

Entraîne-toi !

Corrigés → Guide Parents p. 9

1 ★ Relie chaque pronom personnel au verbe qui correspond.

il •	• chantais
tu •	• pleurait
je •	• pêchiez
elles •	• dansions
vous •	• jouaient
nous •	• semais

2 ★ Barre les verbes qui ne sont pas conjugués à l'imparfait.

Pour t'aider, tu peux commencer chaque phrase par avant ou autrefois.

a) Je [regardais] [regarde] une bande dessinée.

b) Elle [commence] [commençait] sa lecture.

c) Nous [jouions] [jouerons] au football.

d) Ils [grimpent] [grimpaient] dans l'arbre.

e) Elles [écoutaient] [écoutent] attentivement les conseils de leur grand-mère.

3 ★★ Complète les verbes avec les terminaisons de l'imparfait.

a) La fillette habit.......... à la campagne.

b) Autrefois, on trouv.......... du gui dans ce bois.

c) Les enfants admir.......................... le magicien.

d) L'été dernier, Théo pêch.......... dans cette rivière.

e) Chaque hiver, les enfants fabriqu.......................... un bonhomme de neige dans le jardin.

f) Le chat ronronn.......... sur le fauteuil.

g) Nous pass.......... nos vacances au bord de la mer.

4 ★★ Conjugue le verbe entre parenthèses à l'imparfait.

a) La neige *(tomber)* .... sur le jardin.

b) Tu *(terminer)* .... ton exercice.

c) Je *(dessiner)* .... un cheval.

d) Ils *(rêver)* .... à un pays imaginaire.

e) Nous *(sauter)* .... par-dessus la barrière.

5 ★★★ Complète les phrases avec les verbes proposés en les conjuguant à l'imparfait.

utiliser – visiter – saler – habiter – préparer

a) Elle .... à la campagne depuis dix ans.

b) Ma sœur .... tous les jours sa voiture pour aller travailler.

c) Beaucoup de touristes .... la tour Eiffel.

d) Avant de partir, vous .... vos valises.

e) Il .... toujours trop l'eau des pâtes.

Fais le bilan

Entoure la forme verbale correcte.

a) Les écureuils *sautait / sautaient* sur la branche.

b) Des roses *poussiez / poussaient* dans ce jardin.

c) L'araignée *tissait / tissaient* sa toile.

d) L'agriculteur *cultivais / cultivait* des céréales.

e) Le soleil *se couchait / se couchaient* à l'horizon.

TOTAL : ____ /5

Leçon 12

Temps simples et temps composés Le passé composé

Retiens l'essentiel !

Pour différencier les **temps simples** et les **temps composés**, il faut d'abord identifier le verbe puis observer de combien de mots il se compose.
– S'il se compose d'un seul mot, c'est un temps simple. *Ex.* : Il mange de la soupe.
– S'il se compose de deux mots, c'est un temps composé. *Ex.* : Il a mangé de la soupe.

L'emploi du passé composé

▸ On emploie le passé composé quand on parle d'un événement passé.

▸ Le passé composé est formé de **deux mots** :
– les verbes ***avoir*** ou ***être*** (appelés **auxiliaires**) conjugués au **présent** ;
– le **participe passé** du verbe conjugué.
Ex. : J'ai chanté à la fête de l'école. / Mon cousin est venu me voir.

auxiliaire avoir au présent + participe passé du verbe chanter

auxiliaire être au présent + participe passé du verbe venir

▸ Le participe passé des verbes du 1er groupe se termine par ***-é***.
Ex. : j'ai chanté, tu as chanté, il a chanté, nous avons chanté, vous avez chanté, elles ont chanté.

▸ Le passé composé des verbes ***être*** et ***avoir*** se forme avec l'auxiliaire ***avoir***.

Être	
J'ai été	Nous avons été
Tu as été	Vous avez été
Il, elle, on a été	Ils, elles ont été

Avoir	
J'ai eu	Nous avons eu
Tu as eu	Vous avez eu
Il, elle, on a eu	Ils, elles ont eu

Conseils Parents

- Pour pouvoir conjuguer au passé composé, l'enfant doit savoir sans hésiter les conjugaisons des auxiliaires *avoir* et *être* au présent de l'indicatif.

- Avec l'auxiliaire *être*, il faut accorder le participe passé avec le sujet. L'accord du participe passé sera étudié en CM1 et CM2.
Ex : il est venu, elle est venue.

Regarde comment on fait !

Conjuguer un verbe au passé composé

Conjugue le verbe entre parenthèses au passé composé.
Hier, nous *(nager)* .... jusqu'au rocher.

1 Observe le **sujet** pour savoir à quelle personne conjuguer le verbe *nager*.
Nous → Il faut conjuguer *nager* à la 1re personne du pluriel.

2 Cherche le **participe passé** du verbe *nager*.
Nager est un verbe du 1er groupe donc le participe passé se termine en *-é* → nagé.

3 Cherche avec quel **auxiliaire** se conjugue le verbe *nager* au passé composé.
Conjugue l'auxiliaire au **présent** et ajoute le participe passé.
Nager se conjugue avec l'auxiliaire avoir → nous avons nagé.

Réponse : Hier, nous *(nager)* **avons nagé** jusqu'au rocher.

Entraîne-toi !

Corrigés → Guide Parents p. 9

1 ★ Relie les verbes à l'infinitif à leur participe passé.

protéger •	• parlé
être •	• eu
parler •	• joué
jouer •	• protégé
regarder •	• regardé
avoir •	• été

2 ★ Entoure l'auxiliaire dans ces phrases au passé composé.

a) Elle a observé un insecte dans l'herbe.

b) Vous avez joué aux dominos.

c) Tu as terminé ton puzzle rapidement.

d) Ils ont dessiné une fleur.

e) Nous avons décoré le sapin.

3 ★ Souligne les phrases au passé composé.

a) Nous avons terminé nos devoirs.

b) Vous regardiez un film.

c) Sarah a eu de la chance !

d) Les enfants ont été gentils.

e) Nous avons écouté en silence.

f) Baptiste et Margaux arroseront les plantes vertes de la maison.

4 ★★ Relie les pronoms personnels aux verbes qui conviennent.

tu •	• ont chanté
ils •	• ai aimé
nous •	• as joué
j' •	• avons mangé
elle •	• avez lavé
vous •	• a dansé

5 ★★ Conjugue les verbes entre parenthèses au passé composé.

a) J' *(être)* .... content de le voir.

b) Ils *(avoir)* .... de beaux cadeaux.

c) Nous *(être)* .... heureux d'apprendre cette bonne nouvelle !

d) Tu *(avoir)* .... trop chaud.

6 ★★★ Réécris les phrases en conjuguant les verbes au passé composé.

a) Il dessinera un bateau de pirates.

....

b) Mes cousins marchent très vite.

....

c) Il grimpera dans cet arbre.

....

d) Mon père nous raconte une histoire.

....

Fais le bilan

Coche la bonne réponse.

	Vrai	Faux
a) Pour former le passé composé, on utilise les auxiliaires *avoir* ou *être* au présent.	☐	☐
b) Le passé composé est un temps simple.	☐	☐
c) Le passé composé est un temps formé de deux mots.	☐	☐
d) Le premier mot dans le passé composé est le participe passé.	☐	☐
e) Le participe passé des verbes du 1er groupe se termine par *-i*.	☐	☐

TOTAL : ____ /5

Leçon 13

Les verbes *être* et *avoir*

Conseils Parents

- Pour faciliter l'identification des verbes *être* et *avoir* et les conjuguer correctement, l'enfant doit connaître les changements de **radical**.
Ex. : avoir → j'aurai

- Attirez l'attention de l'enfant sur les personnes qui se prononcent de la même façon au futur et à l'imparfait mais qui s'écrivent différemment.
Ex. : tu seras, elle sera ; tu avais, il avait, ils avaient…

Retiens l'essentiel !

Présent

Être		Avoir	
Je suis	Nous sommes	J'ai	Nous avons
Tu es	Vous êtes	Tu as	Vous avez
Il, elle, on est	Ils, elles sont	Il, elle, on a	Ils, elles ont
Ex. : Tu es en vacances avec tes parents.		*Ex. :* Vous avez du beau temps.	

Futur

Être		Avoir	
Je serai	Nous serons	J'aurai	Nous aurons
Tu seras	Vous serez	Tu auras	Vous aurez
Il, elle, on sera	Ils, elles seront	Il, elle, on aura	Ils, elles auront
Ex. : Je serai en retard.		*Ex. :* Nous n'aurons pas le temps de nous voir.	

Imparfait

Être		Avoir	
J'étais	Nous étions	J'avais	Nous avions
Tu étais	Vous étiez	Tu avais	Vous aviez
Il, elle, on était	Ils, elles étaient	Il, elle, on avait	Ils, elles avaient
Ex. : Vous étiez chez le garagiste.		*Ex. :* Vous aviez une voiture neuve.	

Regarde comment on fait !

Différencier les verbes *être* et *avoir* au présent

Observe les verbes en gras et coche la bonne réponse.

	Verbe *avoir* au présent	Verbe *être* au présent
a) Tu **es** heureuse.	☐	☐
b) Tu **as** envie de sourire.	☐	☐

1 Pour trouver l'infinitif de chaque verbe en gras, utilise la formule « **Il faut…** ».
a) Tu es. → Il faut être. b) Tu as. → Il faut avoir.

2 Tu peux vérifier qu'il s'agit bien des verbes *être* et *avoir* en les conjuguant à l'imparfait.
a) Tu es heureuse. → Tu étais heureuse. b) Tu as envie de sourire. → Tu avais envie de sourire.

Réponses :

	Verbe *avoir* au présent	Verbe *être* au présent
a) Tu **es** heureuse.	☐	☑
b) Tu **as** envie de sourire.	☑	☐

Entraîne-toi !

Corrigés → Guide Parents p. 9

1 ★ **Observe les verbes en rouge et coche la bonne réponse.**

	Verbe *avoir*	Verbe *être*
a) Elle a peur.	☐	☐
b) Elle est contente.	☐	☐
c) Vous avez soif.	☐	☐
d) Vous êtes gentils.	☐	☐
e) Ils sont en retard.	☐	☐
f) Elles ont chaud.	☐	☐

2 ★ **Indique si le verbe en rouge est le verbe *avoir* ou le verbe *être*.**

a) Ils seront attentifs. → ....

b) Elle aura de la chance. → ....

c) Nous aurons très froid. → ....

d) Je serai très sage. → ....

e) Vous serez en avance. → ....

3 ★★ **Barre la forme verbale qui ne convient pas au futur.**

a) Elles [aura] [auront] des cadeaux.

b) Nous [serons] [serez] contents.

c) Il [aura] [auras] de nouveaux amis.

d) Tu [sera] [seras] avec nous demain.

e) Nous [serons] [seront] prêts pour la représentation.

4 ★★ **Conjugue les verbes entre parenthèses au présent.**

a) Vous *(avoir)* .... un rhume.

b) Ils *(être)* .... là ce soir.

c) Nous *(avoir)* .... une petite sœur.

d) Elle *(être)* .... très petite.

5 ★★ **Complète les phrases avec les verbes *avoir* ou *être* au futur.**

a) J'.............................. un grand chien noir et blanc.

b) Nous .... dans le jardin.

c) Tu .... un joli pull vert.

d) Julie .... des chaussures en cuir.

e) Les fauteuils .... en tissu bleu.

6 ★★ **Dans chaque phrase, entoure le verbe à l'imparfait.**

a) Les maisons *auront / avaient* des toits en ardoise.

b) Nicolas *était / est guéri*.

c) Tu *auras / avais* une nouvelle casquette.

d) Vous *serez / étiez* dans le vestiaire du stade.

7 ★★★ **Réécris chaque phrase avec le sujet proposé entre parenthèses.**

a) J'ai une bonne idée ! *(nous)*

....

b) Mes parents seront en avance. *(vous)*

....

c) Elle avait une place pour le concert. *(ils)*

....

d) Nous sommes dans la file d'attente. *(tu)*

....

Fais le bilan

Complète avec le pronom personnel qui convient.

a) .... suis content de te rencontrer.

b) .... as envie de réussir cet exercice !

c) .... étions à la campagne dimanche dernier.

d) .... auront bientôt de nos nouvelles.

e) .... serez gentils avec eux.

TOTAL : ____ /5

Leçon 14

Les verbes *aller* et *venir*

Retiens l'essentiel !

Conseils Parents

- Pour faciliter l'identification des verbes *aller*, *venir* et les conjuguer correctement, l'enfant doit connaître les changements de radical.
Ex. : aller → je vais, j'irai

- Attirez l'attention de l'enfant sur les personnes qui se prononcent de la même façon au futur et à l'imparfait mais qui s'écrivent différemment.
Ex. : tu iras, elle ira ;
tu venais, il venait,
ils venaient…

Présent

Aller		Venir	
Je vais Tu vas Il, elle, on va	Nous allons Vous allez Ils, elles vont	Je viens Tu viens Il, elle, on vient	Nous venons Vous venez Ils, elles viennent
Ex. : Je vais nager.		*Ex.* : Vous venez à l'école.	

Futur

Aller		Venir	
J'irai Tu iras Il, elle, on ira	Nous irons Vous irez Ils, elles iront	Je viendrai Tu viendras Il, elle, on viendra	Nous viendrons Vous viendrez Ils, elles viendront
Ex. : Il ira à la piscine.		*Ex.* : Nous viendrons le voir.	

Imparfait

Aller		Venir	
J'allais Tu allais Il, elle, on allait	Nous allions Vous alliez Ils, elles allaient	Je venais Tu venais Il, elle, on venait	Nous venions Vous veniez Ils, elles venaient
Ex. : J'allais la chercher.		*Ex.* : Vous veniez chez moi.	

Regarde comment on fait !

Conjuguer les verbes *aller* et *venir* au présent

Complète les verbes avec le pronom personnel qui convient.

a) … vas au cinéma. **b)** … vient de rentrer.

1 Commence par chercher l'**infinitif** de chaque verbe. Pour cela, utilise la formule « **C'est le verbe…** ».
a) vas → C'est le verbe aller.
b) vient → C'est le verbe venir.

2 Pour trouver le pronom personnel, observe la conjugaison de ces verbes au présent.
a) je vais, tu vas, il va, nous allons, vous allez, ils vont → C'est le pronom tu.
b) je viens, tu viens, il vient, nous venons, vous venez, ils viennent → C'est le pronom il.

Réponses : a) Tu vas au cinéma. **b) Il** vient de rentrer.

Entraîne-toi !

Corrigés → Guide Parents p. 9

1 ★ Souligne le verbe conjugué et écris son infinitif.

a) Il ira au marché. → infinitif : ....

b) Tu viens en avion. → infinitif : ....

c) Je viens te voir. → infinitif : ....

d) Nous allions au parc. → infinitif : ....

2 ★ Complète les phrases avec le pronom personnel qui convient.

a) .... vont à l'école ensemble.

b) .... allez en voyage.

c) .... viennent dîner à la maison ce soir.

d) .... va à la piscine tous les samedis.

e) .... viens chez ma cousine avec moi.

3 ★★ Conjugue les verbes entre parenthèses au présent.

a) Les hirondelles *(aller)* .... en Afrique.

b) La voiture *(venir)* .... de la droite.

c) Nous *(venir)* .... lui rendre visite toutes les semaines.

d) Ils *(aller)* .... trop vite !

4 ★★ Entoure la forme verbale à l'imparfait qui convient.

a) Elle *allait / allaient* souvent en vacances au bord de la mer.

b) Nous *venions / veniez* à ta rencontre.

c) Tu *allais / allait* voir tes amis chaque été.

d) Je *venais / venait* chez lui de bonne heure.

e) Camille *allait / allions* à la piscine.

f) Elles *venait / venaient* en vacances dans ce bungalow.

g) Julien et moi *allaient / allions* dans la même classe.

5 ★★ Dans chaque phrase, entoure le verbe au futur.

a) Nous *venons / viendrons* le rencontrer dès que possible.

b) Vous *irez / alliez* chercher votre nouveau chien.

c) J'*allais / irai* chez ma tante dans quelques jours.

d) L'enfant *venait / viendra* à bicyclette avec ses parents.

6 ★★★ Réécris chaque phrase au temps demandé entre parenthèses.

a) Vous venez chaque année dans ce chalet. *(imparfait)*

....

b)) Les alpinistes iront à l'assaut du mont Blanc. *(présent)*

....

c) Nadia va à la pêche. *(futur)*

....

d) Elle venait exposer son tableau. *(présent)*

....

e) Tom et Julie vont dans la forêt. *(imparfait)*

....

Fais le bilan

Indique à quel temps sont conjugués les verbes. Entoure la bonne réponse.

a) Les enfants vont dans le jardin.
→ imparfait / présent / futur

b) Ils allaient jouer à cache-cache.
→ imparfait / présent / futur

c) Tu viendras me rejoindre.
→ imparfait / présent / futur

d) Elles viennent de la plage.
→ imparfait / présent / futur

e) Mes amis iront ensemble à la mer.
→ imparfait / présent / futur

TOTAL : ____ /5

Leçon 15

Les verbes *dire*, *faire* et *voir*

Conseils Parents

- Attirez l'attention de l'enfant sur le verbe *voir* qui double la lettre *r* au futur : *je verrai*.
- Faites remarquer à l'enfant qu'à l'imparfait le radical *fai-* se prononce [fe]. On écrit : *je faisais*, on dit : *je f[e]sais*.
- À l'imparfait, avec le verbe *voir*, il ne faut pas oublier le « i » de la terminaison qui ne s'entend pas : *nous voyions*, *vous voyiez*. Pour ne pas confondre avec le présent, conseillez à l'enfant de conjuguer le verbe à une autre personne.

Retiens l'essentiel !

Présent

Dire	Faire	Voir
Je dis	Je fais	Je vois
Tu dis	Tu fais	Tu vois
Il, elle, on dit	Il, elle, on fait	Il, elle, on voit
Nous disons	Nous faisons	Nous voyons
Vous dites	Vous faites	Vous voyez
Ils, elles disent	Ils, elles font	Ils, elles voient
Ex. : Je dis la vérité.	*Ex.* : Il fait le repas.	*Ex.* : Vous voyez l'avion.

Futur

Dire	Faire	Voir
Je dirai	Je ferai	Je verrai
Tu diras	Tu feras	Tu verras
Il, elle, on dira	Il, elle, on fera	Il, elle, on verra
Nous dirons	Nous ferons	Nous verrons
Vous direz	Vous ferez	Vous verrez
Ils, elles diront	Ils, elles feront	Ils, elles verront
Ex. : Nous dirons la bonne réponse.	*Ex.* : Tu feras des efforts.	*Ex.* : Ils verront leur ami.

Imparfait

Dire	Faire	Voir
Je disais	Je faisais	Je voyais
Tu disais	Tu faisais	Tu voyais
Il, elle, on disait	Il, elle, on faisait	Il, elle, on voyait
Nous disions	Nous faisions	Nous voyions
Vous disiez	Vous faisiez	Vous voyiez
Ils, elles disaient	Ils, elles faisaient	Ils, elles voyaient
Ex. : Tu disais un secret.	*Ex.* : Nous faisions nos valises.	*Ex.* : Elle voyait une étoile filante.

Regarde comment on fait !

Conjuguer un verbe au présent

Conjugue le verbe entre parenthèses au présent.
Ton frère et toi *(faire)* .... de la pâtisserie.

1 Cherche le **sujet** : pose la question **« Qui est-ce qui... ? »** avant le verbe.
Qui est-ce qui fait de la pâtisserie ? → Ton frère et toi.
→ Donc ton frère et toi est le sujet.

2 Trouve à quelle **personne de conjugaison** correspond le sujet et cherche comment le verbe *faire* se conjugue à cette personne.
Ton frère et toi = vous. → Donc il faut conjuguer le verbe *faire* à la 2e personne du pluriel : *vous faites*.

Réponse : Ton frère et toi **faites** de la pâtisserie.

Entraîne-toi !

Corrigés → Guide Parents p. 9

1 ★ Souligne les phrases au futur.

a) Ils feront une promenade.

b) Tu diras à Louis de venir avec toi.

c) Vous disiez la vérité.

d) Bientôt, elle verra sa famille.

e) Je fais la vaisselle tous les soirs.

2 ★ Coche la bonne réponse.

	Vrai	Faux
a) *nous voyions* est le verbe *voir* au présent.	☐	☐
b) *ils feront* est le verbe *faire* au futur.	☐	☐
c) *vous dites* est le verbe *dire* au futur.	☐	☐
d) *je faisais* est le verbe *faire* au présent.	☐	☐
e) *elles font* est le verbe *faire* à l'imparfait.	☐	☐

3 ★★ Conjugue les verbes entre parenthèses au présent.

a) Ils *(dire)* .... bonjour à la maîtresse.

b) Vous *(faire)* .... de la musique.

c) Nous *(voir)* .... des étoiles dans le ciel.

d) Elles *(faire)* .... une tarte.

4 ★★ Conjugue les verbes entre parenthèses à l'imparfait.

a) Nous *(voir)* .... une cigogne sur le toit.

b) Ils *(faire)* .... du sport.

c) Vous *(dire)* .... la vérité.

d) Que *(faire)* ....-vous ici ?

5 ★★ Conjugue les verbes au futur à la forme demandée.

a) *dire*, 3ᵉ personne du pluriel

→ ....

b) *faire*, 1ʳᵉ personne du pluriel

→ ....

c) *voir*, 1ʳᵉ personne du singulier

→ ....

d) *dire*, 2ᵉ personne du singulier

→ ....

e) *voir*, 2ᵉ personne du pluriel

→ ....

6 ★★★ Réécris les phrases au temps demandé entre parenthèses.

a) Je voyais une pièce de théâtre. *(futur)*

....

b) Nous ferons un beau voyage. *(imparfait)*

....

c) Les enfants disent tout à leurs parents. *(futur)*

....

d) Vous faisiez beaucoup d'efforts. *(présent)*

....

Fais le bilan

Barre la forme conjuguée qui ne convient pas.

a) Il [disais] [disait] à Louis de nous rejoindre.

b) Ils [voyait] [voyaient] de beaux tableaux au musée.

c) Elles [ferons] [feront] du feu.

d) Tu [feras] [fera] mieux la prochaine fois !

e) Ils [dit] [disent] au revoir.

TOTAL : ____ /5

Leçon 16

Les verbes *pouvoir*, *vouloir* et *prendre*

Retiens l'essentiel !

Conseils Parents

- Attirez l'attention de l'enfant sur le verbe *pouvoir* qui double la lettre *r* au futur : *je pourrai*.
- Certaines personnes se prononcent de la même façon au futur et à l'imparfait mais s'écrivent différemment.
Ex. : je pouvais, il pouvait, ils pouvaient ; tu voudras, il voudra...

Présent

Pouvoir		Vouloir		Prendre	
Je peux Tu peux Il, elle, on peut	Nous pouvons Vous pouvez Ils, elles peuvent	Je veux Tu veux Il, elle, on veut	Nous voulons Vous voulez Ils, elles veulent	Je prends Tu prends Il, elle, on prend	Nous prenons Vous prenez Ils, elles prennent
Ex. : Ils peuvent sortir.		*Ex.* : Elle veut un bonbon.		*Ex.* : Je prends l'avion.	

Futur

Pouvoir		Vouloir		Prendre	
Je pourrai Tu pourras Il, elle, on pourra	Nous pourrons Vous pourrez Ils, elles pourront	Je voudrai Tu voudras Il, elle, on voudra	Nous voudrons Vous voudrez Ils, elles voudront	Je prendrai Tu prendras Il, elle, on prendra	Nous prendrons Vous prendrez Ils, elles prendront
Ex. : Tu pourras venir.		*Ex.* : Nous voudrons ce jeu.		*Ex.* : Vous prendrez votre temps.	

Imparfait

Pouvoir		Vouloir		Prendre	
Je pouvais Tu pouvais Il, elle, on pouvait	Nous pouvions Vous pouviez Ils, elles pouvaient	Je voulais Tu voulais Il, elle, on voulait	Nous voulions Vous vouliez Ils, elles voulaient	Je prenais Tu prenais Il, elle, on prenait	Nous prenions Vous preniez Ils, elles prenaient
Ex. : Elle pouvait l'attraper.		*Ex.* : Tu voulais rester.		*Ex.* : Nous prenions la voiture.	

Regarde comment on fait !

Associer le sujet à une forme verbale

Entoure la forme verbale qui convient.
La fillette *veux* / *veut* du chocolat pour le goûter.

1 Cherche l'**infinitif** et le **temps** du verbe conjugué. Pour cela, utilise la formule « **Il faut...** ».
veux / veut → C'est le verbe vouloir conjugué au présent.

2 Trouve à quelle **personne de conjugaison** correspond le sujet et cherche comment le verbe *vouloir* se conjugue à cette personne.
La fillette = elle. → Donc il faut conjuguer le verbe *vouloir* à la 3e personne du singulier : *elle veut*.

Réponse : La fillette *veux* / [*veut*] du chocolat pour le goûter.

Entraîne-toi !

Corrigés → Guide Parents p. 10

1 ★ Coche l'infinitif des verbes en rouge.

a) Il peut courir très vite.

☐ prendre ☐ pouvoir

b) Vous pourrez lui raconter votre mésaventure.

☐ prendre ☐ pouvoir

c) Demain matin, le chien voudra sortir.

☐ pouvoir ☐ vouloir

d) Nous prenions notre déjeuner dans le jardin.

☐ pouvoir ☐ prendre

e) Tu veux lire ce roman.

☐ pouvoir ☐ vouloir

f) Nous prendrons notre maillot de bain pour aller à la piscine.

☐ pouvoir ☐ prendre

2 ★ Entoure la forme verbale au présent qui convient.

a) Ils *peut / peuvent* t'aider.

b) Je *prends / prend* la parole.

c) L'enfant *veux / veut* jouer.

d) Elles *prend / prennent* la voiture.

e) Nous *pouvons / pouvont* le voir.

f) Vous *vouler / voulez* du chocolat.

3 ★★ Complète chaque phrase au futur avec un pronom personnel qui convient.

a) .... pourrai découper la tarte.

b) .... voudra se déguiser en vampire.

c) .... prendront une part de gâteau.

d) .... voudras un vélo pour ton anniversaire.

e) .... prendras ton cartable neuf.

f) .... pourrez bientôt partir.

4 ★★ Conjugue les verbes entre parenthèses à l'imparfait.

a) Les garçons *(vouloir)* .... skier.

b) Vous *(pouvoir)* .... venir nous voir.

c) Nous *(prendre)* .... le train chaque été.

d) Le chat *(pouvoir)* .... grimper à l'arbre mais il ne savait pas redescendre !

5 ★★★ Réécris chaque phrase avec le sujet proposé en conjuguant le verbe au temps demandé.

a) Les oiseaux peuvent voler très haut. *(futur)*

Nous ....

b) Le chat voudra attraper ces souris. *(imparfait)*

Vous ....

c) Martin prenait tous les bonbons ! *(présent)*

Elles ....

Fais le bilan

Indique à quel temps sont conjugués les verbes. Entoure la bonne réponse.

a) Il prenait son temps pour déjeuner.

→ imparfait / présent / futur

b) Nous pourrons venir à la fête.

→ imparfait / présent / futur

c) Tu voudras inviter tes meilleurs amis.

→ imparfait / présent / futur

d) Ils veulent faire un jeu de société.

→ imparfait / présent / futur

e) Vous pourrez rencontrer mes parents demain.

→ imparfait / présent / futur

TOTAL : ____ /5

Leçon 17

Le pluriel des noms

Conseils Parents

- Un nom peut être au **singulier** (quand il désigne un seul être vivant ou une seule chose) ou au **pluriel** (quand il en désigne plusieurs) : c'est son **nombre**.

- Faites apprendre à l'enfant les exceptions par cœur (les 7 noms en *-ou* qui prennent un *x* au pluriel et les noms en *-al* et en *-ail* qui prennent un *s*).

Retiens l'essentiel !

La règle générale

▸ En général, on ajoute un ***s*** pour écrire un nom **au pluriel**.

Ex. : un garçon → des garçons   une fille → des filles

⚠ Les noms en ***-ou*** prennent un ***s*** au pluriel sauf **7 noms** qui prennent un ***x*** : des bijou**x**, des caillou**x**, des chou**x**, des genou**x**, des hibou**x**, des joujou**x**, des pou**x**.

Les cas particuliers

▸ Les noms en ***-au***, ***-eau*** et ***-eu*** prennent un ***x*** au pluriel, mais il y a des exceptions (*des landaus, des bleus, des pneus…*).

Ex. : le noyau → les noyaux   le château → les châteaux
un cheveu → des cheveux

▸ Les noms en ***-al*** se terminent en ***-aux*** au pluriel, mais il y a des exceptions (*des bals, des carnavals, des chacals, des festivals, des récitals, des régals…*).

Ex. : le cheval → les chevaux

▸ Les noms en ***-ail*** se terminent en ***-aux*** au pluriel, mais il y a des exceptions (*des attirails, des chandails, des détails, des épouvantails, des gouvernails, des portails*).

Ex. : le corail → les coraux

⚠ Les noms terminés par ***s***, ***x*** et ***z*** **ne changent pas** au pluriel.

Ex. : un ananas → des ananas / la noix → les noix / un nez → des nez

Regarde comment on fait !

Savoir écrire des noms au pluriel

Écris les noms au pluriel.

a) une feuille **b)** la perdrix **c)** le cheval **d)** un caillou

1 Observe comment **se termine** chaque nom. Cherche s'il suit la **règle générale** (ajout d'un ***s***) ou s'il s'agit d'un **cas particulier**.

a) feuille → Il faut ajouter un ***s*** au pluriel.
b) perdrix → Les noms terminés par un *x* **ne changent pas** au pluriel.
c) cheval → Les noms en *-al* font leur pluriel en ***-aux***.
d) caillou → Les noms en *-ou* prennent un ***s*** au pluriel.

2 Maintenant, cherche si les noms font partie des **exceptions**.
→ Feuille, perdrix et cheval ne font pas partie des exceptions.
→ Caillou est une **exception** : il prend un ***x*** au pluriel.

Réponses : **a)** des **feuilles** **b)** les **perdrix**
c) les **chevaux** **d)** des **cailloux**

Corrigés → Guide Parents p. 10

1 ★ Écris les noms au pluriel.

a) un éléphant → des ....

b) le livre → les ....

c) un prix → des ....

d) l'arbre → les ....

e) la souris → les ....

f) un détail → des ....

2 ★ Complète les noms au pluriel avec s ou x.

a) des oiseau...

b) les enfant...

c) des tuyau...

d) les voiture...

e) des cheveu...

f) les chapeau...

g) les jeu...

h) des carte...

3 ★★ Écris les noms au pluriel.

a) un bocal → ....

b) le journal → ....

c) un travail → ....

d) le chacal → ....

e) un chandail → ....

4 ★★ Écris les noms au pluriel.

a) un verrou → ....

b) le genou → ....

c) un clou → ....

d) un hibou → ....

e) le kangourou → ....

5 ★★ Complète les noms au pluriel avec s ou x.

a) À la cour du roi, les bal... étaient toujours magnifiques.

b) Les pneu... de la voiture sont crevés.

c) Nous nous amusons comme des fou... !

d) Tes nouveaux bijou... sont brillants.

e) Le chien a creusé des trou... dans le jardin.

6 ★★★ Réécris les phrases en mettant les noms en rouge au pluriel. Pense à faire tous les changements nécessaires.

a) J'ai vu un lynx au zoo.

....

b) Le rhinocéros est près du lion.

....

c) Ce jeu est amusant.

....

d) La brebis est dans la prairie.

....

e) Le ruisseau coule dans le champ.

....

Fais le bilan

Classe les mots dans le tableau selon leur pluriel.

a) le carnaval c) un total e) un tribunal

b) le livre d) le joujou

Pluriel en s	Pluriel en x
....	....
....	....
....	....

TOTAL : ____ /5

Leçon 18

Les accords dans le groupe nominal

Conseils Parents

- Le groupe nominal est composé d'un déterminant et d'un nom (le nom noyau). Il peut aussi comporter des adjectifs qui donnent des informations sur le nom.

- Pour entraîner l'enfant à faire les accords, proposez-lui des GN à l'oral et demandez-lui de remplacer le nom.
Ex. : le chêne vert
→ la mousse …
un hérisson piquant
→ des branches …

Retiens l'essentiel !

Les accords dans le groupe nominal

▸ Dans un **groupe nominal (GN)**, le **déterminant** et l'**adjectif** (quand il y en a) **s'accordent** en genre (masculin ou féminin) et en nombre (singulier ou pluriel) **avec le nom** qu'ils accompagnent.

Ex. : un pull vert (masculin singulier) / des pulls verts (masculin pluriel)
dét. nom adjectif — dét. nom adjectif
groupe nominal — groupe nominal

une robe verte (féminin singulier) / des robes vertes (féminin pluriel)
dét. nom adjectif — dét. nom adjectif
groupe nominal — groupe nominal

La formation du féminin et du pluriel

▸ En général, il faut ajouter un ***e*** à l'adjectif masculin pour former le **féminin**.
Ex. : un petit chat → une petite chatte

▸ Au **pluriel**, il faut le plus souvent ajouter un ***s*** au nom et à l'adjectif.
Ex. : un garçon poli → des garçons polis

Regarde comment on fait !

Savoir faire les accords dans le groupe nominal

Accorde le déterminant et l'adjectif entre parenthèses avec le nom.

a) *(le) (gentil)* chiens **b)** *(un) (grand)* maison

1 Observe le genre et le nombre du **nom**.
a) chiens → nom masculin pluriel
b) maison → nom féminin singulier

2 **Accorde le déterminant et l'adjectif** : ils doivent avoir le même genre et le même nombre que le nom.
a) Il faut mettre le et gentil au masculin pluriel. → On ajoute un *s*.
b) Il faut mettre un et grand au féminin singulier. → On ajoute un *e*.

Réponses : a) les gentils chiens **b)** une grande maison

Entraîne-toi !

Corrigés → Guide Parents p. 10

1 ★ Indique le genre (masculin ou féminin) et le nombre (singulier ou pluriel) de chaque groupe nominal.

Observe bien le nom pour connaître le genre et le nombre du GN.

a) la grande forêt → ....

b) des vélos bleus → ....

c) un oiseau blessé → ....

d) des pommes rouges → ....

e) les fleurs fanées → ....

2 ★ Entoure le déterminant qui convient.

a) *un* / *des* oiseaux bleus

b) *la* / *les* petite maison

c) *le* / *les* gâteaux délicieux

d) *l'* / *les* étoile filante

e) *une* / *des* roses rouges

3 ★ Barre l'adjectif qui ne convient pas.

a) un voilier rapide | rapides

b) des navires chargés | chargées

c) des lignes droite | droites

d) une course épuisante | épuisantes

e) des lionnes fatigués | fatiguées

4 ★★ Accorde les adjectifs si c'est nécessaire.

Ex. : des jeux amusant.........
→ des jeux amusants

a) une plante vert.........

b) des branches cassé.........

c) un pantalon troué.........

d) des volets bleu.........

e) des histoires étonnant.........

5 ★★ Réécris les groupes nominaux au pluriel.

a) une jolie limace

....

b) une haute tour

....

c) un méchant bandit

....

6 ★★ Complète chaque groupe nominal avec un déterminant.

a) .... cheveux frisés

b) .... animal gentil

c) .... grand garçon

d) .... île déserte

e) .... fleurs jaunes

7 ★★★ Réécris les phrases en remplaçant les noms en rouge par les noms entre parenthèses. Fais les accords nécessaires.

a) J'ai un long manteau. *(veste)*

....

b) Elle vit dans une belle maison. *(château)*

....

c) C'est un endroit merveilleux ! *(idée)*

....

Fais le bilan

Dans chaque groupe nominal, entoure l'adjectif correctement accordé.

a) une fourmi *noir* / *noire*

b) des idées *intéressante* / *intéressantes*

c) un élève *étourdi* / *étourdis*

d) des coffres *plein* / *pleins*

e) des maquettes *abîmés* / *abîmées*

TOTAL : ____ /5

Leçon 19

L'accord sujet / verbe

Conseils Parents

- Pour accorder le verbe avec son sujet, l'enfant doit savoir les identifier :
  – le **verbe** indique une action ou un état ;
  – le **sujet** indique qui fait l'action ou de quoi l'on parle.
- Le sujet est généralement placé avant le verbe mais il peut aussi être placé après (sujet inversé).
  Ex. : Dans un château vivait une princesse.

Retiens l'essentiel !

L'accord du verbe avec le sujet

▸ Dans une phrase, le verbe **s'accorde toujours** avec le sujet.

▸ Si le sujet est au **singulier**, le verbe est au **singulier**.

Ex. : L'enfant (sujet au singulier) cueille (verbe au singulier) des cerises.

Le petit chat (sujet au singulier) aime (verbe au singulier) le lait.

▸ Si le sujet est au **pluriel**, le verbe est au **pluriel**.

Ex. : Les enfants (sujet au pluriel) cueillent (verbe au pluriel) des cerises.

Les petits chats (sujet au pluriel) aiment (verbe au pluriel) le lait.

Regarde comment on fait !

Accorder un verbe avec son sujet

Complète le verbe avec la terminaison qui convient au présent.

Baptiste et Valentin observ...... les étoiles.

1 Cherche le **sujet** du verbe. Pour le trouver, pose la question **« Qui est-ce qui... ? »** ou **« Qu'est-ce qui... ? »** devant le verbe.
Qui est-ce qui observe **?** → Baptiste et Valentin (= sujet).

2 Pour savoir comment accorder le verbe, remplace le sujet par un **pronom personnel**.
Baptiste et Valentin = ils.
→ Donc il faut conjuguer le verbe à la 3e personne du pluriel.

3 Cherche le **groupe** du verbe pour savoir comment le conjuguer au présent.
C'est le verbe observer = **verbe en « er »**. → Donc il faut ajouter -ent.

Réponse : Baptiste et Valentin observ**ent** les étoiles.

Entraîne-toi !

Corrigés → Guide Parents p. 10

1 ★ Souligne le sujet dans chaque phrase.

a) Elle mange une pomme.

b) La fillette cueille un coquelicot.

c) La tortue est dans le jardin.

d) Ce papillon a des ailes jaunes.

2 ★ Relie les sujets aux verbes qui conviennent.

Observe bien la terminaison des verbes.

Le chien •	• aimons le chocolat.
Nous •	• fanent dans le vase.
Les fleurs •	• écoute une chanson.
Tu •	• flaire le gibier.
La fillette •	• ramasses tes affaires.

3 ★★ Entoure le verbe qui convient.

a) Elle *respire* / *respirent* une bonne odeur de pâtisserie.

b) Lilou et Arthur *discute* / *discutent* ensemble.

c) Les clowns *amuse* / *amusent* les enfants.

d) Sam *cherche* / *cherches* la solution du problème.

4 ★★ Réécris les phrases en remplaçant chaque sujet par le pronom qui convient : il, ils, elle ou elles.

a) Les dragons verts crachent du feu.

....

b) Lola et Mathilde mangent un bonbon.

....

c) Une cigogne a fait son nid sur le toit.

....

d) Un lapin gris marche dans la prairie.

....

5 ★★ Complète les verbes avec la terminaison qui convient au présent.

Observe bien le sujet pour accorder le verbe correctement.

a) L'écureuil se sauv......... au moindre bruit.

b) Les mauvaises herbes envahiss......... le jardin.

c) Vous invent......... des voitures plus propres.

d) Les élèves visit......... les jardins autour du château.

e) Nous rempliss......... la cruche d'eau.

6 ★★★ Conjugue le verbe au temps demandé en l'accordant avec le sujet.

a) Ce déchet (*rester* au futur) .... dans la nature très longtemps.

b) Chaque matin, l'oiseau (*chanter* à l'imparfait) .... près de ma fenêtre.

c) Les grosses pierres (*rouler* au présent) .... le long de la pente.

d) Le mercredi, Nathan et Enzo (*jouer* à l'imparfait) .... dans le parc.

Fais le bilan

Coche la case si le verbe est correctement accordé.

a) L'enfant pédale très vite. ☐

b) Le petit garçon rangent sa chambre. ☐

c) De nombreux camions collectent les vieux papiers. ☐

d) Ma sœur souffle ses bougies. ☐

e) Ils découpe des parts de gâteau. ☐

TOTAL : ____ /5

Leçon 20

s - ss - c - ç / c - k - qu / g - ge

Conseils Parents

- On utilise l'alphabet phonétique pour transcrire les sons du langage parlé :
  - **[s]** pour le son « s » (le serpent) ;
  - **[k]** pour le son « que » (un sac, une barque, un orchestre) ;
  - **[ʒ]** pour le son « ge » (un singe, une girafe) ;
  - **[g]** pour le son « gue » (un gant, une guitare).
- La lettre *s* se prononce parfois [s] entre deux voyelles : un parasol, un tournesol...

Retiens l'essentiel !

Le son [s]

▸ Le **son [s]** peut s'écrire :
– avec **un *s*** au début d'un mot et entre une voyelle et une consonne ;
Ex. : Un savon, un conseil, ensemble.
– avec **deux *s*** entre deux voyelles ; *Ex. :* Une brosse, le poisson, un coussin.
– avec la **lettre *c*** devant ***e*** et ***i***. *Ex. :* Une balance, merci.
⚠ Devant ***a***, ***o*** et ***u***, il faut mettre une **cédille (ç)**.
Ex. : Une façade, un garçon, un reçu.

Le son [k]

▸ Le **son [k]** peut s'écrire :
– avec la **lettre *c*** devant les consonnes et les voyelles ***a***, ***o*** et ***u*** ;
Ex. : La crainte, la couleur.
– avec la **lettre *k*** ; *Ex. :* Un kimono, un koala.
– avec les **lettres *qu***. *Ex. :* Quatre, la musique.

La lettre *g*

▸ La **lettre *g*** se prononce [ʒ] devant ***e***, ***i*** et ***y***.
Ex. : Le danger, agiter, la gymnastique.
⚠ Devant ***a*** et ***o***, il faut ajouter un ***e*** pour obtenir le **son** [ʒ].
Ex. : Nous mangeons.

▸ La **lettre *g*** se prononce [g] devant une consonne et les voyelles ***a***, ***o*** et ***u***.
Ex. : Une glace, un garde, une gourde, un légume.
⚠ Devant ***e*** et ***i***, il faut ajouter un ***u*** pour obtenir le **son** [g].
Ex. : Un guide, une vague.

Regarde comment on fait !

Savoir écrire le son [s]

Complète avec s ou ss pour obtenir le son [s].

a) repa...er **b)** une li...te

1 **Observe les lettres** placées avant et après.
a) repa...er → 2 voyelles. **b)** une li...te → 1 voyelle et 1 consonne.

2 Maintenant, **applique la règle** : pour obtenir le son [s] entre deux voyelles, il faut mettre deux *s*.
a) repa...er → Il faut mettre **deux *s***. **b)** une li...te → Il faut mettre **un *s***.

Réponses : a) repasser **b)** une liste

Entraîne-toi !

Corrigés → Guide Parents p. 11

1 ★ Complète avec s ou ss.

a) un bui.........on

b) une ....ouris

c) un ge.........te

d) une gli.........ade

e) une adre.........e

f) traver.........er

2 ★ Ajoute une cédille sous le c si nécessaire pour faire le son [s].

une source – la lecon – l'électricité –
une bicyclette – une balancoire – un incendie –
un glacon – un macon – le cinéma

3 ★★ Complète avec g, gu ou ge.

a) Peux-tu ...gu...etter le facteur ?

b) Ma sœur joue de la ..gu..itare.

c) Le poisson a des na..ge..oires.

d) À la piscine, je saute du grand plon..ge..oir.

e) Tu manges une ..g...lace au chocolat.

f) Vous ....oûtez au ....âteau au chocolat.

g) Il fait froid : enfile ton ....ilet !

4 ★★ Complète avec s, ss, c ou ç. Tu peux t'aider d'un dictionnaire.

a) J'ai mangé un de.........ert avec des fruits.

b) Elle re.........oit de jolies fleurs.

c) J'ai des beaux poi.........ons dans mon aquarium.

d) De la mou.........e verte pou.........e sur le vieux mur.

e) J'adore les ....erises !

f) Il y avait beaucoup de per.........onnes à l'anniver.........aire de ma mère.

g) Jules a coupé du ....au.........i.........on.

5 ★★ Complète avec c, k, q ou qu. Tu peux t'aider d'un dictionnaire.

a) L'é.........ureuil a trouvé une noisette.

b) Lucas a une ....as.........ette sur la tête.

c) Tom enfile son ....imono de ....araté.

d) Dans la ferme, le co......... chante.

e) Le ....angourou fait des bonds.

f) Tu as une belle é.........riture !

6 ★★★ Classe les mots dans le tableau.

une poussette – le perroquet – le nuage – la guêpe – le maçon – l'horloge – un koala – un gorille

On entend [s] comme dans salade	On entend [k] comme dans cube
....	....
....	....
On entend [ʒ] comme dans luge	**On entend [g] comme dans gâteau**
....	....
....	....

Fais le bilan

Coche la bonne réponse.

	Vrai	Faux
a) Il faut mettre un *s* entre une voyelle et une consonne pour obtenir le son [s].	☐	☐
b) La lettre *c* prend une cédille devant *a*, *o* et *u* pour faire le son [s].	☐	☐
c) Il faut mettre deux *s* entre deux voyelles pour obtenir le son [s].	☐	☐
d) La lettre *g* se prononce [ʒ] devant *u*.	☐	☐
e) Il faut mettre *ge* devant *a* et *o* pour avoir le son [ʒ].	☐	☐

TOTAL : ____ /5

Leçon 21

a - à / on - ont / et - est / son - sont

Conseils Parents

a et *à*, *on* et *ont*, *et* et *est*, *son* et *sont* sont des **homophones** : ils se prononcent de la même manière mais ils s'écrivent différemment. Pour savoir comment les écrire, entraînez l'enfant à les remplacer oralement pour qu'il acquière des automatismes.

Retiens l'essentiel !

a ou à

- ***a*** est le verbe ***avoir*** au présent à la 3e personne du singulier. On peut le remplacer par ***avait***.
- ***à*** est un petit mot invariable, une **préposition**.

Ex. : Il a une ferme à la campagne. → Il avait une ferme à la campagne.

on ou ont

- ***ont*** est le verbe ***avoir*** au présent à la 3e personne du pluriel. On peut le remplacer par ***avaient***.
- ***on*** est un **pronom personnel**. On peut le remplacer par ***il*** ou ***elle***.

Ex. : Elles ont une belle maison. → Elles avaient une belle maison.
On habite dans un joli village. → Il (Elle) habite dans un joli village.

et ou est

- ***est*** est le verbe ***être*** au présent à la 3e personne du singulier. On peut le remplacer par ***était***.
- ***et*** est un **mot de liaison** invariable qui sert à relier des mots. On peut le remplacer par ***et puis***.

Ex. : Il est gourmand. Il aime le chocolat et les bonbons.
→ Il était gourmand. Il aime le chocolat et puis les bonbons.

son ou sont

- ***sont*** est le verbe ***être*** au présent à la 3e personne du pluriel. On peut le remplacer par ***étaient***.
- ***son*** est un **déterminant possessif**. On peut le remplacer par ***mon*** ou ***un***.

Ex. : Les élèves sont silencieux. Chacun lit son livre.
→ Les élèves étaient silencieux. Chacun lit un livre.

Regarde comment on fait !

Différencier deux homophones

Souligne en vert le déterminant possessif et en rouge le verbe *être*.
a) Elles **sont** joyeuses. **b)** Il range **son** cartable.

1 Observe les phrases pour reconnaître le verbe et le déterminant possessif.
a) Elles sont joyeuses. → sont indique l'état du sujet (elles) : c'est un verbe.
b) Il range son cartable. → son est placé devant un nom (cartable) : c'est un déterminant possessif.

2 Remplace les mots en gras par étaient et mon.
a) Elles étaient (≠ mon) joyeuses. → C'est le verbe être. → **a)** Elles <u>sont</u> joyeuses.
b) Il range mon (≠ étaient) cartable. → C'est le déterminant possessif. → **b)** Il range <u>son</u> cartable.

Entraîne-toi !

Corrigés → Guide Parents p. 11

1 ★ Dans chaque phrase, entoure on ou ont.

on = il *ou* elle
ont = avaient

a) Les danseuses *on / ont* de belles robes.

b) Ils *on / ont* de nombreux amis.

c) *On / Ont* a envie de manger de la purée.

d) *On / Ont* a trouvé un trésor !

e) Mes amis *on / ont* des nouveaux jeux.

2 ★ Complète avec son ou sont.

son = mon *ou* un
sont = étaient

a) Ces enfants ………… très polis.

b) Il a mis ………… nouveau manteau.

c) Le chat dort dans ………… panier.

d) Les arbres du parc ………… immenses !

e) ………… frère revient d'Angleterre.

3 ★★ Complète avec a ou à.

a = avait
à ≠ avait

a) Sarah ………… un petit frère.

b) J'aime les glaces ………… la vanille.

c) Thomas va ………… l'école ………… pied.

d) Cet été, il ………… appris ………… plonger.

e) Elle ………… un grand sac ………… dos.

4 ★★ Complète avec a ou à, on ou ont.

………… la fin de la journée, les enfants ………… amené une corde. Amélie ………… grimpé. Quand elle ………… atteint la branche, elle ………… regardé dans le nid. ………… peut y voir six œufs.

5 ★★ Complète avec et ou est.

et = et puis
est = était

a) Chaque matin, il boit du jus d'orange ………… du lait.

b) Elle ………… en vacances à la mer.

c) Le midi, il prend une entrée ………… un dessert.

d) Dans ma trousse, il y a des stylos ………… des crayons.

e) Lucie ………… à la maison ………… sa sœur ………… à l'école.

6 ★★★ Complète avec a ou à, on ou ont, et ou est, son ou sont.

Ce soir, Valentin ………… Baptiste ………… dehors très tard. Ils n'………… pas envie de dormir. Ils ………… venus observer les étoiles car la nuit ………… bien sombre. Valentin ………… apporté ………… télescope. Ils espèrent réussir ………… voir Saturne. ………… imagine facilement combien ils ………… heureux !

Fais le bilan

Coche la bonne réponse.

	Vrai	Faux
a) *à* est le verbe *avoir* à la 3e personne du singulier au présent.	☐	☐
b) On peut remplacer *est* par *et puis*.	☐	☐
c) On peut remplacer *a* par *avait*.	☐	☐
d) On peut remplacer *ont* par *il* ou *elle*.	☐	☐
e) *sont* est le verbe *être* à la 3e personne du pluriel au présent.	☐	☐

TOTAL : ____ /5

Leçon 22

an / am - en / em - on / om - in / im
Les mots invariables

Conseils Parents

• L'enfant doit connaître par cœur les 5 mots exceptions : un bonbon, une bonbonne, une bonbonnière, l'embonpoint, néanmoins.

• De nombreux adverbes se terminent par *-ment*. Ils sont contruits à partir d'un adjectif qualificatif. *Ex.* : calme → calmement.

• Il faut savoir écrire les mots invariables les plus utilisés : *alors, avant, après, ainsi, aujourd'hui, aussi, beaucoup, comme, dans, déjà, demain, enfin, encore, ensuite, hier, jamais, longtemps, mais, maintenant, parfois, partout, quand, rien, sans, toujours, très, trop, voilà…*

Retiens l'essentiel !

an / am - en / em - on / om - in / im

Devant les lettres ***m***, ***b***, ***p*** :
– ***an*** devient ***am*** ; *Ex.* : une ambulance, une ampoule.
– ***en*** devient ***em*** ; *Ex.* : emmener, novembre, une tempête.
– ***on*** devient ***om*** ; *Ex.* : tomber, une pompe.
– ***in*** devient ***im*** ; *Ex.* : immangeable, une timbale, impossible.

⚠ Il y a des exceptions : *un bonbon, une bonbonne, une bonbonnière, l'embonpoint, néanmoins.*

Les mots invariables

▸ Ils **ne s'accordent pas** en genre et en nombre.
Ex. : Hier, mon frère avait une compétition de basket et il est rentré tard.

▸ Certains mots invariables sont des **mots de liaison** qui permettent de relier des phrases ou des groupes de mots : *et, ou, mais, or, car, donc…*

▸ Les **adverbes** sont des mots invariables. Ils **modifient ou précisent le sens d'un autre mot**, par exemple un verbe : *dehors, ici, tard, parfois, après, lentement…*
Ex. : Enzo court. → Enzo court vite.
Louise a réussi son exercice. → Louise a parfaitement réussi son exercice.

Regarde comment on fait !

Savoir écrire le son [ã] : *an/am, en/em*

Complète avec m ou n.

une bala…çoire – re…porter – une a…bulance – un serpe…t – e…mener

1 Lis les mots en les complétant dans ta tête pour les comprendre.

2 Observe la **lettre qui suit**. Si c'est un *m*, un *b* ou un *p*, il faut écrire *m*. Sinon, ajoute un *n*.
une bala…çoire → Il s'agit de la lettre *ç* : il faut ajouter un *n*.
re…porter → Il s'agit de la lettre *p* : il faut ajouter un *m*.
une a…bulance → Il s'agit de la lettre *b* : il faut ajouter un *m*.
un serpe…t → Il s'agit de la lettre *t* : il faut ajouter un *n*.
e…mener → Il s'agit de la lettre *m* : il faut ajouter un *m*.

Réponses : une balançoire – remporter – une ambulance – un serpent – emmener

Entraîne-toi !

Corrigés → Guide Parents p. 11

1 ★ Souligne les mots dans lesquels tu vois la lettre m devant b et p.

a) Dans le port, une mouette se balance sur le mât d'un bateau.

b) Un serpent de mer rampe sur le sable au fond de l'eau.

c) La température sur la plage est élevée.

d) Lou joue avec son ombre au bord de l'océan.

2 ★ Complète avec m ou n.

a) Le plo...geur met son masque.

b) Il prend ses palmes et sa co...binaison.

c) Le capitaine e...tre dans sa cha...bre et ferme la porte de la cabine.

d) Il est i...possible de couler ce bateau !

e) Le sous-mari... doit faire surface.

3 ★★ Barre les mots en rouge s'ils sont mal orthographiés.

Ex. : Paul ramge sa chambre.
→ Paul ~~ramge~~ sa chambre.

a) Ce matin, le vemt souffle très fort.

b) La ville est emdormie.

c) Clara va encore à la canpagne.

d) Cet animal ressemble à un lomg serpent.

e) Sami est content : il a eu une bonne note.

4 ★★ Associe les mots invariables de sens contraire.

toujours •	• dehors
sans •	• jamais
dedans •	• avec
sur •	• derrière
devant •	• tôt
tard •	• sous

5 ★★ Modifie le sens de chaque verbe avec un adverbe de la liste.

rapidement – presque – très – prudemment – beaucoup

a) Il fait .... froid !

b) Elle traverse .... la rue.

c) C'est .... terminé.

d) J'aime .... le chocolat.

e) Tu roules .... en vélo.

6 ★★★ Complète le texte avec les mots invariables proposés.

finalement – d'abord – puis – ensuite – alors

Il neigeait, ... nous avons mis nos manteaux , nos gants et nos écharpes, ... nous sommes sortis. .... nous avons fait un bonhomme de neige. .... nous avons fait de la luge. ...., comme il faisait très froid, nous sommes rentrés.

Fais le bilan

Dans chaque phrase, entoure le mot bien écrit.

a) Il est l'heure de *monter* / *momter* dans l'avion.

b) Tu *apprends* / *appremds* ta leçon.

c) Vous devez *comparer* / *conparer* les deux nombres.

d) Le scientifique étudie *toujour* / *toujours* les algues.

e) La boulangère emballe *encore* / *encor* les gâteaux.

TOTAL : ____ /5

Leçon 23

Utiliser le dictionnaire

Conseils Parents

- L'enfant doit connaître l'ordre alphabétique par cœur pour chercher plus efficacement un mot dans le dictionnaire.
- Faites-lui réciter l'alphabet et proposez-lui des devinettes.

Ex. : Entre quelles lettres se trouve la lettre *j* ? La lettre *t* est-elle placée avant ou après la lettre *s* ?

Retiens l'essentiel !

L'ordre alphabétique et le dictionnaire

▶ Un dictionnaire est un ouvrage dans lequel tu peux trouver les définitions des mots classés dans **l'ordre alphabétique** :

A B C D E F G H I J K L M N O P Q R S T U V W X Y Z

▶ Le dictionnaire permet de :

– comprendre ce que signifie un mot inconnu ou difficile ;
– vérifier l'**orthographe** des mots, c'est-à-dire comment ils s'écrivent ;
– connaître la **nature** des mots : si ce sont des noms, des verbes ;
– connaître le **genre** des mots : s'ils sont masculins ou féminins.

▶ Pour trouver rapidement un mot dans le dictionnaire, on utilise les **mots-repères** qui sont placés en haut : ils indiquent le premier et le dernier mot expliqués dans une même double page.

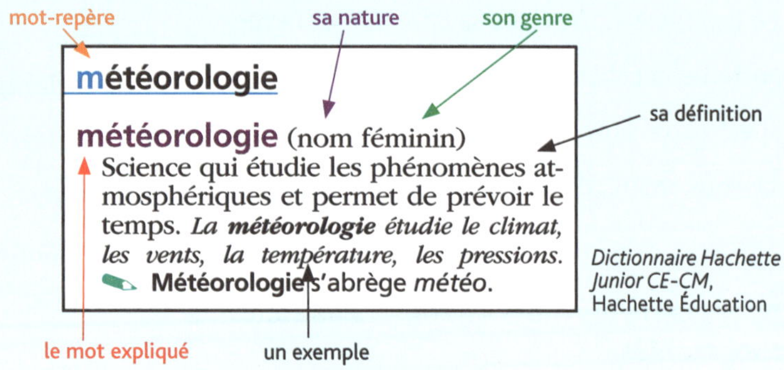

Dictionnaire Hachette Junior CE-CM, Hachette Éducation

Regarde comment on fait !

Ranger des mots dans l'ordre alphabétique

Range les mots dans l'ordre alphabétique.

jouet – porte – enfant – pelouse

1 Observe la 1re **lettre** de chaque mot et cherche sa place dans l'alphabet.
jouet → j est la 10e lettre de l'alphabet.
porte et pelouse → p est la 16e lettre de l'alphabet.
enfant → e est la 5e lettre de l'alphabet.
→ Donc il faut ranger enfant avant jouet, porte et pelouse.

2 Si des mots commencent par la même lettre, observe la 2e **lettre**.
→ La lettre *e* (pelouse) est avant la lettre *o* (porte) donc pelouse est **avant** porte.

Réponse : enfant – jouet – pelouse – porte

Entraîne-toi !

Corrigés → Guide Parents p. 11

1 ★ Complète chaque série avec la lettre qui manque.

a) a b c .... e

b) j k l .... n o

c) s .... u v w

d) f g h i ....

e) v w .... y z

f) .... o p q r

2 ★ Range les mots dans l'ordre alphabétique.

a) buffet – lit – tapis – porte

....

b) trousse – gomme – cahier – règle

....

c) oiseau – éléphant – souris – lion

....

d) flocon – neige – froid – glace

....

3 ★★ Dans chaque liste, entoure le mot qui n'est pas à sa place.

a) bonheur – course – paquet – manger – zèbre

b) marcher – meilleur – minuit – musée – mouton

c) Laura – Lise – Léon – Louis – Lucie

d) bille – buffet – blanc – bonheur – bruit

4 ★★ Souligne les mots que tu peux trouver entre les mots-repères.

Ex. : Entre ballon et boule → balle – berger – beau – brûler – bande

a) Entre farine et fée → faute – facteur – fusée – favoriser – fatigue – fantôme

b) Entre léopard et luge → lenteur – lutte – liberté – larme – licorne

c) Entre otarie et ouvrir → ouvrier – ombre – ouate – ortie – oublier

d) Entre pilote et pipe → pin – pioche – pomme – piscine – pinceau

5 ★★ Cherche chaque nom dans un dictionnaire et indique son genre (masculin ou féminin).

a) pétunia : ....

b) gyrophare : ....

c) hémisphère : ....

d) périple : ....

e) harpon : ....

f) concordance : ....

6 ★★★ Relie chaque mot à sa définition en t'aidant d'un dictionnaire.

lamelle •	• départ en masse d'une population
perron •	• petite lame
harpie •	• escalier extérieur se terminant par une plateforme
exode •	• femme méchante

Fais le bilan

Coche la bonne réponse.
Tu peux t'aider d'un dictionnaire.

	Vrai	Faux
a) Cette liste de mots est dans l'ordre alphabétique : *corde – envoi – évasion – poule – toiture*.	☐	☐
b) Dans le dictionnaire, on peut trouver le mot *jouet* entre les mots *jeu* et *joie*.	☐	☐
c) Le mot *ravin* est après le mot *raquette* dans le dictionnaire.	☐	☐
d) Le nom *hennissement* est féminin.	☐	☐
e) Un pintadeau est le petit de la pintade.	☐	☐

TOTAL : ____ /5

Leçon 24

Les synonymes et les contraires Les familles de mots

Conseils Parents

- Pour exprimer le contraire, on peut aussi utiliser la **forme négative**.
Ex. : Il rentre tard.
→ Il **ne** rentre **pas** tard.

- Il ne faut pas confondre une **famille** de mots ayant un **radical** commun avec un groupe de mots rassemblés autour d'un **thème**. On parle alors de mots d'un même **domaine**.
Ex. : Un marin, maritime, amerrir → famille du mot *mer*.
La plage, un bateau, une vague → domaine de la mer.

Retiens l'essentiel !

Les synonymes

▸ Des **synonymes** sont des mots qui ont **le même sens** ou **un sens proche**.
Ex. : joyeux et heureux / laver et nettoyer / beau et magnifique

▸ Les synonymes permettent d'éviter les **répétitions**.
Ex. : Pour le carnaval, j'ai un beau costume et un beau masque.
→ Pour le carnaval, j'ai un beau costume et un magnifique masque.

Les contraires

▸ Les **contraires** sont des mots de sens opposé.
Ex. : joyeux et triste / laver et salir / beau et laid

▸ Pour former des contraires, on peut utiliser des **préfixes**.
Ex. : coudre → découdre / possible → impossible

Les familles de mots

▸ Les **mots d'une même famille** sont formés à partir d'un même **radical**. Ils ont tous un **sens commun**.
Ex. : un mont, une montagne, un montagnard, monter, surmonter

▸ On peut construire des mots de la même famille en ajoutant :
– un **préfixe** ; *Ex. :* placer → déplacer.
– un **suffixe**. *Ex. :* grand → grandir.

Regarde comment on fait !

Reconnaître les mots de la même famille

Classe les mots en deux familles.

un laitage – la laideur – une laiterie – laide – enlaidir – allaiter

Le dictionnaire peut t'aider à retrouver les mots d'une même famille.

1 Cherche le **radical commun** aux mots pour trouver chaque famille.
un laitage – la laideur – une laiterie – laide – enlaidir – allaiter

2 Regroupe les mots qui ont le même radical. Assure-toi qu'ils évoquent la même **idée**.
un laitage – une laiterie – allaiter → famille du mot lait
la laideur — laide – enlaidir → famille du mot laid

Réponses : → un laitage – une laiterie – allaiter
→ la laideur – laide – enlaidir

Corrigés → Guide Parents p. 12

1 ★ Relie les synonymes.

commencer •	• étinceler
un camarade •	• débuter
briller •	• murmurer
drôle •	• un ami
chuchoter •	• une bicyclette
un vélo •	• comique

2 ★ Écris ensemble les paires de mots contraires.

rapide – entrer – laid – détester – sortir – désagréable – lent – beau – aimer – agréable

a) ....

b) ....

c) ....

d) ....

e) ....

3 ★ Complète chaque famille par un mot de la liste.

Dans les mots d'une même famille, on retrouve toujours un groupe de lettres semblables (le radical).

lumineuse – la profondeur – dépasser – une habitation – endormi

a) passer, un passage, ...

b) habiter, habitable, ...

c) illuminé, la lumière, ...

d) dormir, un dormeur, ...

e) approfondir, profond, ...

4 ★★ Classe les mots dans le tableau.

ventiler – la veillée – un éventail – le réveillon – un paravent – une veilleuse – surveiller – venteux

Famille du mot vent	Famille du mot veiller
....	....
....	....
....	....
....	....

5 ★★★ Pour chaque mot, trouve deux mots de la même famille. Tu peux t'aider d'un dictionnaire.

Ex. : rouge → une rougeur, rougir

a) triste → ....

b) la terre → ....

c) bondir → ....

d) une plante → ....

e) un patin → ....

f) une chaussure → ....

g) servir → ....

Fais le bilan

Coche la bonne réponse.

	Vrai	Faux
a) Les synonymes signifient presque la même chose.	☐	☐
b) On peut remplacer un mot par son contraire pour éviter les répétitions.	☐	☐
c) Dans une famille de mots, les mots ont un radical différent.	☐	☐
d) Un préfixe est situé après le radical.	☐	☐
e) Un suffixe est situé après le radical.	☐	☐

TOTAL : ____ /5

Leçon 25

Le champ lexical

Conseils Parents

- Faites remarquer à l'enfant qu'un mot peut faire partie de plusieurs champs lexicaux.
Ex. : le verbe « écouter » peut faire partie du domaine de la musique, de l'école, de la nature.

- Proposez à l'enfant de trouver d'autres mots appartenant aux champs lexicaux donnés dans « Retiens l'essentiel ».

Retiens l'essentiel !

- On appelle **« champ lexical »** l'ensemble des mots qui se rapportent à un même thème/domaine.
Ex. : le champ lexical du sport : courir, nager, un short, un jogging, un terrain, un match...

- Les mots d'un même champ lexical peuvent être des verbes, des noms, des adjectifs qualificatifs. Ils peuvent également être des synonymes ou faire partie d'une même famille.

- Quelques exemples de champs lexicaux
– **le champ lexical de l'école** : un écolier, le cartable, une trousse, une règle, un stylo, un crayon, une ardoise, un cahier, le livre, l'histoire, les sciences, les mathématiques, écrire, copier, effacer, reproduire, travailler, réfléchir, être attentif, compter, calculer...
– **le champ lexical de la maison** : un meuble, une pièce, une cheminée, la fenêtre, le plafond, la cuisine, la chambre, le salon, un mur, un fauteuil, une table, préparer, laver, dormir, nettoyer, propre...
– **le champ lexical des sensations** : la peau, les yeux, les oreilles, le nez, la langue, toucher, sentir, flairer, voir, regarder, écouter, entendre, goûter, apprécier, aimer, doux, rugueux, acide, amer, piquant...

Regarde comment on fait !

Identifier les mots d'un champ lexical

Entoure les mots qui appartiennent au domaine des mathématiques.

une addition – comparer – éplucher – un calcul – compter – un chiffre – une plante – un rideau

1 Lis chaque mot.

2 Relève les mots que tu as déjà entendus ou utilisés pendant les leçons de mathématiques à l'école.
une addition – comparer – un calcul – compter – un chiffre

Réponses : [une addition] – [comparer] – éplucher – [un calcul] – [compter] – [un chiffre] – une plante – un rideau

Entraîne-toi !

Corrigés → Guide Parents p. 12

1 ★ **Souligne les mots appartenant au champ lexical de la famille.**

le grand-père – la cousine – la rose – la mère – rouler – doux – l'oncle

2 ★ **Entoure dans le texte les mots du domaine du sport.**

Hier soir, l'équipe de football est allée jouer son premier match. Tous les joueurs étaient sur le terrain. Ils portaient un maillot bleu et un short blanc. L'arbitre avait un maillot jaune et un short noir. Il a sifflé le début de la rencontre.

3 ★★ **Pour chaque liste de mots appartenant au même champ lexical, il y a un intrus. Barre-le.**

a) tige – feuille – lait – pétale – pistil

b) chien – voiture – chat – lapin – canari

c) guitare – flûte – violon – tournevis – piano

d) livre – page – ouvrier – lire – bibliothèque

e) école – tableau – craie – poisson – cahier

4 ★★ **À quel champ lexical appartiennent les mots de chaque liste ? Colorie la bonne étiquette.**

a) branche – feuille – tronc – écorce

arbre | maison

b) rivière – fleuve – mer – fontaine

campagne | eau

c) marteau – pince – tournevis – scie

outils | jeu

5 ★★★ **Complète chaque liste avec deux mots qui appartiennent au même champ lexical.**

a) facteur – courrier – lettre – ....

....

b) genou – pied – épaule – ....

....

c) pomme – poire – prune – ....

....

d) boxe – tennis – football – ....

....

e) valise – train – billet – ....

....

Fais le bilan

Coche la bonne réponse.
Tu peux t'aider d'un dictionnaire.

	Vrai	Faux
a) « Fleur » fait partie du champ lexical du jardin.	☐	☐
b) Les mots « dormir » et « lit » appartiennent au champ lexical de l'école.	☐	☐
c) « Une hirondelle », « une mésange », « une cigogne » appartiennent au même champ lexical.	☐	☐
d) Dans le champ lexical du sport, on peut trouver les mots « tennis », « ogre », « terrain » et « gagner ».	☐	☐
e) Dans le champ lexical de la mer, on peut trouver les mots « vague », « bateau » et « algue ».	☐	☐

TOTAL : ____ /5

Leçon 26

Les niveaux de langue

Conseils Parents

- Faites remarquer à l'enfant que le niveau de langue familier est un langage utilisé uniquement à l'oral lorsqu'il est avec ses amis ou sa famille.

- Pour aider l'enfant, proposez-lui d'utiliser le dictionnaire pour trouver les mots dont il peut avoir besoin dans les différents niveaux de langue.

Retiens l'essentiel !

Trois niveaux pour des situations différentes

▸ Un niveau de langue correspond à un **niveau de vocabulaire et de grammaire** qui va être **utilisé en fonction de la situation de communication.** On ne s'adresse pas à ses camarades comme on parle en classe, un savant ne s'exprimera pas lors d'une conférence comme lorsqu'il parlera avec ses amis.

▸ Il existe trois niveaux de langue.

– **Le niveau de langue soutenu :** le vocabulaire est recherché, les constructions grammaticales sont scrupuleusement respectées, c'est le langage littéraire, le langage des **discours.**
Ex. : Vous avez égaré votre manuel de français.

– **Le niveau de langue courant :** le vocabulaire est usuel, les constructions grammaticales sont respectées, c'est le langage qui doit être **utilisé à l'écrit.**
Ex. : Vous avez perdu votre livre de français.

– **Le niveau de langue familier :** le vocabulaire est peu choisi et parfois vulgaire, les constructions grammaticales ne sont pas toutes respectées, c'est un langage qui est **réservé à l'oral** et **ne doit pas être utilisé à l'écrit.**
Ex. : Vous avez paumé votre bouquin de français.

Regarde comment on fait !

Indiquer à quel niveau de langue appartient une phrase

Entoure la phrase qui appartient au niveau de langue courant.

C'était pas la joie !
C'était fort attristant !
C'était plutôt triste !

1 Lis et observe la **construction de chaque phrase.**
a) C'était pas la joie ! → Cette phrase n'a pas une construction correcte.
b) C'était fort attristant ! → Dans cette phrase, on utilise des mots recherchés.
c) C'était plutôt triste ! → Cette phrase est correctement construite et utilise des mots simples.

2 Réfléchis. Quelle phrase utiliserais-tu si tu devais **écrire un texte** ?

Réponse : C'était plutôt triste !

Corrigés → Guide Parents p. 12

1 ★ **Relie chaque mot au bon niveau de langue.**

fête •	• familier
bouquin •	
demeure •	• courant
voiture •	
gamin •	• soutenu
se quereller •	

2 ★ **Souligne les phrases du niveau de langue courant.**

a) J'ai eu du bol !

b) Nous sommes vite partis.

c) Il s'est vêtu d'un costume de prince.

d) Julien a parlé avec son professeur.

e) C'est complètement dingue !

f) Éric a lavé sa voiture.

3 ★★ **Dans chaque liste, entoure le mot du niveau de langue soutenu.**

a) bagnole – automobile – voiture

b) déguster – bouffer – manger

c) tignasse – chevelure – cheveux

d) se dépêcher – se grouiller – se hâter

4 ★★ **Réécris les phrases en langage courant.**

a) Les élèves ont causé du problème de maths.

....

....

b) Avez-vous acheté une friandise ?

....

....

c) Pourriez-vous vous rendre au cours de musique ?

....

....

5 ★★★ **Classe les mots dans le tableau.**

un môme – un enfant – la trouille – la peur – une paluche – une main – une godasse – une chaussure – le boucan – le bruit – paumé – perdu – une maison – une baraque

Familier	Courant
....	....
....	....
....	....
....	....
....	....
....	....
....	....

6 ★★★ **Entoure les expressions familières.**

a) Couper les pattes.

b) Être un peu fatigué.

c) Casser la croûte.

d) Faire la fiesta.

e) Connaître un beau succès.

f) Avoir un coup de pompe.

Fais le bilan

Coche la bonne réponse. (Aide-toi d'un dictionnaire.)

	Vrai	Faux
a) fleur – cheval – téléphone – écrire – joli. Cette liste de mots appartient au niveau de langue courant.	☐	☐
b) Je peux trouver le mot « bide » dans le niveau de langue soutenu.	☐	☐
c) Le mot « disgracieux » est un mot du niveau de langue familier.	☐	☐
d) L'expression « avoir faim » appartient au niveau de langue courant.	☐	☐
e) Le mot « castel » correspond au mot château dans le niveau de langue courant.	☐	☐

TOTAL : ____ /5

Leçon 27

Comprendre un texte littéraire

Conseils Parents

- Faites remarquer à l'enfant les mots spécifiques que l'on peut trouver au début de certains récits comme les contes *(Il était une fois…)*.

- Pour aider l'enfant à comprendre le récit, posez-lui des questions sur le texte : « Où se passe l'histoire ? Quand se déroule-t-elle ? Qui sont les personnages ?… »

Retiens l'essentiel !

Le texte littéraire

▸ Un texte littéraire, qu'on appelle aussi **récit** ou **texte narratif**, raconte une histoire imaginaire. Il comprend plusieurs parties placées dans un **ordre chronologique** :
– l'**introduction** qui présente le moment, le lieu et les personnages ;
– l'**élément perturbateur** qui change brutalement le cours des choses ;
– les **actions** que va devoir surmonter le héros pour parvenir à ses fins ;
– la **fin** : le dénouement de l'histoire.

Les dialogues

▸ À l'intérieur du texte narratif, on peut trouver des dialogues : ce sont **les paroles qu'échangent les personnages.**

▸ Le dialogue se reconnaît grâce à :
– la **ponctuation** : les guillemets au début et à la fin du dialogue, le tiret pour indiquer un changement de personne ;
– la présence de verbes de dialogue qui indiquent comment parlent les personnages (*crier, chuchoter, dire, répondre*…).
Ex. : Le prince entre dans la salle du trône et annonce :
« La princesse a été enlevée par un abominable dragon !
– Non, ce n'est pas possible ! s'exclame un chevalier.
– Comment allons-nous la délivrer ? » demande le roi.

Regarde comment on fait !

Identifier les différents termes désignant un personnage

Souligne tous les mots qui désignent le héros de l'histoire.

Il était une fois une jolie princesse qui vivait dans la plus haute tour d'un château. Elle aimait jouer de la musique. Cette jeune fille était très belle. Près d'elle, se trouvait une jeune servante qui l'aidait à se coiffer.

1 Cherche quel est le **personnage principal** et son **genre**.
De qui parle-t-on surtout dans le texte ? → D'une princesse = un **personnage féminin.**

2 Dans un texte, on utilise des mots différents pour désigner un personnage afin d'éviter les **répétitions**. Cherche dans chaque phrase les **mots au féminin** qui désignent la princesse.

Réponse : Il était une fois une jolie princesse qui vivait dans la plus haute tour d'un château. Elle aimait jouer de la musique. Cette jeune fille était très belle. Près d'elle, se trouvait une jeune servante qui l'aidait à se coiffer.

Entraîne-toi !

Corrigés → Guide Parents p. 12

1 ★ Complète le dialogue en ajoutant des guillemets et des tirets.

Un jeune paysan entre dans l'auberge et demande :

.... Dis-moi, aubergiste, aurais-tu hébergé une jeune fille accompagnée de sa servante et d'un cocher ?

.... Oui, trois voyageurs sont arrivés lundi dernier. Ils ne sont restés qu'une nuit.

.... Sais-tu dans quelle direction ils sont repartis ?

.... Ils ont fait route vers le sud.

.... Merci bien, je pars à leur recherche. ....

2 ★ Lis ce début de récit et réponds aux questions.

Autrefois, vivait dans un très beau château un jeune prince. Il était très grand et très fort. Ce beau chevalier était vêtu d'une grande cape bleue et d'un chapeau orné d'une plume multicolore. Il parcourait souvent la campagne à dos de cheval.

a) De qui parle-t-on dans le texte ?

....

....

....

b) Décris le personnage principal.

....

....

....

c) Où vit le héros ?

....

....

....

d) Quand se passe l'histoire ?

....

....

3 ★ Relie chaque personnage au groupe nominal qui pourrait le désigner.

le chevalier •	• la méchante femme
la sorcière •	• la vilaine bête
la licorne •	• le jeune homme au cheval blanc
le dragon •	• la jument à la corne dorée

4 ★★ Entoure les verbes de dialogue.

annoncer – dire – jouer – répondre – chuchoter – crier – laver – enlever – murmurer – demander – répliquer – lire – transpercer

5 ★★★ Lis le texte et souligne tous les mots désignant le héros.

Il était une fois un petit garçon prénommé Tom. Il vivait dans une jolie maison avec ses parents. Le jeune garçon aimait jouer dans la forêt et écouter le chant des oiseaux. Mais notre intrépide ami ignorait que, dans ces bois, vivait une bête féroce.

Fais le bilan

Coche la bonne réponse.

	Vrai	Faux
a) Un récit raconte une histoire réelle.	☐	☐
b) On peut trouver des dialogues dans un récit.	☐	☐
c) Le héros apparaît dès le début de l'histoire.	☐	☐
d) Le lieu et le moment du récit sont présentés à la fin de l'histoire.	☐	☐
e) On utilise toujours le même mot pour désigner un personnage.	☐	☐

TOTAL : ____ /5

Leçon 28

Comprendre un texte documentaire

Conseils Parents

- Faites remarquer à l'enfant qu'il faut être attentif à la structure du texte et que les illustrations ont également une grande importance.
- Pour aider l'enfant à comprendre le thème général, posez-lui des questions sur le texte : « De quoi parle le titre ? Qu'explique l'introduction ? Comment est composé le texte principal ? Y a-t-il des illustrations ?... »

Retiens l'essentiel !

Le texte documentaire

Un texte documentaire apporte des **informations**, des **connaissances** sur un **thème**. Il comprend plusieurs parties.

▶ Le **titre** est écrit en gros caractères. Il annonce le thème du texte.

▶ L'**introduction** fournit des **informations générales** sur le thème. Elle peut être écrite en gras ou en italique.

▶ Le **texte principal** fournit des **informations détaillées**, **précises**. Il est organisé en **paragraphes** qui se suivent. Chaque paragraphe commence par un titre. Le texte peut être accompagné de **schémas** ou de **dessins** avec des **légendes**, ou de **photographies**.

⚠ Dans un texte documentaire, les titres te donnent des indications sur le thème abordé dans les différents paragraphes. En effet, pour trouver une information, il n'est pas toujours nécessaire de lire tous les textes.

Regarde comment on fait !

Identifier le thème d'un texte documentaire

Lis le documentaire. Indique le nombre de phases de la Lune et donne la définition d'une étoile.

1 Lis **le titre de chaque paragraphe** pour trouver le nombre de phases de la Lune.
Un satellite éclairé par le Soleil
→ L'information ne se trouve pas dans ce paragraphe.
Les phases de la Lune → L'information se trouve dans ce paragraphe : lis-le.

2 Dans un documentaire, **certains mots sont expliqués**. Observe l'encadré en bleu. Quel est le mot défini ?
→ une étoile

Réponse : La Lune a 7 phases. Une étoile est un astre qui produit de la lumière.

LA LUNE, SATELLITE DE LA TERRE

Selon les nuits, la Lune a la forme d'un disque ou d'un croissant. C'est un satellite qui tourne autour de notre planète.

Un satellite éclairé par le Soleil

La Lune est une planète, elle ne produit donc pas de lumière. Elle n'est visible que si elle est éclairée par une étoile : le Soleil !

Les phases de la Lune

La Lune a différentes formes visibles de la Terre. Elles sont au nombre de sept : **premier** et **dernier croissant**, **premier** et **dernier quartier**, **lune gibbeuse** (ronde) **croissante** et **décroissante** et **Pleine Lune**.

Une étoile : un astre qui produit de la lumière.

Entraîne-toi !

Corrigés → Guide Parents p. 12

1 ★ Entoure le titre du texte et souligne le titre de chaque paragraphe.

> LA PRODUCTION D'ÉLECTRICITÉ
>
> Les panneaux solaires
> Ils fonctionnent grâce à l'énergie du Soleil.
>
> Les éoliennes
> C'est l'énergie du vent qui fait tourner leurs grandes ailes.
>
> Le barrage hydro-électrique
> C'est l'énergie de l'eau qui fait tourner les turbines qui produisent l'électricité.

2 ★★ Coche la case si le texte est un texte documentaire.

a) Youri Gagarine est choisi parmi d'autres hommes pour participer à une expédition spatiale en 1961. Il fait le tour de la Terre dans l'espace et devient un héros mondial. ☐

b) Dans la forêt, vivait un petit écureuil appelé Noisette. Il aimait voltiger d'arbre en arbre et était très agile. Avec son meilleur ami, un faon, ils faisaient de longues promenades. ☐

c) Lucie a 12 billes. À la récréation, elle en perd 4. Combien lui en reste-t-il ? ☐

d) La graine va germer dans la terre grâce à l'humidité et la chaleur. Elle deviendra ensuite une tige qui va pousser peu à peu. Des petites feuilles apparaîtront le long de cette tige. ☐

3 ★★ Parmi ces titres de livres, souligne les titres de documentaires.

a) Les abeilles : de courageuses travailleuses !

b) Une mystérieuse disparition

c) Gédéon, le lutin malicieux

d) Les animaux de la savane

e) Les quatre saisons

4 ★★★ Barre les phrases que tu ne pourrais pas trouver dans un texte documentaire sur les chevaux.

a) Le prince charmant en armure arriva au galop sur son cheval blanc.

b) Le petit du cheval est un poulain.

c) Le cheval servait autrefois au travail dans les champs.

d) Chaque jour, le roi effectuait une promenade sur son cheval, un pur-sang magnifique.

e) Le cheval est un herbivore.

f) Tornado aime galoper avec ses amis dans la montagne.

Fais le bilan

Coche la bonne réponse.

	Vrai	Faux
a) Un texte documentaire a un titre.	☐	☐
b) Un texte documentaire raconte une histoire imaginaire.	☐	☐
c) Les paragraphes du documentaire ont aussi un titre.	☐	☐
d) Certains mots peuvent être expliqués dans un documentaire.	☐	☐
e) Les illustrations n'apportent pas d'informations sur le thème.	☐	☐

TOTAL : ____ /5

Maths

Nombres et calculs

Espace et géométrie

Grandeurs et mesures

Résolution de problèmes Graphiques et tableaux

Leçon 1

Les nombres jusqu'à 99 (lire, écrire, décomposer)

Conseils Parents

- Cette première leçon revoit une notion fondamentale du programme de CE1 : la dizaine et l'unité. Sa compréhension est fondamentale pour pouvoir aborder sereinement les nombres plus grands.
- Veillez à bien insister sur l'écriture des nombres de 60 à 99 qui doit également être bien maîtrisée.

Retiens l'essentiel !

Dizaines et unités

▸ Une **unité** :

Avec 10 unités, on peut faire un paquet de 10.

C'est une **dizaine**. 1 dizaine = 10 unités

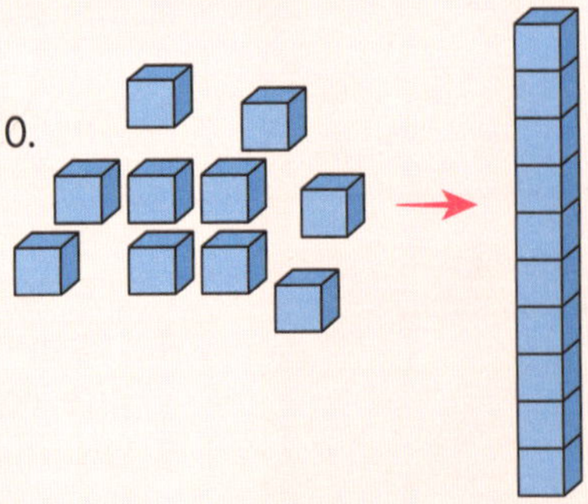

Dans le nombre 32 :

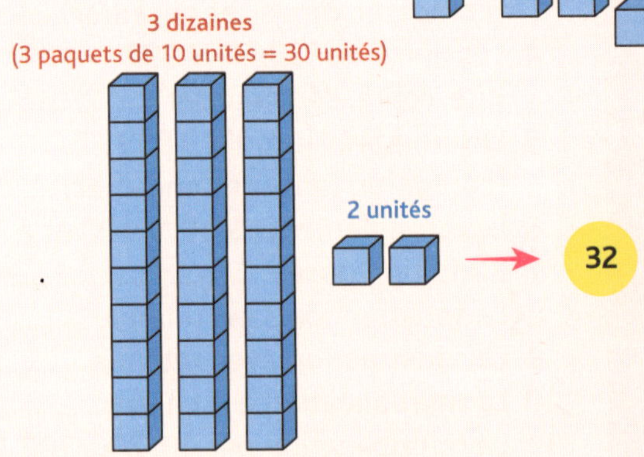

Lire et écrire les nombres jusqu'à 99

▸ Pour lire et écrire les nombres à 2 chiffres, on a besoin des mots :

zéro | un | deux | trois | quatre | cinq | six

sept | huit | neuf | dix | vingt | trente

quarante | cinquante | soixante | et

▸ Pour écrire un nombre en lettres, on sépare les mots par un trait d'union.

Ex. : trente-deux (32) soixante-dix-huit (78)

⚠ Pour 80, il faut mettre un « s » à la fin du vingt : quatre-vingts

▸ Quand on entend « soixante », le nombre peut commencer par 6 ou 7.
Quand on entend « quatre-vingt », le nombre peut commencer par 8 ou 9.

Regarde comment on fait !

Décomposer les nombres jusqu'à 99

Un nombre peut se décomposer de plusieurs façons :

→ **32 c'est** 3 dizaines **et** 2 unités.

→ **32 c'est** 3 paquets de 10 **et** 2 unités.

→ **32 =** 10 + 10 + 10 **+** 2

→ **32 =** (3 × 10) **+** 2

→ **32 =** 30 **+** 2

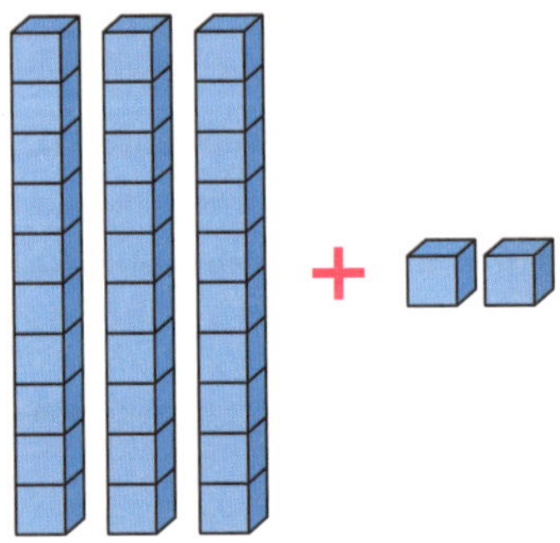

Entraîne-toi !

Corrigés → Guide Parents p. 13

1 ★ Écris les nombres en chiffres.

TB

a) trente-six : 36

b) cinquante-huit : 58

c) quatre-vingt-trois : 83

d) soixante-quatre : 64

e) soixante-quinze : 75

2 ★ Écris les nombres en lettres.

a) 21 : vingt-et-un

b) 47 : quarente-sept

c) 88 : quatre-vingt-huit

d) 61 : soixante-et-un

e) 80 : quatre-vingt

3 ★★ Écris le chiffre correspondant.

Ex. : 6 dizaines et 4 unités → 64

a) 2 dizaines et 8 unités → 28

b) 5 dizaines et 0 unité → 50

c) 6 unités et 5 dizaines → 56

d) 10 + 10 +10 + 4 → 34

e) 90 + 8 → 98

4 ★★ Calcule la somme d'argent.

a) 53 €

b) 68 €

5 ★★ Complète le tableau comme dans l'exemple.

	21	20 + 1	(2 × 10) + 1
a)	36	30+6	(3x10)+6
b)	94	90+4	(9x10)+4
c)	69	60 + 9	(6 × 10) + 9
d)	43	40+3	(4 × 10) + 3
e)	85	5 + 80	(8x10)+5

6 ★★ Zoé achète 4 carnets de 10 timbres et elle avait déjà 6 timbres. Combien a-t-elle de timbres maintenant en tout ?

Zoé a 46 timbres maintenant en tous.

7 ★★★ Colorie de la même couleur les étiquettes représentant le même nombre. Attention ! Il y a un intrus !

trente-sept | 92 | 10 + 10 + 10 + 6 | 36 | 2 unités et 9 dizaines | 37 | 73 | (6 × 10) + 3 | 63 | 29 | 7 dizaines et 3 unités

Fais le bilan

Qui suis-je ?
Dans chaque ligne, entoure le bon nombre.

a) J'ai 3 dizaines et 2 unités.	23	(32)	33
b) cinquante-huit	(58)	85	68
c) (8 × 10) + 6	80	68	(86)
d) soixante-douze	612	62	(72)
e) 4 + 10 + 10 + 10	43	(34)	40

TOTAL : 5 /5

Maths

Leçon 2 Les nombres jusqu'à 999 (lire, écrire, décomposer)

Retiens l'essentiel !

Conseils Parents

- Cette leçon revoit une notion du CE1, la **centaine**.
- Les deux relations 1 centaine = 100 unités et 1 centaine = 10 dizaines doivent être bien comprises. L'enfant doit être attentif à la valeur de chaque chiffre en fonction de sa position dans le nombre.
Ex. : Pour un nombre à 3 chiffres, le 1er chiffre correspond au chiffre des centaines.

Unités, dizaines et centaines

▸ Une unité : ■ Une dizaine = 10 unités

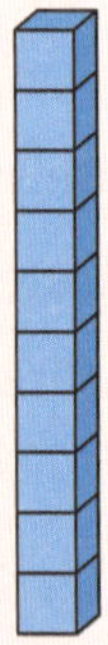

▸ Avec 10 paquets de 10, on peut faire une plaque de 100.
C'est une **centaine**. 1 centaine = 10 dizaines = 100 unités

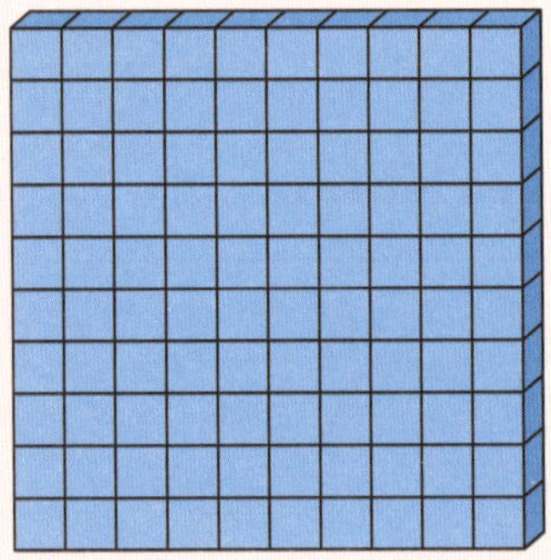

▸ Le nombre 235, c'est :

C	D	U
2	3	5

2 centaines 3 dizaines 5 unités

Lire et écrire les nombres jusqu'à 999

▸ Pour lire et écrire les nombres à 3 chiffres, on a besoin d'un nouveau mot :

cent

▸ Pour écrire un nombre en lettres, on sépare les mots par un trait d'union.
Ex. : deux-cent-trente-cinq (235).

⚠ « cent » prend un « s » quand c'est le dernier mot (*ex.* : trois cents).

Regarde comment on fait !

Décomposer les nombres jusqu'à 999

Un nombre peut se décomposer de plusieurs façons :

→ **235 c'est** 2 centaines, 3 dizaines **et** 5 unités.

→ **235 c'est** 2 plaques de 100, 3 barres de 10 **et** 5 unités.

→ **235 =** 100 + 100 **+** 10 + 10 + 10 **+** 5

→ **235 =** (2×100) **+** (3×10) **+** 5

→ **235 =** 200 **+** 30 **+** 5

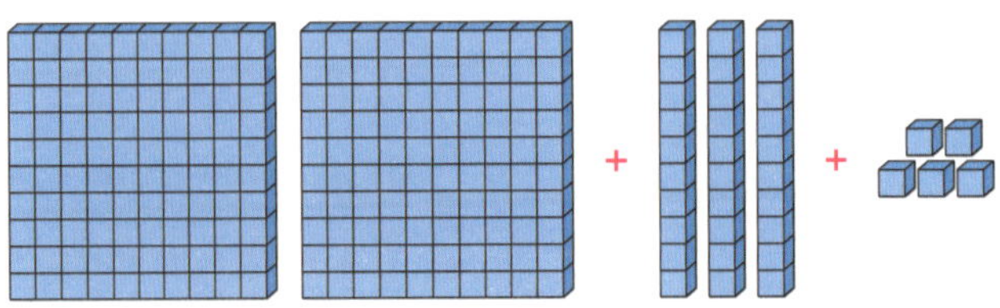

Entraîne-toi !

Corrigés → Guide Parents p. 13

1 ★ Écris les nombres en chiffres.

a) neuf-cent-soixante-deux : ....

b) sept-cent-trente-six : ....

c) huit-cent-vingt : ....

d) cinq-cent-neuf : ....

2 ★ Écris les nombres en lettres.

a) 627 : ....

b) 152 : ....

c) 295 : ....

d) 708 : ....

3 ★★ Écris le chiffre correspondant.

Ex. : 1 centaine, 5 dizaines et 3 unités : 153

a) 9 centaines, 9 dizaines et 7 unités : ....

b) 6 centaines, 4 dizaines et 0 unité : ....

c) 7 unités, 4 centaines et 3 dizaines : ....

d) 1 centaine, 3 dizaines et 12 unités : ....

4 ★★ Décompose chaque nombre comme dans l'exemple.

Ex. : 529 = 500 + 20 + 9 = (5 × 100) + (2 × 10) + 9

a) 375 = ... + ... + ... = (.....× 100) + (.....× 10) + ...

....

b) 781 = ... = ...

....

5 ★★ Retrouve le nombre comme dans l'exemple.

Ex. : (4 × 100) + (3 × 10) + 6 = 436

a) (5 × 100) + (8 × 10) + 4 = ...

b) (7 × 100) + (4 × 10) + 2 = ...

c) (8 × 100) + (5 × 10) = ...

d) (6 × 100) + 3 = ...

6 ★★ Complète le tableau comme dans l'exemple.

Nombre précédent	Nombre	Nombre suivant
112	113	114
....	658	....
....	230	....
....	509	....
....	100	....

7 ★★ Complète les nombres en suivant les indications des flèches.

Ex. : 248 —(+ 10)→ 258

a) 250 —(+ 1)→ ....

b) 451 —(+ 100)→ ....

c) 362 —(+10)→ ....

d) 809 —(+100)→ ....

8 ★★★ Léa achète 3 mètres de ruban rose et 5 centimètres de ruban vert. Combien a-t-elle acheté de centimètres de ruban en tout ? (N'oublie pas : 1 m = 100 cm !)

....

....

....

Fais le bilan

Qui suis-je ? Entoure le bon nombre.

a) deux-cent-soixante	360	206	260
b) (2 × 100) + (7 × 10) + 8	278	287	708
c) 5 c, 6 d et 8 u	578	875	568
d) 100 + 10 + 10 + 8	118	128	228
e) 5 centaines et 8 unités	580	508	805

TOTAL : ____ /5

Leçon 3

Les nombres jusqu'à 999 (comparer, ranger et encadrer)

Conseils Parents

- Pour aider votre enfant à utiliser les **signes** < et >, vous pouvez lui demander d'entourer le plus petit nombre, puis de faire le bon signe (< ou >) en lui rappelant que la pointe doit être du côté du plus petit nombre (celui qui est entouré).

- Pour le placement de nombres sur une ligne graduée, l'important est toujours de regarder d'abord le pas de la graduation (par exemple si les graduations vont de 10 en 10 ou de 1 en 1).

Retiens l'essentiel !

Comparer deux nombres

▶ **Comparer deux nombres qui ne sont pas égaux**, c'est chercher le plus petit et le plus grand.

Ex. : (34) est plus petit que 78.
On note (34) < 78 (la pointe du signe < est du côté du plus petit nombre)
78 est plus grand que 34. On note 78 > (34).

Ranger des nombres

▶ **Ranger des nombres par ordre croissant**, c'est les écrire du plus petit au plus grand.

Ex. : 23 < 51 < 297.

▶ **Ranger les nombres par ordre décroissant**, c'est les écrire du plus grand au plus petit.

Ex. : 297 > 51 > 23.

Encadrer des nombres

▶ **Encadrer un nombre**, c'est le placer entre un nombre plus petit et un nombre plus grand.

Ex. : 560 < 567 < 570 → 567 est compris entre 560 et 570.

Placer un nombre sur une droite graduée

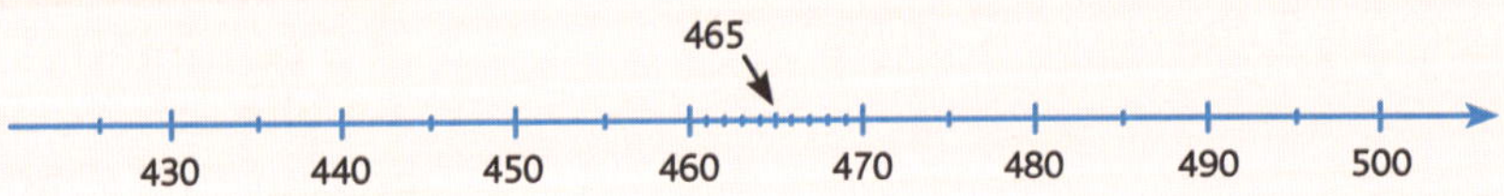

Regarde comment on fait !

Comparer des nombres

1. On regarde d'abord le **nombre de chiffres** : le nombre le plus grand est celui qui a le plus de chiffres.
Ex. : 567 est plus grand que 98, car 567 est un nombre de 3 chiffres et 98 est un nombre de 2 chiffres. Ce qui s'écrit : 567 > 98.

2. Quand les nombres ont le **même nombre de chiffres**, il faut d'abord comparer les chiffres des centaines, puis ceux des dizaines et enfin ceux des unités jusqu'à trouver des chiffres différents. On compare donc les chiffres **en partant de la gauche**.
Ex. : 567 et 572. Comme le chiffre des centaines est le même (5), on regarde le chiffre des dizaines : 6 < 7 donc 567 < 572. Le nombre 567 est plus petit que le nombre 572.

Entraîne-toi !

Corrigés → Guide Parents p. 13

1 ★ **Entoure en rouge le plus grand nombre de chaque ardoise et en bleu le plus petit.**

a) 439 76 18 9

b) 69 62 843 847

2 ★ **Écris le signe < ou >.**

a) 38 72
b) 241 85
c) 186 231
d) 458 454
e) 27 23
f) 508 79
g) 654 627
h) 980 908

3 ★★ **Range ces nombres dans l'ordre croissant.**

603 | 36 | 630 | 106 | 63

....

4 ★★ **Range les nombres dans l'ordre décroissant.**

78 | 130 | 50 | 852 | 406

....

5 ★★ **Encadre les nombres à la dizaine près, c'est-à-dire entre 2 nombres se terminant par un zéro.**

Ex. : 130 < 132 < 140

a) .... < 31 < ....
b) .... < 79 < ....
c) .... < 268 < ....
d) .... < 856 < ....

6 ★★ **Encadre les nombres à la centaine près, c'est-à-dire entre 2 nombres se terminant par 2 zéros.**

Ex. : 100 < 132 < 200

a) .... < 310 < ....
b) .... < 709 < ....
c) .... < 456 < ....
d) .... < 178 < ....

7 ★★ **Place les nombres sur la ligne graduée.**

400 | 320 | 410 | 290 | 370

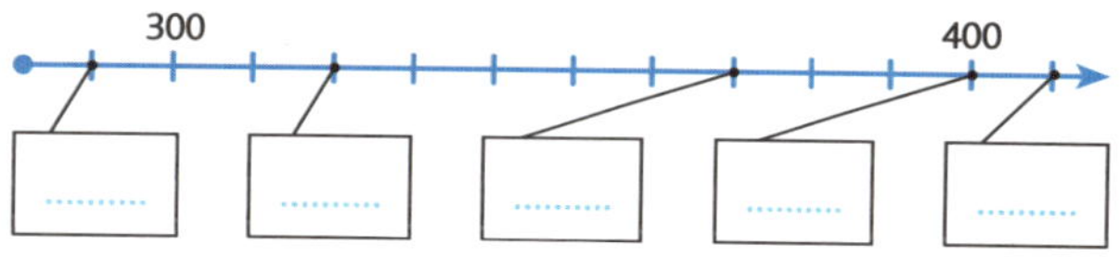

8 ★★★ **Colorie dans chaque cas la carte qui a le plus grand nombre.**

a)
(5 × 10) + 2
soixante-douze
162

b)
(6 × 100) + (9 × 10) + 9
690
six-cent-quatre-vingt-dix-huit

Fais le bilan

Coche la bonne réponse.

	Vrai	Faux
a) 39 > 122	☐	☐
b) 245 < 425	☐	☐
c) 635 < 654	☐	☐
d) 746 > 740	☐	☐
e) 270 < 207	☐	☐

TOTAL : ____ /5

Leçon 4

Les nombres jusqu'à 9 999 (lire, écrire, décomposer)

Conseils Parents

- Le programme de CE2 prévoit l'étude des nombres jusqu'à 9 999. Cette leçon introduit le **millier** (ou unité de mille).
- L'utilisation d'un espace pour séparer la classe des mille est indispensable pour pouvoir lire aisément les nombres. *Ex. :* 1 322.

Retiens l'essentiel !

Unités, dizaines et centaines

▶ Une unité : ■ Une dizaine = 10 unités

▶ Une centaine = 10 dizaines = 100 unités

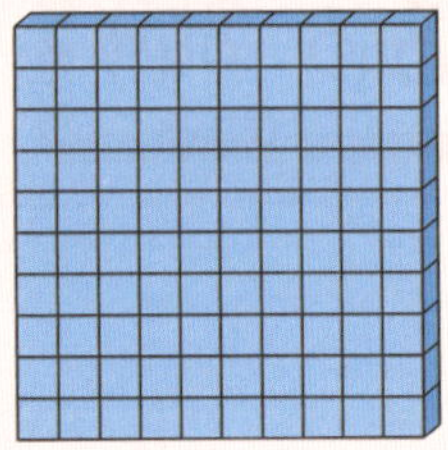

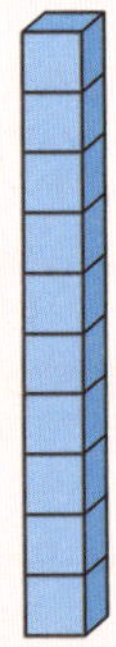

▶ Avec 10 plaques de 100, on peut faire un millier ou une unité de mille.

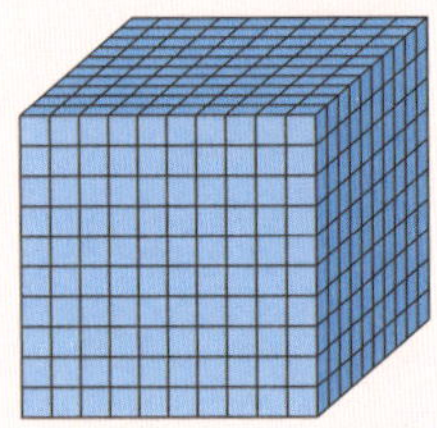

▶ Le nombre 2 346, c'est :

M	C	D	U
2	3	4	6

2 milliers 3 centaines 4 dizaines 6 unités

Lire et écrire les nombres jusqu'à 9 999

▶ Pour lire et écrire les nombres à 4 chiffres, on a besoin d'un nouveau mot :

mille

▶ Pour écrire un nombre en lettres, on sépare les mots par un trait d'union.
Ex. : deux-mille-trois-cent-quarante-six.

⚠ « mille » ne prend jamais de « s » au pluriel.

▶ Pour écrire un nombre en chiffres, on sépare la classe des mille et des centaines avec un espace. *Ex. :* 2 346.

Regarde comment on fait !

Décomposer les nombres jusqu'à 9 999

Un nombre peut se décomposer de plusieurs façons :

→ **2 346 c'est** 2 milliers, 3 centaines, 4 dizaines **et** 6 unités.

→ **2 346 c'est** 2 cubes de 1 000, 3 plaques de 100, 4 barres de 10 **et** 6 unités.

→ **2 346 =** 1 000 **+** 1 000 **+** 100 **+** 100 **+** 100 **+** 10 + 10 + 10 + 10 **+** 6

→ **2 346 =** (2 × 1 000) **+** (3 × 100) **+** (4 × 10) **+** 6

→ **2 346 =** 2 000 **+** 300 **+** 40 **+** 6

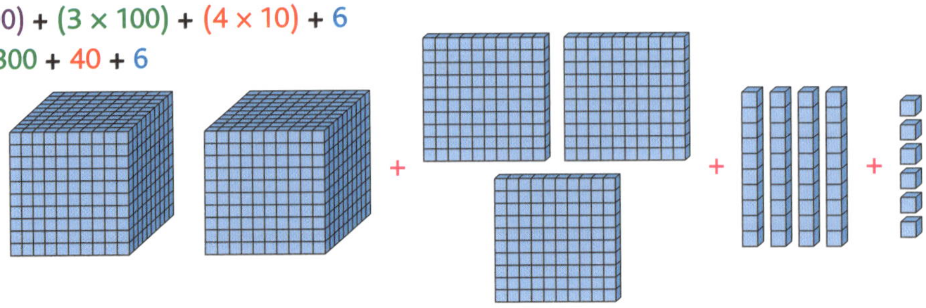

Entraîne-toi !

Corrigés → Guide Parents p. 13

1 ★ Écris les nombres en chiffres.

a) trois-mille-quatre-cent-douze → ....

b) six-mille-sept-cents → ....

c) quatre-mille-huit-cent-soixante-seize → ....

d) cinq-mille-neuf → ....

2 ★ Écris les nombres en lettres.

a) 7 145 → ....

....

b) 3 636 → ....

....

c) 5 809 → ....

....

3 ★★ Décompose chaque nombre comme dans l'exemple.

Ex. : 4 876 = 4 000 + 800 + 70 + 6
4 876 = (4 × 1 000) + (8 × 100) + (7 × 10) + 6

a) 7 284 = ...
7 284 = ...

b) 9 630 = ...
9 630 = ...

4 ★★ Retrouve le code secret en t'aidant des indices.

Le chiffre des unités est le même que celui des centaines.
Le chiffre des dizaines est la moitié de 4.
Le chiffre des unités est le chiffre après 6.

... ...

5 ★★ Retrouve le nombre comme dans l'exemple.

Ex. : 3m + 6c + 9d + 2u = 3 692

a) 5m + 3c + 8d + 7u = ...

b) 3m + 9c + 61u = ...

c) 80c + 2d + 5u = ...

d) 6m + 1c + 4u = ...

6 ★★ Complète les nombres en suivant les indications des flèches.

Ex. : 3654 —(+ 10)→ 3664

a) 5097 —(+ 1)→ ....

b) 8385 —(+ 100)→ ....

c) 4629 —(+10)→ ....

d) 3007 —(+1 000)→ ....

7 ★★★ Lis le texte ci-dessous et complète le tableau avec des nombres écrits en chiffres.

La plus haute montagne d'Europe est le mont Blanc qui culmine à quatre-mille-huit-cent-dix-mètres. En Afrique, le plus haut sommet se trouve en Tanzanie : c'est le Kilimandjaro qui culmine à cinq-mille-huit-cent-quatre-vingt-quinze mètres. En Amérique, le plus haut sommet est l'Aconcagua avec six-mille-neuf-cent-soixante-deux mètres. C'est en Asie qu'on trouve le plus haut sommet du monde : l'Everest avec huit-mille-huit-cent-quarante-huit mètres.

Sommet	Altitude (m)
mont Blanc	....
Kilimandjaro	....
Aconcagua	....
Everest	....

Fais le bilan

Qui suis-je ? Entoure le bon nombre.

a) trois-mille-cinq-cent-vingt-huit — 3 558 — 3 528

b) (6 × 1000) + (7 × 100) + (5 × 10) — 6 756 — 6 750

c) 3m, 6c, 9d, 7u — 6 397 — 3 697

d) 1000 + 100 + 100 + 10 + 6 — 1 116 — 1 216

e) 2 milliers et 7 dizaines — 2 700 — 2 070

TOTAL : ____ /5

Maths

Leçon 5 Les nombres jusqu'à 9 999 (comparer, ranger et encadrer)

Conseils Parents

Pour les rangements par ordre croissant (ou décroissant), les enfants peuvent éprouver des difficultés à comparer tous les nombres ensemble. Il faut donc les encourager à chercher d'abord le plus petit nombre (ou le plus grand pour un rangement par ordre décroissant) et à le barrer, et procéder ainsi jusqu'à ce que tous les nombres soient barrés.

Retiens l'essentiel !

Comparer deux nombres

- Le nombre le plus grand est celui qui a le plus de chiffres.

Ex. : 6 431 > 976
(4 chiffres) (3 chiffres)

- Si les deux nombres ont le même nombre de chiffres, il faut comparer d'abord les unités de mille, puis les centaines... Il faut donc regarder les chiffres un par un **en partant de la gauche**.

Ex. : 6 431 > 6 419

Ranger des nombres

- On peut ranger des nombres :

– par **ordre croissant** (petit → grand) ;

Ex. : 1 287 < 2 043 < 5 761 < 9 618

– par **ordre décroissant** (grand → petit).

Ex. : 9 618 > 5 761 > 2 043 > 1 287

Placer un nombre sur une droite graduée

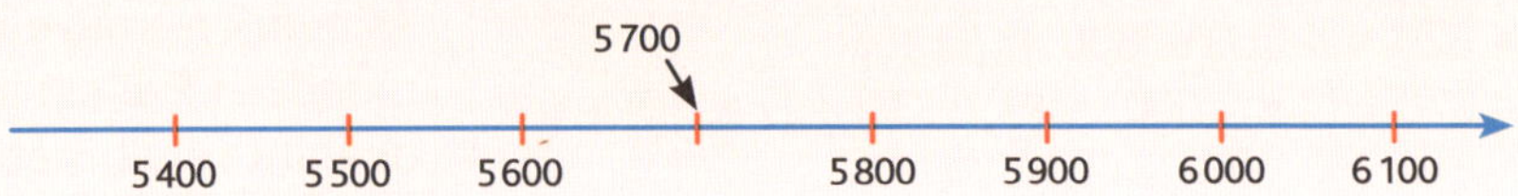

Regarde comment on fait !

Encadrer des nombres

Pour **encadrer 2 763 au millier près**, on cherche à encadrer 2 763 entre 2 unités de mille entières (nombres se terminant par 3 zéros) :

? 000 < 2 763 < ? 000

❶ On regarde d'abord le chiffre des milliers du nombre, cela donne le plus petit nombre pour l'encadrement :

2 763 : le chiffre des milliers est 2
2 763 est plus grand que 2 000
2 000 < 2 763 < ? 000

❷ Pour trouver ensuite le plus grand nombre de l'encadrement, il suffit d'ajouter 1 000 au plus petit nombre de l'encadrement.
Le plus petit nombre de l'encadrement étant 2 000, le plus grand nombre sera 3 000 :

2 000 < 2 763 < 3 000
(+ 1 000)

Entraîne-toi !

Corrigés → Guide Parents p. 14

1 ★ Entoure le plus grand nombre de chaque liste.

a) 6 920 – 760 – 9 067 – 987

b) 7 198 – 8 347 – 2 546 – 8 621

c) 98 – 5 254 – 5 244 – 8 020

d) 2 697 – 3 292 – 1 973 – 3 276

2 ★ Écris le signe < ou >.

N'oublie pas que la flèche pointe vers le plus petit nombre.

a) 564 83

b) 365 .... 4 297

c) 3 857 .... 6 429

d) 7 538 .... 7 358

e) 466 490

f) 971 .... 1 032

g) 4 723 .... 4 684

h) 5 050 .... 5 500

3 ★★ Range ces nombres dans l'ordre croissant.

Barre les nombres au fur et à mesure que tu les places.

8 008	8 800	88	108	1 080
....	....	....	....	....

4 ★★ Range les nombres dans l'ordre décroissant.

3 057	376	3 402	3 960	3 918
....	....	....	....	....

5 ★★ Encadre les nombres au millier près, c'est-à-dire entre 2 nombres se terminant par 3 zéros.

a) .... < 2 458 < ....

b) .... < 1 098 < ....

c) .... < 7 629 < ....

d) .... < 4 278 < ....

6 ★★ Entoure les nombres compris entre 6 340 et 6 450.

a) 6 395 – 6 176 – 6 337 – 6 426

b) 6 357 – 6 034 – 6 456 – 6 345

7 ★★ 5 bébés sont nés le même jour. Voici leur masse (ou leur poids) : Agathe pèse 3 400 g, Lilly pèse 3 350 g, Noah pèse 3 320 g, Oscar pèse 3 430 g et Inès pèse 3 290 g.

Écris les prénoms dans les bonnes cases sur la droite graduée ci-dessous.

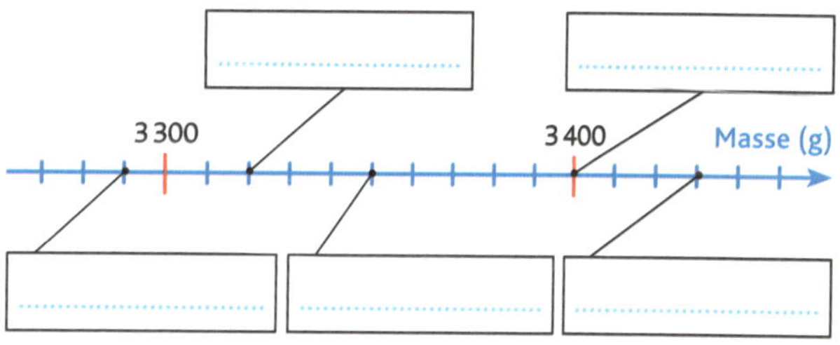

Fais le bilan

Coche la bonne réponse.

	Vrai	Faux
a) 4 573 > 2 698	☐	☐
b) 3 826 < 3 682	☐	☐
c) 5 535 < 5 555	☐	☐
d) 6 000 < 6 487 < 7 000	☐	☐
e) 3 000 < 8 303 < 4 000	☐	☐

TOTAL : ____ /5

Leçon 6

Les compléments à 10, à 100 et à 1 000

Conseils Parents

- Les compléments à 10, à 100 et à 1 000 constituent un appui important en calcul mental. Il faut encourager votre enfant à utiliser la file numérique et à faire des « pauses » quand il cherche un complément : d'abord aller à la dizaine suivante, puis à la centaine suivante, etc., avant de pouvoir petit à petit automatiser ces calculs.

Retiens l'essentiel !

Compléments à 10

▶ Pour trouver le complément à la dizaine supérieure, tu peux utiliser la file numérique. *Ex. :* **pour aller de 26 à 30, il manque 4.**

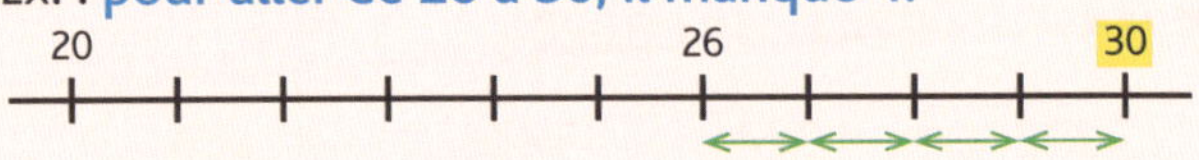

26 + **4** = 30

Compléments à 100

▶ Pour trouver le complément à 100, il faut que tu fasses une étape par la dizaine supérieure, avant d'aller jusqu'à 100. *Ex. :* **pour aller de 26 à 100, il faut déjà aller à la dizaine supérieure (30), puis aller de 30 à 100.**

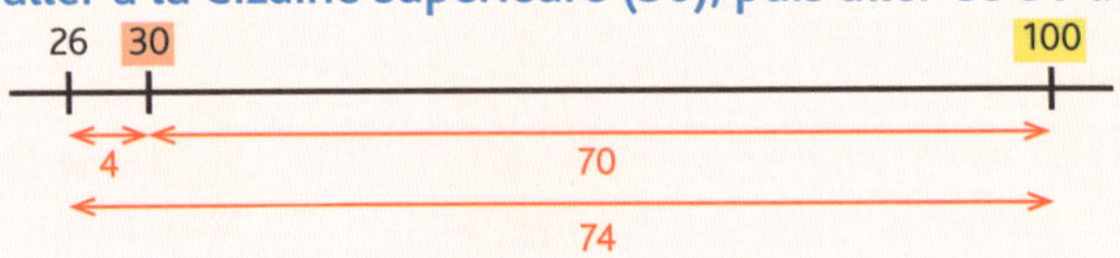

26 + **74** = 100

Compléments à 1 000

▶ Pour trouver le complément à 1 000, il faut faire une étape par la dizaine ou centaine supérieure, puis aller jusqu'à 1 000. *Ex. :* **pour aller de 340 à 1 000, il faut imaginer aller d'abord jusqu'à 400, puis jusqu'à 1 000.**

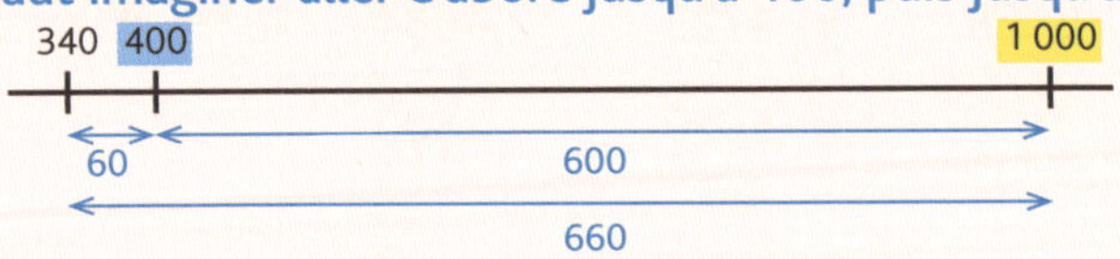

340 + **660** = 1 000

Regarde comment on fait !

Trouver le complément à 1 000

Si on veut chercher combien il manque à 37 pour aller jusqu'à 1 000, il faut procéder en plusieurs étapes.

1. Aller de 37 à 40 : il manque 3.

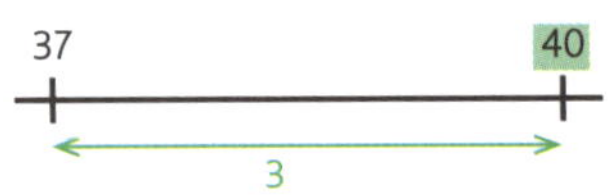

2. Aller de 40 à 100 : il manque 60.

3. Aller de 100 à 1 000 : il manque 900.

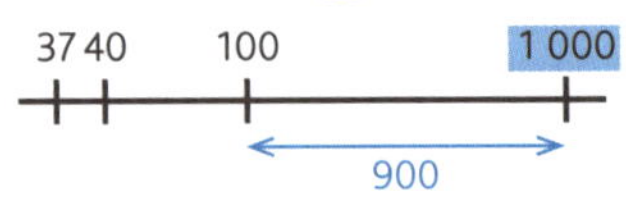

Au total, il manque donc 900 + 60 + 3 = 963.
Pour aller de 37 à 1 000, il manque 963.

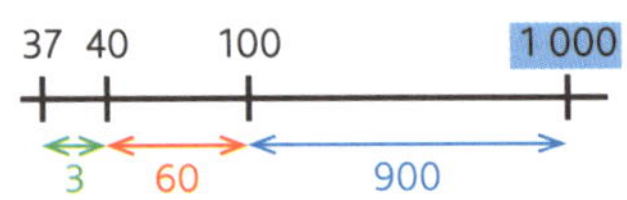

Entraîne-toi !

Corrigés → Guide Parents p. 14

1 ★ **Complète ces calculs.**

a) 28 + ... = 30

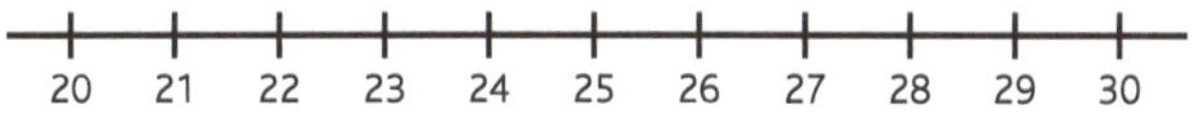

b) 45 + ... = 50

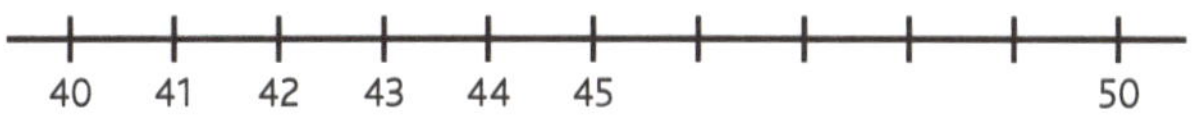

c) 62 + ... = 70

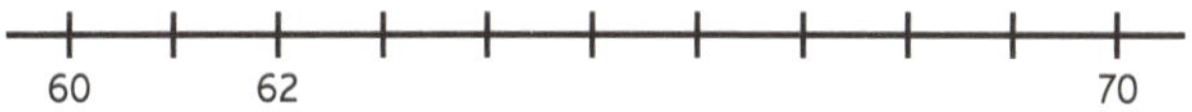

d) 87 + ... = 90

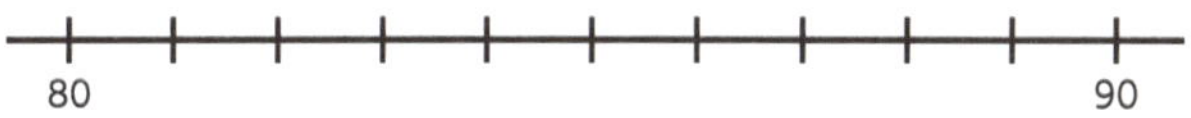

2 ★ **Complète sur la file numérique et trouve les compléments à 100.**

Ex. : 67 + 33 = 100

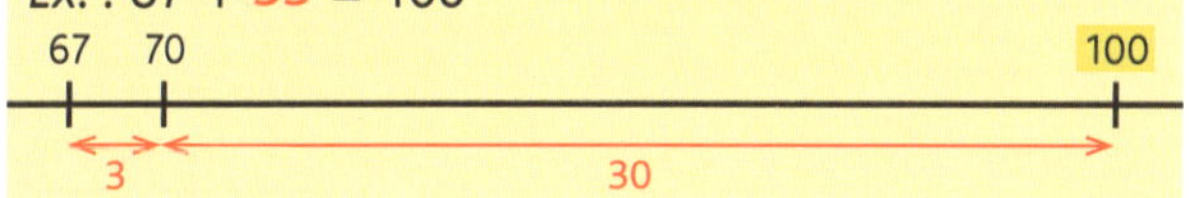

a)

56 + ... = 100

b)

43 + ... = 100

c)

22 + ... = 100

3 ★ **Trouve les compléments à 1 000.**

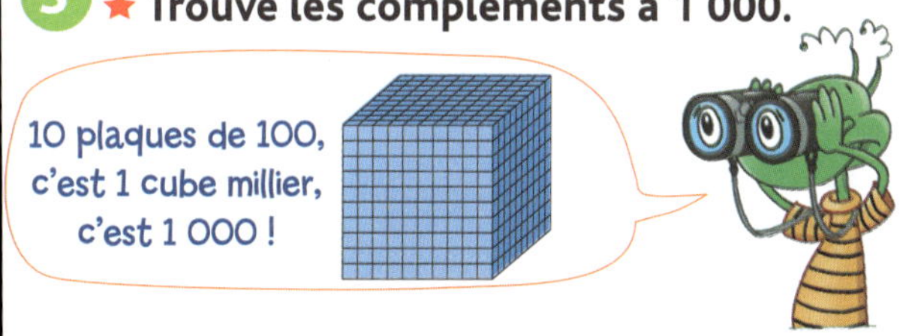

a) 600 + ... = 1 000

b) 300 + ... = 1 000

c) 800 + ... = 1 000

d) 400 + ... = 1 000

4 ★★ **Colorie en jaune les étiquettes qui font 100 et en vert les étiquettes qui font 1 000. Attention, il y a des intrus !**

645 + 355

2 + 98

60 + 40

78 + 32

87 + 13

824 + 170

556 + 444

300 + 700

5 ★★ Un TGV reliant Paris à Bordeaux peut accueillir 1 000 passagers. 745 passagers montent à Paris. Combien de places libres reste-t-il dans le train ?

Il reste .... places libres dans le train.

6 ★★★ 1 kg, c'est 1 000 g !

Julien est au marché et il doit acheter 1 kg de haricots verts. Le maraîcher a déjà pesé 890 g. Quelle masse (ou quel poids) de haricots verts manque-t-il pour atteindre 1 kg ?

....

....

Il manque .... g de haricots verts pour atteindre 1 kg.

Fais le bilan

Trouve la bonne réponse.

a) 37 + ... = 40

b) 65 + ... = 100

c) 48 + ... = 200

d) 700 + ... = 1 000

e) 243 + ... = 1 000

TOTAL : ____ /5

Leçon 7

L'addition posée

Retiens l'essentiel !

Conseils Parents

- Bien positionner les chiffres est fondamental. Veillez à ce que l'enfant écrive bien un chiffre par colonne.
- Demandez à l'enfant de barrer les retenues une fois qu'il les a ajoutées, pour éviter les erreurs.

Définition

▸ Quand on veut ajouter ou trouver un total, on fait une **addition**.
Le résultat d'une addition s'appelle une **somme**.

Technique opératoire

▸ Pour **poser une addition** :
– il est important de bien aligner les unités sous les unités, les dizaines sous les dizaines, les centaines sous les centaines...
– on commence toujours par additionner les unités, puis les dizaines...

	C	D	U
	(1) 2	(1) 7	8
+	3	5	6
=	6	3	4

→ Je commence à additionner les unités :
8 + 6 = 14
→ J'écris 4 dans les unités et je retiens 1 dans les dizaines.
→ J'additionne ensuite les dizaines :
1 + 7 + 5 = 13
→ J'écris 3 dans les dizaines et je retiens 1 dans les centaines.
→ J'additionne enfin les centaines :
1 + 2 + 3 = 6

Regarde comment on fait !

Résoudre un problème en utilisant l'addition

Dans l'école d'Arthur, 68 enfants font du foot et 53 enfants font du basket.
Calcule combien d'enfants pratiquent un sport de ballon.

1 Repère l'opération qu'il faut faire.
Il faut calculer le nombre total d'enfants qui pratiquent un sport de ballon.
Il faut donc utiliser l'addition.

2 Pose l'opération et calcule.

	C	D	U
	(1)	(1) 6	8
+		5	3
=	1	2	1

Il faut calculer 68 + 53.
Pose l'opération pour que cela soit plus facile, en alignant bien les unités dans une colonne et les dizaines dans une autre colonne.

3 Écris la phrase réponse.
Il y a 121 enfants qui font un sport de ballon.

Vérifie ton résultat en calculant l'ordre de grandeur : 68 + 53 est proche de 70 + 50 = 120.

Entraîne-toi !

Corrigés → Guide Parents p. 14

1 ★ Calcule.

a)

	4	7
+	5	1

b)

	2	5	6
+	3	1	3

2 ★ Calcule.

a)

○	○	
	5	6
+	8	8

b)

	○	○	○	
	1	6	8	7
+		6	5	4

3 ★★ Pose les additions et calcule.

a) 453 + 206 = ...

b) 3 462 + 758 = ...

4 ★★ Calcule la distance totale entre Lille et Marseille.

La distance totale entre Lille et Marseille

est de .... km.

5 ★★ Complète les additions.

a)

	1	7	2
+	…	…	…
	3	9	8

b)

	3	4	…
+	2	…	6
	…	2	9

c)

			8	…
+		…	…	1
	1	0	7	0

Fais le bilan

Barre les opérations qui sont fausses.

a)
```
   83
+  15
   98
```

b)
```
   ①
  435
+ 146
  571
```

c)
```
  447
+  35
  797
```

d)
```
 ①①①
 4649
+ 384
 5033
```

e)
```
 ① ①
 3746
+2528
 6274
```

TOTAL : ____ /5

Maths

Leçon 8

La soustraction sans retenue

Conseils Parents

- Bien positionner les chiffres est fondamental. Veillez à ce que l'enfant écrive bien un chiffre par colonne.
- Demandez toujours à l'enfant de vérifier que le plus grand nombre est « en haut » de la soustraction avant de faire le calcul.

Retiens l'essentiel !

Définition

▸ Quand on veut calculer un écart entre 2 nombres ou retirer des quantités, on utilise la **soustraction**. Le résultat d'une soustraction s'appelle une **différence**.

Technique opératoire

▸ Pour calculer 789 – 452, il faut **poser la soustraction** en écrivant toujours le plus grand nombre en haut. Il faut bien aligner les unités sous les unités, les dizaines sous les dizaines... On commence toujours par soustraire les unités.

	C	D	U
	7	8	9
–	4	5	2
=	3	3	7

Je commence à soustraire les unités :
9 – 2 = 7 → J'écris 7 dans les unités.
Je soustrais ensuite les dizaines :
8 – 5 = 3 → J'écris 3 dans les dizaines.
Je soustrais enfin les centaines :
7 – 4 = 3 → J'écris 3 dans les centaines.

Regarde comment on fait !

Résoudre un problème en utilisant la soustraction

Thomas a 382 timbres dans sa collection. Il aimerait en avoir autant que son frère Adam qui en a 497. **Combien de timbres manque-t-il à Thomas ?**

1 Trouve l'opération qu'il faut faire.
Il faut calculer un écart entre 2 nombres, il faut donc utiliser la soustraction et calculer 497 – 382.

2 Pose l'opération (497 – 382) et calcule.

	C	D	U
	4	9	7
–	3	8	2
=	1	1	5

Pose l'opération en écrivant le plus grand nombre en haut.
Attention à bien aligner les unités, les dizaines...
Fais le calcul en commençant par les unités.

3 Écris la phrase réponse.
Il manque **115 timbres** à Thomas.

4 Vérifie ton résultat en faisant une addition.
Prends le résultat que tu as trouvé et ajoute-le au plus petit nombre. Tu dois retrouver le plus grand nombre : 115 + 382 = 497.

Entraîne-toi !

Corrigés → Guide Parents p. 14

1 ★ **Calcule.**

a)	5	9	7	b)	2	1	6	8
–	3	6	1	–	1	0	3	2

2 ★★ **Pose les soustractions et calcule.**

a) 654 – 241 = ...

b) 7 268 – 6 134 = ...

3 ★★ **Repère les erreurs faites par ces élèves quand ils ont posé les opérations et fais le bon calcul au brouillon.**

a) 459 – 236 =

b) 2 596 – 143 =

a)	2	3	6	b)	2	5	9	6
–	4	5	9	–	1	4	3	

4 ★★ **Louis Pasteur, l'inventeur du vaccin contre la rage, est né en 1822 et il est mort en 1895. Combien d'années a-t-il vécu?**

Louis Pasteur a vécu .... années.

5 ★★★ **Marc veut acheter ce canapé et ce fauteuil pour son salon. Il a 600 €. A-t-il assez d'argent pour acheter les deux articles ?**

....

Fais le bilan

Entoure les 5 opérations justes.

a)
```
  4 8 3
– 2 0 1
= 2 8 2
```

b)
```
  5 9 8
– 3 2 0
= 2 6 8
```

c)
```
  9 7 2
– 3 1 0
= 6 6 2
```

d)
```
  4 8 2
– 9 0 1
= 5 8 1
```

e)
```
  9 4 7
– 6 2
= 3 2 7
```

f)
```
  7 6 8
– 5 3 4
= 2 3 4
```

g)
```
  5 3 6
–   2 4
= 5 1 2
```

h)
```
  8 6 9
– 4 0 7
= 4 6 2
```

TOTAL : ____ /5

Leçon 9

La soustraction avec retenue

Conseils Parents

La soustraction avec retenue est difficile pour les enfants, car la **retenue en haut** et la **retenue en bas** ne se lisent pas de la même façon. Pour éviter les erreurs, indiquez « 1+ » pour la retenue d'en bas.

Retiens l'essentiel !

Technique opératoire

▸ Pour calculer des soustractions, il faut toujours écrire le plus grand nombre en haut, en alignant bien les chiffres. On commence toujours par les unités, puis les dizaines...

Pour certaines soustractions, on doit utiliser des **retenues** :

	C	D	U
	3	5	$_1$4
–	1	(1+)3	7
=	2	1	7

Je commence à soustraire les unités :
4 – 7 unités, ce n'est pas possible.
→ J'ajoute 10 unités à 354 et 1 dizaine à 137.
→ Je fais maintenant 14 – 7 unités = 7 unités.

Je soustrais ensuite les dizaines :
5 – (1 + 3) dizaines = 1 dizaine → J'écris 1 dans les dizaines.

Je soustrais enfin les centaines :
3 – 1 = 2 centaines → J'écris 2 dans les centaines.

Regarde comment on fait !

Résoudre un problème en utilisant la soustraction

Dans une course de bateaux, les participants doivent parcourir 592 kilomètres. Un équipage a déjà fait 336 km. **Quelle distance lui reste-t-il à parcourir ?**

1 Repère l'opération qu'il faut faire.
Il faut calculer un écart entre 2 nombres, il faut donc utiliser la soustraction.

2 Pose l'opération et calcule.

	C	D	U
	5	9	$_1$2
–	3	(1+)3	6
=	2	5	6

Il faut calculer 592 – 336.
Pose l'opération en écrivant toujours le plus grand nombre en haut.
Attention à bien aligner les unités, les dizaines...
Fais le calcul en commençant par les unités.

Il n'y a pas assez d'unités, il faut donc ajouter une **retenue** dans les unités et une dans les dizaines. Il faut donc calculer :

12 – 6 unités = 6 unités
9 – (1 + 3) dizaines = 5 dizaines
5 – 3 centaines = 2 centaines

3 Écris la phrase réponse.
L'équipage doit encore parcourir 256 km.

Vérifie ton résultat en faisant une addition : petit nombre + résultat = grand nombre.
336 + 256 = 592

Corrigés → Guide Parents p. 15

1 ★ **Calcule.**

a)

	7	◯2	
−	◯+ 3	6	

b)

	4	◯0	◯1
−	◯+ 2	◯+ 5	7

2 ★ **Calcule. N'oublie pas les retenues !**

a)

	9	2
−	6	9

b)

	8	4	5
−	1	6	8

3 ★★ **Pose les soustractions et calcule.**

a) 483 – 167 = ...

b) 5 304 – 1 159 = ...

4 ★★ **La grand-mère de Camille est née en 1948. Quel âge a-t-elle eu en 2016 ?**

La grand-mère de Camille a eu .... ans en 2016.

5 ★★★ **435 personnes prennent place dans un TGV à Paris à destination de Marseille. À Lyon, 168 personnes descendent et 72 personnes montent. Au deuxième arrêt, à Valence, 47 personnes descendent et 35 personnes montent.**

Combien de personnes arrivent à Marseille ?

Fais le bilan

Calcule les soustractions suivantes :

a)

	8	4	2
−	2	0	9

b)

	7	0	4
−		6	9

c)

	2	0	1	3
−		8	2	6

d)

	4	6	8	3
−	2	4	0	8

e)

	9	4	3	5
−	3	6	7	2

TOTAL : ____ /5

Maths

Leçon 10

La multiplication à 1 chiffre

Conseils Parents

- La connaissance des tables de multiplication est fondamentale. Nous vous les proposons en fin d'ouvrage.
- Pour certains enfants, il peut s'avérer plus facile de mettre les retenues dans une « boîte à retenues » à côté de l'opération.

C	D	U

Retiens l'essentiel !

Définition

▸ Pour ajouter plusieurs fois le même nombre, on fait une **multiplication**. Le résultat d'une multiplication s'appelle un **produit**.

Technique opératoire

▸ Pour **poser une multiplication**, il est important de bien aligner les chiffres (unités, dizaines...). On commence toujours par multiplier les unités, puis les dizaines...

	C	D	U
	②	①	
	6	4	3
×			5
3	2	1	5

1. Je commence à multiplier les unités : $3 \times 5 = 15$. → J'écris 5 dans les unités et je retiens 1 dans les dizaines.
2. Je multiplie ensuite les dizaines : $4 \times 5 = 20$ et j'ajoute la retenue : $20 + 1 = 21$. → J'écris 1 dans les dizaines et je retiens 2 dans les centaines.
3. Je multiplie enfin les centaines : $6 \times 5 = 30$ et j'ajoute la retenue : $30 + 2 = 32$.

Regarde comment on fait !

Résoudre un problème en utilisant la multiplication

Baptiste pèse 28 kg. Sa mère lui dit qu'elle pèse exactement le double de sa masse (ou de son poids). **Combien pèse la mère de Baptiste ?**

1 Repère l'opération qu'il faut faire.
Il faut calculer le double d'un nombre, on peut donc utiliser la multiplication.

2 Pose l'opération et calcule.

	D	U
	①	
	2	8
×		2
=	5	6

Il faut calculer 28×2.
Il faut toujours commencer par multiplier les unités (8×2), puis les dizaines (2×2), en n'oubliant pas la retenue.

3 Écris la phrase réponse.
La mère de Baptiste pèse 56 kg.

Entraîne-toi !

Corrigés → Guide Parents p. 15

1 ★ **Calcule.**

	○			○	○		
a)	6	8	b)	5	2	9	
×		4	×			6	

2 ★★ **Pose les multiplications et calcule.**

a) 532 × 9 = ...

b) 3 167 × 7 = ...

3 ★★ **Il y a une erreur dans chaque opération. Retrouve-les et repose les opérations correctement.**

		④		
a)		3	8	
	×		5	
	1	8	0	
		①	②	
b)		6	4	8
	×			3
	1	8	4	4

4 ★★ **Chacun des 29 élèves de la classe de CE2 a reçu une planche de 9 images de la maîtresse. Combien d'images la maîtresse a-t-elle distribuées ?**

La maîtresse a distribué .... images.

5 ★★ **Une voiture roule à 128 km/h sur l'autoroute. Quelle distance (en km) aura-t-elle parcouru en 3 heures ?**

....

6 ★★★ **Un supermarché reçoit 4 caisses de 430 gâteaux au chocolat et 7 caisses de 950 gâteaux à la fraise. Combien de gâteaux reçoit le supermarché en tout ?**

....

Fais le bilan

Calcule les opérations.

a) 67 × 5 = ...

b) 48 × 7 = ...

c) 39 × 9 = ...

d) 243 × 8 = ...

e) 2 067 × 4 = ...

TOTAL : ____ /5

Maths

Leçon 11

La multiplication par 10, 20... 100, 200...

Conseils Parents

- La « **règle des zéros** » est en général bien maîtrisée par les enfants.
- **Attention !** Rappelez à l'enfant d'écrire un zéro à droite du nombre, même si ce nombre se termine déjà par un zéro. Une erreur classique est de considérer que $2 \times 50 = 10$ (et non 100).

Retiens l'essentiel !

Multiplier par 10, 20, 30...

▸ **Multiplier par 10**, c'est multiplier par **1 dizaine.**

$7 \times 10 = 7 \times 1 \text{ dizaine} = 70$

→ Multiplier par 10, c'est écrire un zéro à droite du nombre.

▸ **Multiplier par 20, 30...** c'est multiplier par **2 × 10, 3 × 10...**

$7 \times 20 = 7 \times 2 \times 10 = 14 \times 10 = 140$

→ Multiplier par 20, 30... c'est d'abord multiplier par 2, 3..., puis écrire un zéro à droite du nombre.

Multiplier par 100, 200, 300...

▸ **Multiplier par 100**, c'est multiplier par **1 centaine.**

$7 \times 100 = 7 \times 1 \text{ centaine} = 700$

→ Multiplier par 100, c'est écrire deux zéros à droite du nombre.

▸ **Multiplier par 200, 300...** c'est multiplier par **2 × 100, 3 × 100...**

$7 \times 200 = 7 \times 2 \times 100 = 14 \times 100 = 1\,400$

→ Multiplier par 200, 300... c'est d'abord multiplier par 2, 3..., puis écrire deux zéros à droite du nombre.

Regarde comment on fait !

Calculer 24 × 200

Calculer 24 × 200, c'est calculer 24 × 2 × 100.

1. On commence d'abord par calculer 24 × 2 en multipliant d'abord les unités, puis les dizaines.
→ $24 \times 2 = 48$

2. On multiplie ensuite par 100.
→ $48 \times 100 = 4\,800$

Il y a 2 zéros dans 100, on écrit donc 2 zéros à droite du nombre.

Entraîne-toi !

Corrigés → Guide Parents p. 15

1 ★ **Complète.**

a) 5 × 10 = ...
b) 12 × 10 = ...
c) 3 × 1 000 = ...
d) 403 × 10 = ...
e) 8 × 100 = ...
f) 23 × 100 = ...
g) 70 × 100 = ...
h) 30 × 100 = ...

2 ★ **Complète.**

a) 8 × 20 = ...
b) 6 × 80 = ...
c) 2 × 4 000 = ...
d) 20 × 20 = ...
e) 5 × 700 = ...
f) 3 × 60 = ...
g) 4 × 300 = ...
h) 32 × 300 = ...

3 ★★ **Complète.**

a) 9 × .... = 90
b) 2 × .... = 2 000
c) 4 × .... = 80
d) 708 × .... = 7 080
e) 7 × .... = 700
f) 87 × .... = 8 700
g) 3 × .... = 90
h) .... × 30 = 150

4 ★★ **Calcule les sommes d'argent.**

a) 
.... €

b) 
.... €

c) 
.... €

5 ★★ **Malika a 9 billes. Sa grande sœur Sarah en a 10 fois plus. Calcule le nombre de billes de Sarah.**

Sarah a .... billes.

6 ★★ **Voici un tableau indiquant les places vendues pour un concert. Complète les lignes vides.**

	Prix à l'unité	Nombre	Prix total
Places adultes	20 €	200	.... €
Places enfants (6 ans et plus)	10 €	....	800 €
Places enfants (moins de 6 ans)	5 €	30	.... €
		Total	.... €

7 ★★★ **Un chocolatier prépare des boîtes de 10 chocolats pour Noël. Il doit mettre 250 chocolats dans des boîtes. Combien de boîtes va-t-il remplir ?**

....
....
....
....
....
....

Fais le bilan

Calcule.

a) 8 × 100 = ...
b) 9 × 50 = ...
c) 7 × 200 = ...
d) 60 × 10 = ...
e) 15 × 40 = ...

TOTAL : ____ /5

Leçon 12

La multiplication à 2 chiffres

Conseils Parents

- Encouragez l'enfant à préparer son opération en traçant les traits et en inscrivant tout de suite le « point rouge ».
- Pour éviter les erreurs de retenue, il est utile de barrer les retenues au fur et à mesure qu'elles sont utilisées.

Retiens l'essentiel !

Technique opératoire

- Je commence à **multiplier 45 × 6** sur la première ligne :
→ 45 × 6 = 270.
- Je **multiplie ensuite 45 × 2** sur la deuxième ligne, en plaçant le résultat à côté du point rouge :
→ 45 × 2 = 90.
- J'additionne enfin les 2 lignes.

			① ~~③~~ 4	5
×			2	6
		2	7	0
+		9	0	•
=	1	1	7	0

Regarde comment on fait !

Multiplier 269 × 37 « pas à pas »

1 Je pose l'opération en mettant le plus grand nombre en haut et en alignant les chiffres :

	2	6	9
×		3	7

2 Je prépare l'opération en traçant les traits et en mettant un point rouge sur la deuxième ligne :

	2	6	9
×		3	7
			•

3 Je commence à calculer 269 × 7 sur la première ligne.

9 × 7 = 63 → J'écris 3 et je retiens 6.
6 × 7 = 42 et j'ajoute la retenue (que je barre) : 42 + 6 = 48.
→ J'écris 8 et je retiens 4.
2 × 7 = 14 et j'ajoute la retenue (que je barre) : 14 + 4 = 18.

		~~4~~ 2	~~6~~ 6	9
×			3	7
	1	8	8	3
				•

4 Je calcule ensuite 269 × 3 sur la deuxième ligne et je place le résultat à côté du point rouge :

9 × 3 = 27 → J'écris 7 et je retiens 2.
6 × 3 = 18 et j'ajoute la retenue (que je barre) : 18 + 2 = 20.
→ J'écris 0 et je retiens 2.
2 × 3 = 6 et j'ajoute la retenue (que je barre) : 6 + 2 = 8.

		~~2~~ ~~4~~ 2	~~2~~ ~~6~~ 6	9
	×		3	7
	1	8	8	3
+	8	0	7	•

5 J'additionne ensuite les 2 lignes :

3 + • = 3
8 + 7 = 15 → J'écris 5 et je retiens 1.
① + 8 + 0 = 9
1 + 8 = 9

		2	6	9
	×		3	7
	1	①8	8	3
+	8	0	7	•
	9	9	5	3

Entraîne-toi !

Corrigés → Guide Parents p. 16

1 ★ Calcule.

a)	3	6	4		b)	9	7	1	
×		2	1		×		5	2	
	.	.	.		.	.	.	.	
.	.	.	.		.	.	.	.	.
.	.	.	.		.	.	.	.	.

2 ★★ Pose les multiplications et calcule.

a) 624 × 15 = ...

b) 208 x 43 = ...

3 ★★ La bibliothèque de la ville a acheté 56 livres à 23 € chacun. Calcule combien cet achat a coûté.

L'achat des livres a coûté :

.... €.

4 ★★ Entoure les 3 erreurs faites dans cette multiplication.

a)

	① ②	①	
	1	5	3
×		2	4
	4	1	1
+	3	0	6
	7	1	7

5 ★★★ Résous ce problème.

Chaque jour, Julia va à l'école à pied et revient à pied. Le chemin entre la maison et l'école est de 236 m. Quelle distance aura-t-elle parcouru en 2 semaines, sachant qu'elle ne va pas à l'école les mercredis, samedis et dimanches ?

....

....

....

....

Fais le bilan

Complète l'opération.

		① ②	② ④	
		2	4	7
	×		3	6
	1	.	8	.
	7	4	.	.
=	8	.	.	2

TOTAL : ____ /5

Leçon 13

La division : situations de groupements et de partages

Conseils Parents

- La connaissance parfaite des **tables** de **multiplication** est indispensable pour pouvoir résoudre des situations de partages et de groupements.
- Encouragez l'enfant à toujours vérifier que le reste est inférieur au diviseur.
- La technique de la division posée sera abordée en CM1.

Retiens l'essentiel !

Situations de groupements

▸ On veut répartir les 24 enfants de la classe de CE2 en équipes de 6.
→ On pourra faire 4 équipes de 6 car $6 \times 4 = 24$.
▸ On dit qu'on a fait un **groupement.** On a divisé 24 par 6 pour obtenir le nombre de groupes.

Situations de partages

La division permet de **partager** une quantité en **parts égales.**
▸ Le nombre de parts que l'on fait s'appelle le **diviseur.**
Le nombre de choses que l'on met dans chaque part s'appelle le **quotient.**
▸ S'il reste des choses que l'on ne peut pas mettre dans toutes les parts, cela s'appelle le **reste**. Le reste doit toujours être inférieur au diviseur.
Ex. : On veut partager 13 bonbons entre 3 enfants.

Chaque enfant aura 4 bonbons et il reste 1 bonbon seul.
Cette opération se note : $13 = (3 \times 4) + 1$

Diviseur : C'est le nombre de groupes que l'on fait. Ici, il y a 3 enfants.
Quotient : C'est la part de chaque enfant. Ici, dans chaque part il y a 4 bonbons.
Reste : C'est le nombre de bonbons qu'il reste.

Regarde comment on fait !

Partager 22 billes entre 5 enfants

① **On cherche « combien de fois il y a 5 dans 22 » pour trouver la part de chaque enfant :**
$5 \times 4 = 20$
$5 \times 5 = 25$
→ 22 est compris entre 20 et 25.
On peut donner 4 billes aux 5 enfants (on ne peut pas donner 5 billes à chaque enfant, car on n'a pas assez de billes : il en faudrait 25).

② **On cherche s'il reste des billes « seules ».**
On a donné 20 billes aux enfants (4 billes à chacun des 5 enfants), il en reste donc 2.
On note : $\mathbf{22 = (5 \times 4) + 2}$.
On a fait la **division de 22 par 5. Le quotient est 4 et le reste est 2.**

1 ★ **Louise, Adam et Sami veulent se partager des bonbons.**

a) Partage les bonbons en 3 paquets.

b) Complète la phrase.

Dans 15, il y a 3 fois ....

→ 15 = (........ × 3)

2 ★ **Complète.**

a) Dans 12, combien de fois 6 ? .... fois

b) Dans 36, combien de fois 9 ? .... fois

c) Dans 48, combien de fois 6 ? .... fois

d) Dans 27, combien de fois 3 ? .... fois

3 ★★ **Complète.**

a) Dans 16, combien de fois 5 ? .... fois, il reste .....

b) Dans 23, combien de fois 4 ? .... fois, il reste .....

c) Dans 59, combien de fois 6 ? .... fois, il reste .....

d) Dans 40, combien de fois 8 ? .... fois, il reste .....

4 ★★ **Complète comme dans l'exemple.**

Ex. : 38 = (6 × 6) + 2

a) 24 = (7 × ....) + ...

b) 43 = (....... × 5) + ...

c) 25 = (8 × ....) + ...

d) 67 = (9 × ....) + ...

5 ★★ **Il y a 35 enfants au centre de loisirs. Un tournoi de basket va être organisé. Calcule combien d'équipes de 5 joueurs pourront être constituées.**

....

....

On pourra constituer...équipes.

6 ★★ **Le chef des pirates partage les 89 pièces d'or de son trésor entre ses 9 pirates. Il garde les pièces restantes pour lui.**

a) Calcule combien de pièces aura chaque pirate.

....

....

b) Calcule combien de pièces aura le chef des pirates.

....

....

7 ★★★ **Une sauterelle fait des sauts de 40 cm de long. Calcule le nombre de sauts qu'elle doit faire pour parcourir 20 m. Rappelle-toi : 1 m = 100 cm.**

....

....

....

....

....

....

Fais le bilan

Calcule.

On range des crayons dans des étuis pouvant contenir 4 crayons. Trouve le nombre d'étuis que l'on peut remplir si l'on a :

a) 16 crayons → .... étuis

b) 36 crayons → .... étuis

c) 40 crayons → .... étuis

d) 13 crayons → .... étuis, il restera .... crayon

e) 27 crayons → .... étuis, il restera .... crayons

TOTAL : ____ /5

Leçon 14

La calculatrice

Conseils Parents

- Les enfants peuvent utiliser la calculatrice pour vérifier des calculs, ou dans certains exercices dans lesquels les calculs sont complexes.
- L'utilisation des touches de mémoire (M+, M- et MRC) n'est pas utile pour le CE2. D'ailleurs, si un de ces symboles apparaît sur l'écran, appuyez sur la touche MRC pour effacer les mémoires afin d'éviter de fausser le calcul.

Retiens l'essentiel !

Définition

- Une calculatrice sert **à faire rapidement des calculs compliqués.**
- Elle permet aussi de **vérifier** des calculs.

Présentation

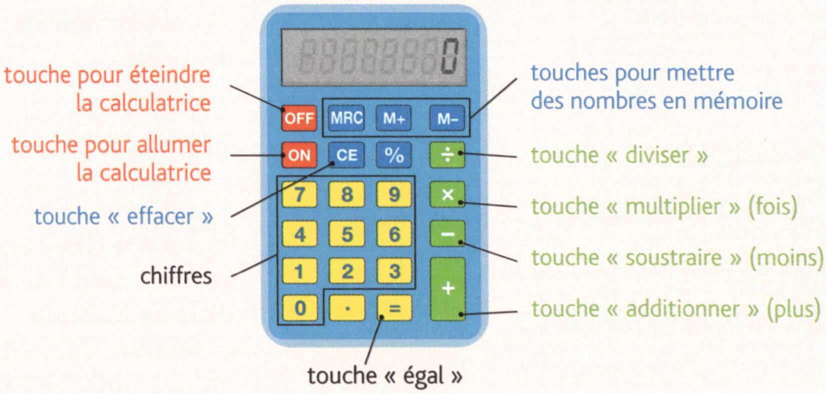

Regarde comment on fait !

Calculer 437 × 28 avec la calculatrice

Pour calculer 437 × 28 :

1. Il faut d'abord allumer la calculatrice en appuyant sur la touche ON.
À l'écran, on devrait voir 0.

2. Il faut taper le chiffre 437 en tapant à la suite les chiffres 4, 3, puis 7.

Je tape sur les touches :	Je vois sur l'écran :
4	4
3	43
7	437

3. On tape ensuite sur le signe × puis on tape le chiffre 28.

Je tape sur les touches :	Je vois sur l'écran :
×	437
2	2
8	28

4. Pour obtenir le résultat, on appuie sur la touche =. On peut lire le résultat : **12236**

Entraîne-toi !

Corrigés → Guide Parents p. 17

1 ★ **Complète le tableau.**

Je tape sur les touches :	Je vois à l'écran :
9	....
7	....
0	....
–	....
6	....
8	....
7	....
=	....

2 ★ **Tape sur les touches de ta calculatrice qui sont indiquées et écris le résultat que tu vois à l'écran.**

a) ON 3 7 + 9 8 =

Le résultat de l'opération est ....

b) CE 2 0 8 × 3 3 =

Le résultat de l'opération est ....

c) CE 1 7 3 6 – 8 7 9 =

Le résultat de l'opération est ....

d) CE 9 0 0 ÷ 1 2 =

Le résultat de l'opération est ....

3 ★★ **Calcule à l'aide de ta calculatrice.**

a) 87 × 62 = ...

b) 9 702 – 249 = ...

c) 739 + 636 = ...

d) 12 236 : 46 = ...

4 ★★ **Colorie les calculs que tu peux faire de tête et calcule-les. Utilise ta calculatrice pour trouver le résultat des autres calculs.**

20 × 2 = ...

379 – 1 = ...

286 + 139 = ...

236 × 29 = ...

548 – 237 = ...

12 + 12 = ...

5 ★★ **Le centre de loisirs commande 78 pochettes de 12 feutres.**
Calcule le nombre de feutres commandés à l'aide de ta calculatrice.

....

....

6 ★★★ **La tour Eiffel mesure 324 m.**
Il y a 347 marches jusqu'au 1er étage et 357 marches jusqu'au 2e étage. Sachant qu'il y a 1 665 marches en tout, calcule, à l'aide de ta calculatrice, le nombre de marches entre le 2e étage et le sommet.

....

....

....

....

....

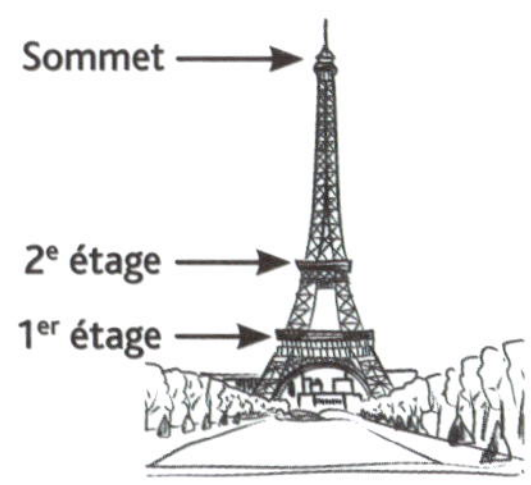

Fais le bilan

Relie les calculs aux bons résultats. Utilise ta calculatrice.

a) 485 – 357 •	• 126
b) 809 – 171 •	• 128
c) 127 × 5 •	• 136
d) 64 + 62 •	• 635
e) 408 : 3 •	• 638

TOTAL : ____ /5

Leçon 15

Les figures simples

Conseils Parents

- Attention à ne pas confondre les carrés et les losanges ! Encouragez l'enfant à bien vérifier s'il y a ou non des angles droits.
- L'utilisation de l'équerre est difficile pour l'enfant. Aidez-le à bien positionner le côté de l'équerre sur le segment avant de tracer l'angle droit.

Retiens l'essentiel !

Polygones

▸ Un **polygone** est une figure **fermée** dont tous les **côtés sont droits.**

Ex. : La figure A est un polygone ; la figure B n'est pas un polygone.

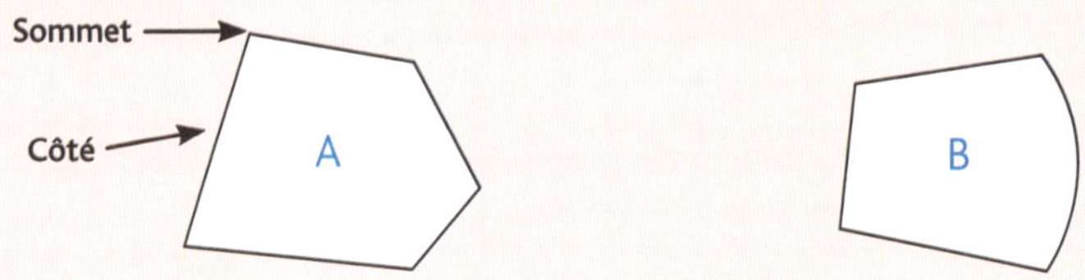

Triangles

▸ Les **triangles** sont des polygones à **3 côtés.**

un triangle

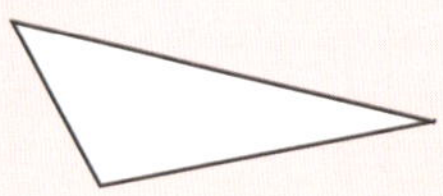

un triangle rectangle

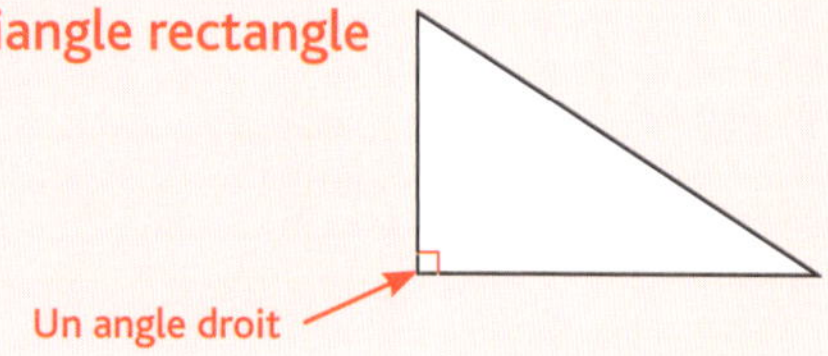

Polygones à 4 côtés

un carré
- 4 côtés égaux
- 4 angles droits

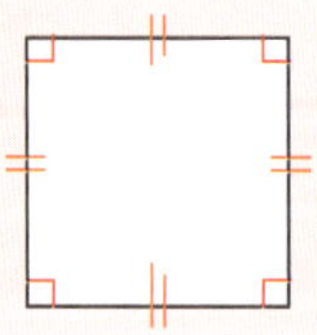

un rectangle
- 4 côtés :
  → 2 largeurs égales
  → 2 longueurs égales
- 4 angles droits

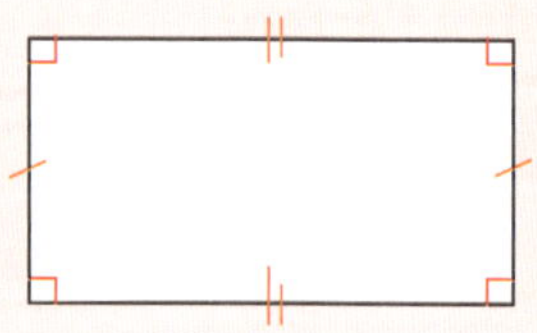

Regarde comment on fait !

Tracer un angle droit

1. Trace un segment avec ta règle.

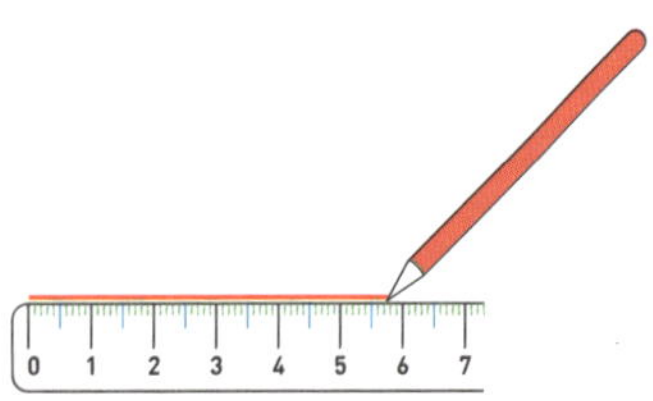

2. Place l'équerre sur le segment.

3. Trace le deuxième côté de l'angle droit.

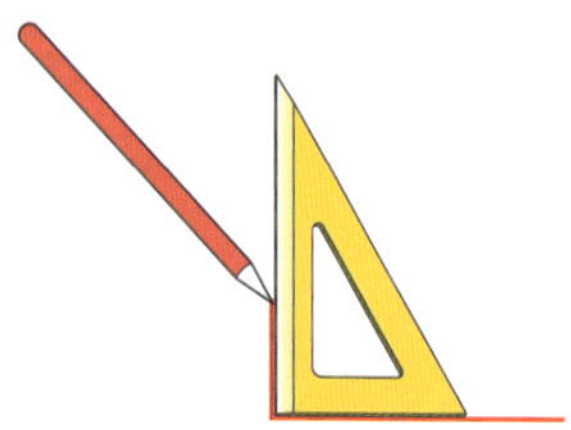

Entraîne-toi !

Corrigés → Guide Parents p. 17

1 ★ Colorie les carrés en jaune et les rectangles en vert.

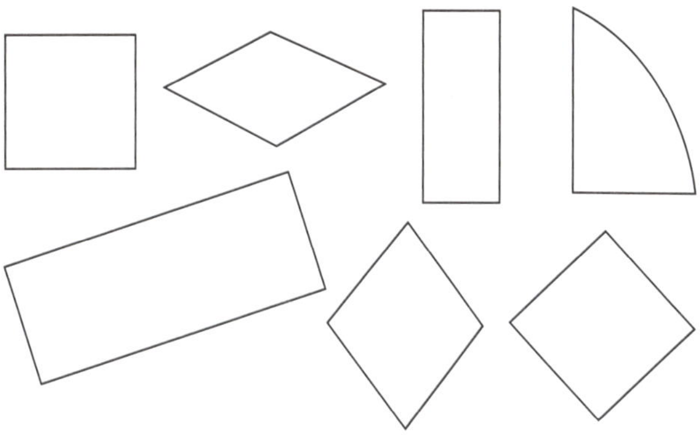

2 ★ Complète.

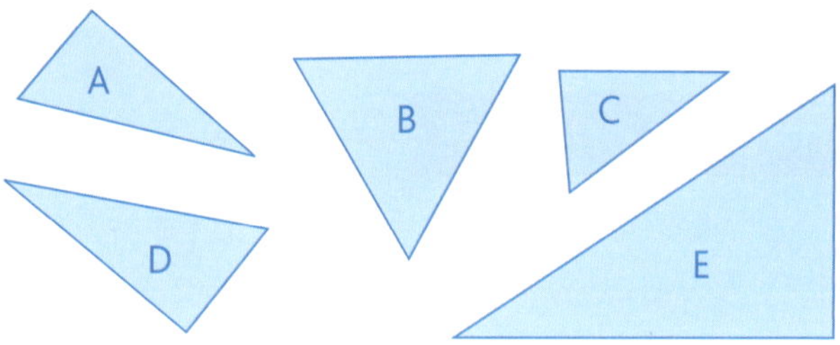

Les triangles rectangles sont : ....

....

3 ★★ Retrouve toutes les figures et complète.

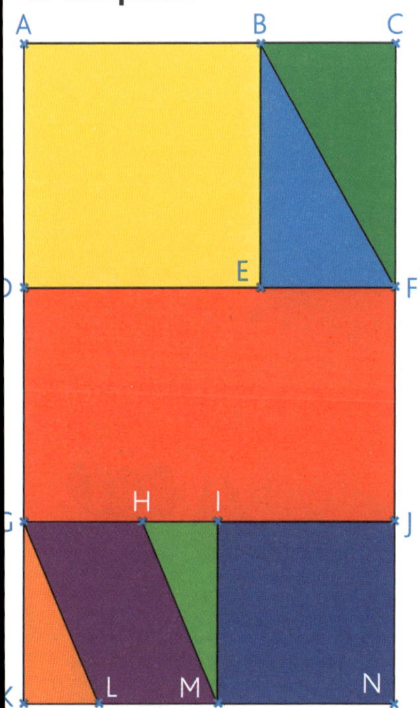

Carrés :

.... / IJMN

Triangles rectangles :

.... / ....

.... / ....

Rectangle :

....

4 ★★ Complète les figures demandées.

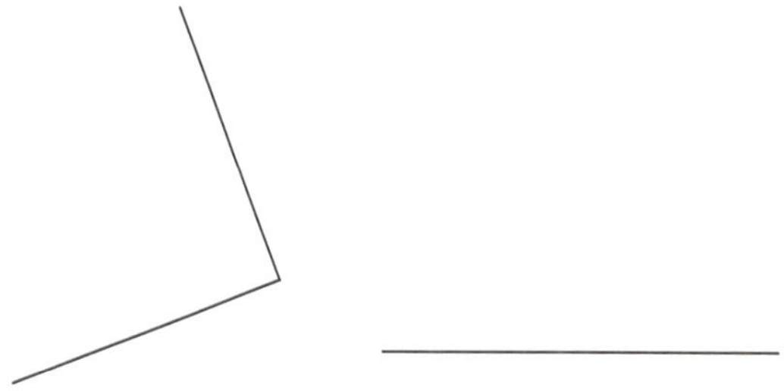

carré

triangle rectangle

5 ★★★ Reproduis la figure.

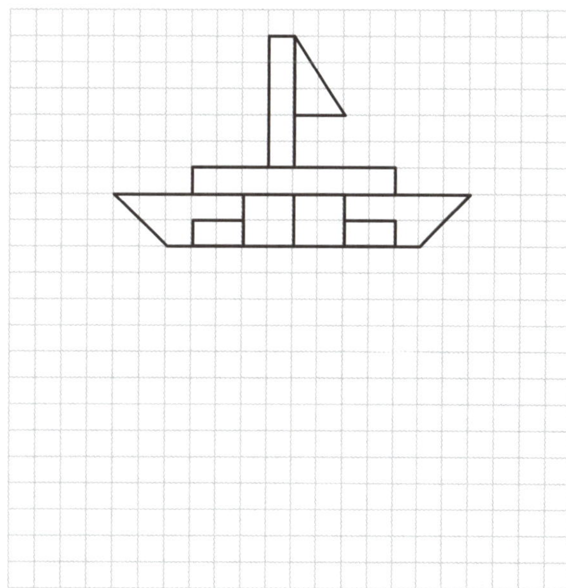

Fais le bilan

Coche la bonne case.

	Vrai	Faux
a) Un carré n'a que 3 côtés égaux.	☐	☐
b) Un triangle rectangle a 1 angle droit.	☐	☐
c) Un rectangle a 4 côtés égaux.	☐	☐
d) Un rectangle a 4 angles droits.	☐	☐
e) Un carré est un polygone.	☐	☐

TOTAL : ____ /5

Maths

Leçon 16

Le cercle

Conseils Parents

- N'hésitez pas à aider l'enfant à tracer des cercles libres sur des feuilles de brouillon pour qu'il se familiarise bien avec le compas.
- Les dessins de rosaces sont également une façon ludique de s'entraîner au tracé de cercles.

Retiens l'essentiel !

Définition

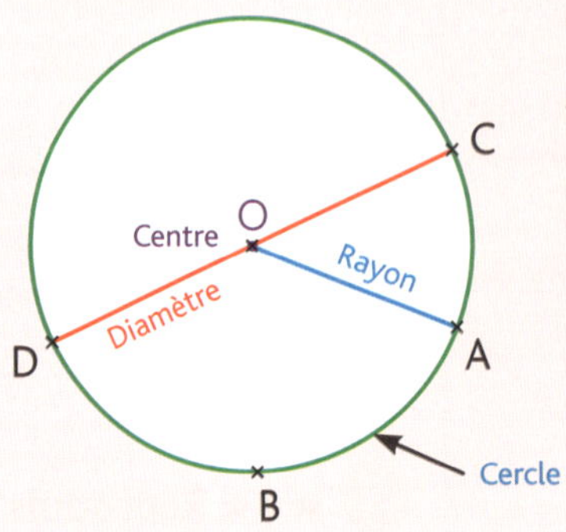

O est le **centre** du cercle vert.

A, B, C et D sont des **points** du cercle vert. Ils sont tous situés à la même distance du centre O.

OA est un **rayon** du cercle (comme OB, OC...).

DC est un **diamètre** du cercle.

Regarde comment on fait !

Tracer un cercle avec le compas

Trace un cercle de centre A et de rayon 3 cm.

1 Choisis l'écartement de ton compas.
Par exemple, ici, on veut tracer un cercle qui a pour rayon 3 cm.

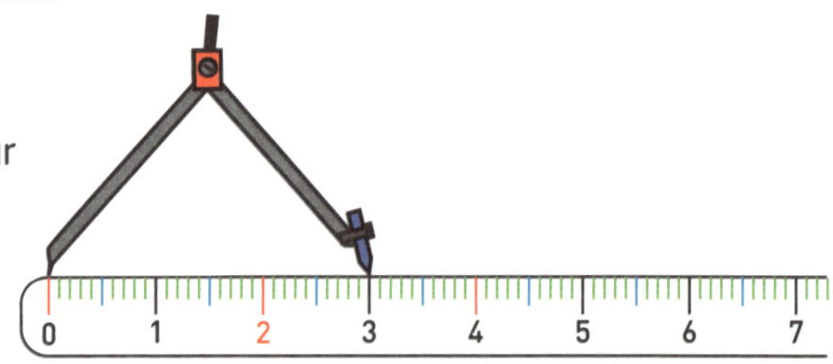

2 Plante la pointe de ton compas sur le centre (ici le point A), sans changer l'écartement de ton compas.

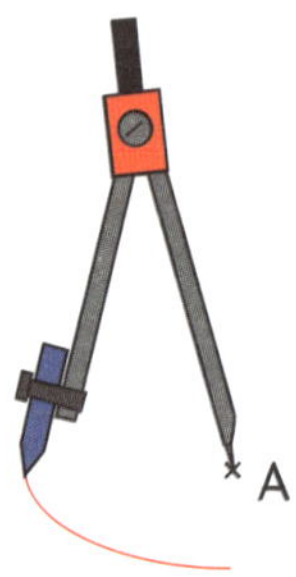

3 Fais tourner la mine, toujours sans changer l'écartement de ton compas.

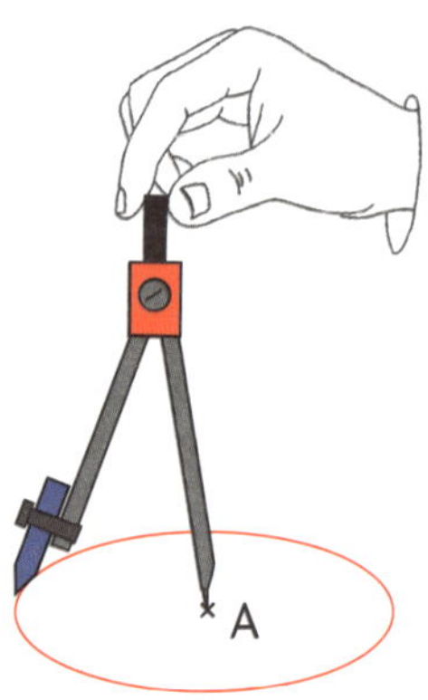

Entraîne-toi !

Corrigés → Guide Parents p. 17

1 ★ **Trace les cercles dessinés en pointillés.**

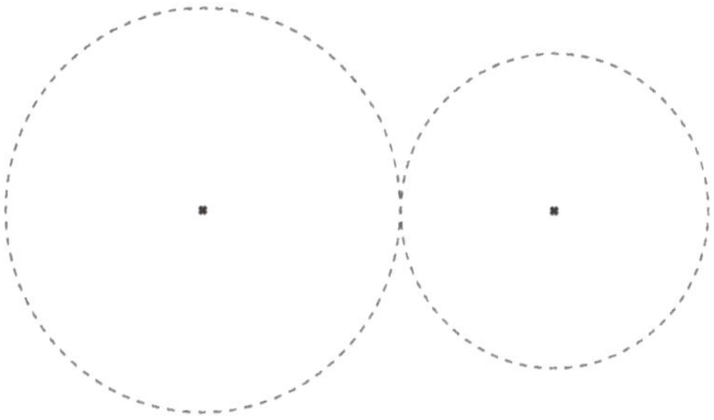

2 ★ **Complète les phrases avec ces mots :**

point – rayon – bleu – centre – diamètre

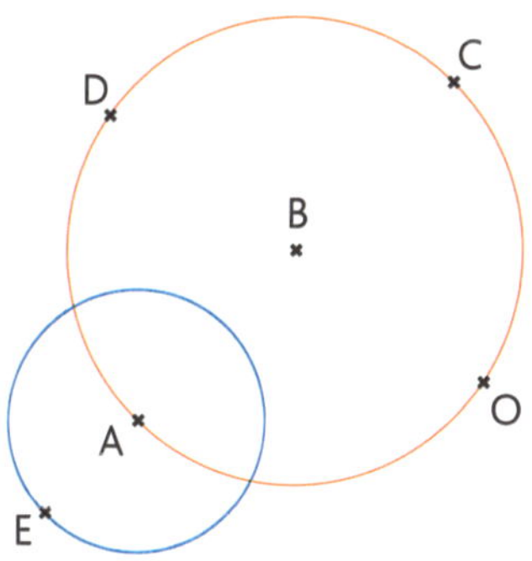

B est le .... du cercle rouge.

BO est un .... du cercle rouge.

A est le centre du cercle ....

E est un .... du cercle bleu.

OD est le .... du cercle rouge.

3 ★★ **Trace le cercle qui a pour centre le point bleu et qui passe par le point rouge.**

4 ★★ **Trace un cercle de centre A et de rayon 3 cm et un cercle de centre B et de rayon 2 cm. Les deux cercles se touchent en 2 points : C et D.**

Fais le bilan

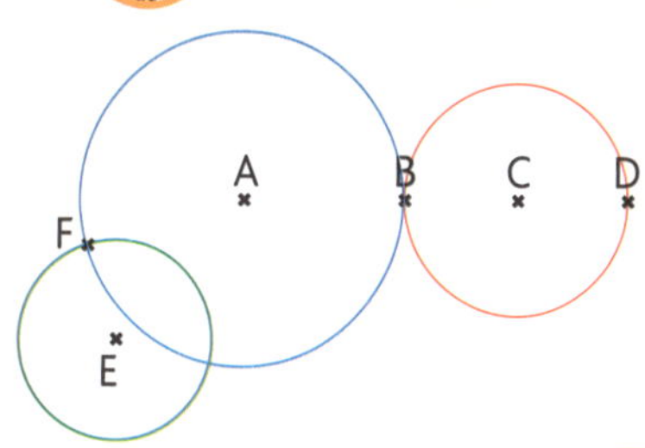

Coche la bonne case.

	Vrai	Faux
a) A est le centre du cercle bleu.	☐	☐
b) B est un point du cercle rouge.	☐	☐
c) AE est un rayon du cercle bleu.	☐	☐
d) BD est un diamètre du cercle rouge.	☐	☐
e) Le cercle vert a pour rayon EF et pour centre E.	☐	☐

TOTAL : ____ /5

Leçon 17

Construire et reproduire des figures

Conseils Parents

Tracer des traits obliques sur un quadrillage est un exercice difficile.
Dans un premier temps, il faut encourager l'enfant à repérer les sommets (« point de départ et point d'arrivée »).
Dans un second temps, il faut que l'enfant compte de combien de carreaux il doit se déplacer verticalement (haut/bas), puis horizontalement (gauche/droite) pour aller d'un sommet à l'autre.

Retiens l'essentiel !

Tracer une figure

Pour tracer une figure, il faut :
→ bien connaître les propriétés de la figure ;
Par exemple, pour tracer un carré, il faudra tracer une figure qui a 4 côtés égaux et 4 angles droits.
→ utiliser les bons instruments :

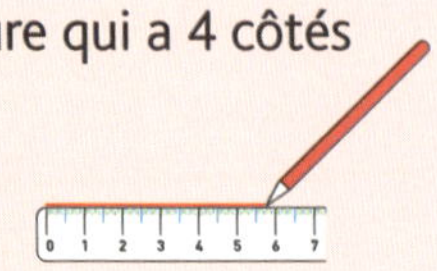

- **la règle :** pour tracer des droites et pour mesurer.
  Par exemple, pour trouver le milieu d'un côté, il faudra mesurer ce côté et partager la mesure en 2 parties égales ;
- **l'équerre :** pour tracer des angles droits (pour les carrés ...) ;

- **le compas** pour tracer des cercles.

Regarde comment on fait !

Reproduire une figure sur un quadrillage

1. Pour reproduire une figure entière sur un quadrillage, il faut d'abord choisir le côté que l'on va tracer en premier, puis l'ordre dans lequel on va tracer les autres côtés.
2. Pour tracer un côté, il faut **d'abord tracer les sommets** (le point de départ et d'arrivée du côté). **Ensuite, il suffit de relier entre eux les sommets avec sa règle.**

→ Quand les côtés sont « droits », il suffit de compter le nombre de carreaux pour aller de haut en bas ou de gauche à droite.

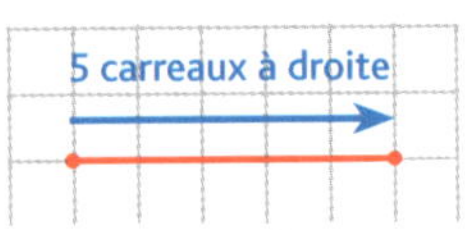

Modèle

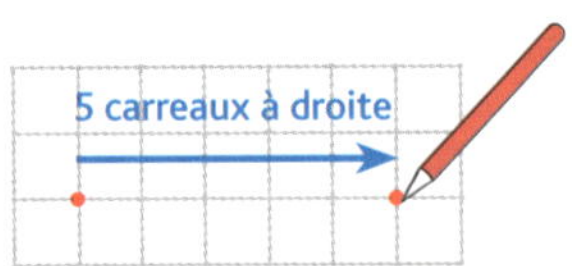

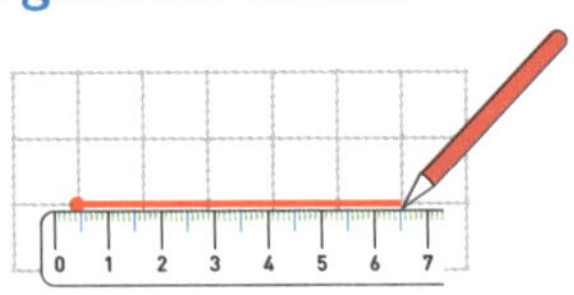

→ Quand les côtés sont obliques, il faut d'abord compter de combien de carreaux on doit se déplacer en haut ou en bas, puis compter de combien de carreaux on doit se déplacer à gauche ou à droite.

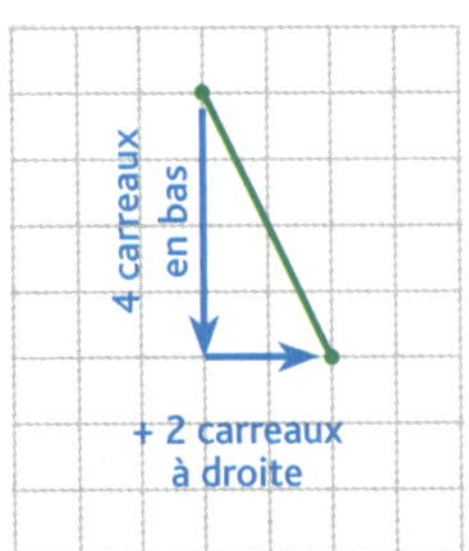

Modèle

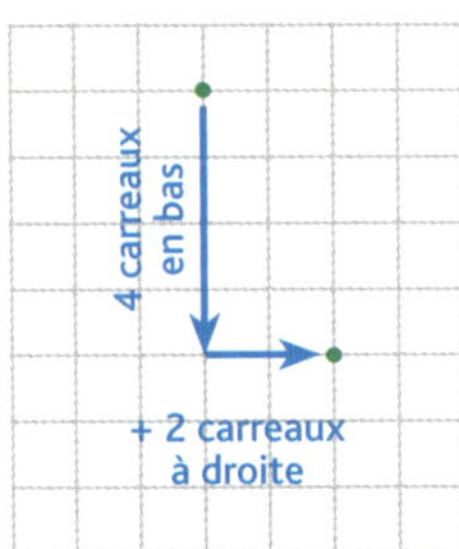

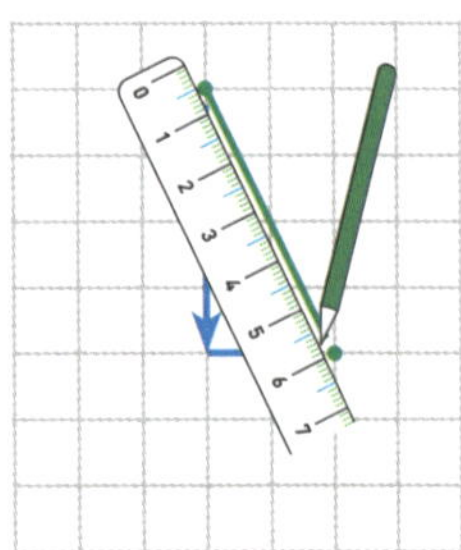

Entraîne-toi !

Corrigés → Guide Parents p. 18

1 ★ **Reproduis la figure. Aide-toi des couleurs pour choisir l'ordre des tracés.**

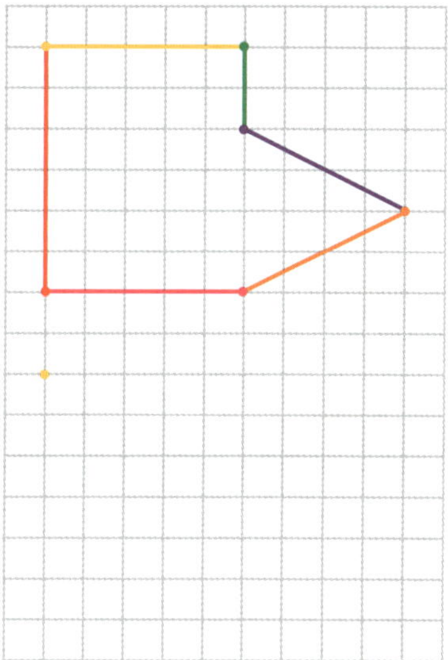

2 ★★ **Reproduis la figure.**

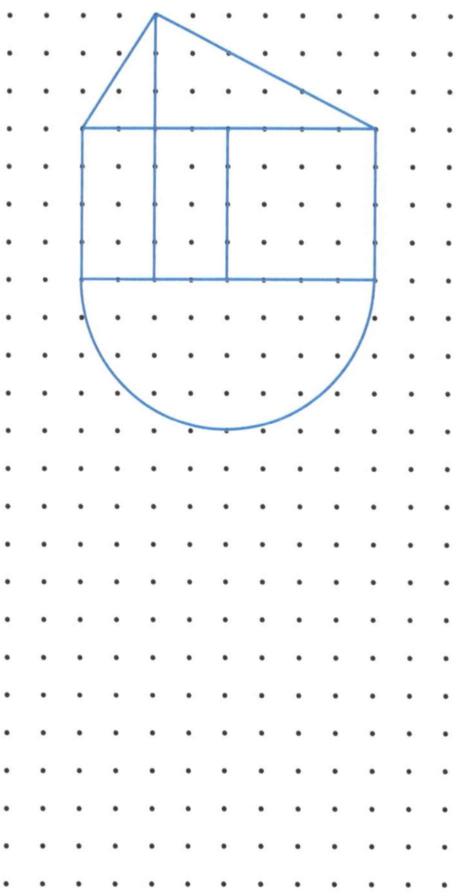

3 ★★★ **Suis le programme de construction pour tracer la figure demandée.**

1. Trace un carré ABCD qui a pour côté 2 cm.
2. Trace la diagonale AC.
3. Trouve le milieu de la diagonale AC. Appelle-le I.
4. Trace le triangle AID et colorie-le en jaune.
5. Trace le rectangle ADEF à l'extérieur du carré qui a pour largeur 1 cm. Colorie-le en bleu.
6. Trace un cercle de centre C et qui passe par le point I.

A
×

Fais le bilan

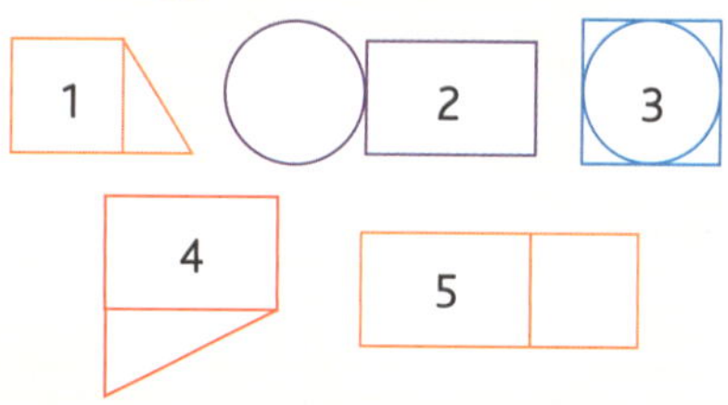

Qui suis-je ?
Indique le numéro de la bonne figure.

a) Je suis composée d'un carré et d'un cercle. Je suis la figure numéro : ....

b) Je suis composée d'un rectangle et d'un triangle rectangle ; je suis la figure numéro : ....

c) Je suis composée d'un rectangle et d'un cercle ; je suis la figure numéro ....

d) Je suis composée d'un carré et d'un rectangle ; je suis la figure numéro ....

e) Je suis composée d'un carré et d'un triangle rectangle ; je suis la figure numéro ....

TOTAL : ____ /5

Leçon 18

Les solides

Conseils Parents

- Pour bien « voir » dans l'espace les solides, il est utile d'imaginer les solides fixés sur une table, puis de se déplacer mentalement en tournant « autour du solide ».
- Les enfants peuvent aussi s'entraîner à visualiser les faces, les sommets et les arêtes avec des objets du quotidien : dé, paquet d'allumettes, aquarium...

Retiens l'essentiel !

Définition

▶ Un **solide** est une forme géométrique qui est en 3 dimensions, c'est-à-dire qui a un volume (« il n'est pas plat »). On sépare les solides en 2 catégories :

Solide qui ne peut pas rouler : polyèdre

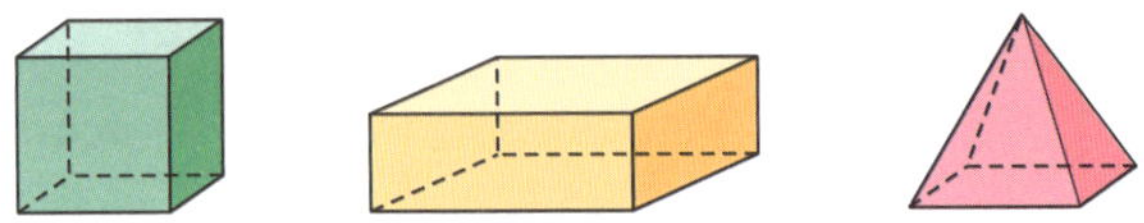

cube	pavé droit	pyramide

Solide qui peut rouler

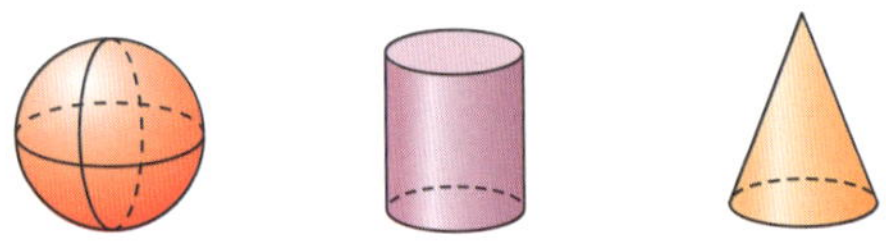

boule	cylindre	cône

▶ Un solide a des **faces**, des **arêtes** et des **sommets**.

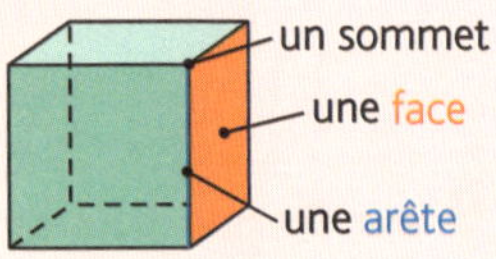

Cube et pavé droit

Cube	Pavé droit
6 faces 8 sommets 12 arêtes Toutes les faces sont des **carrés**. 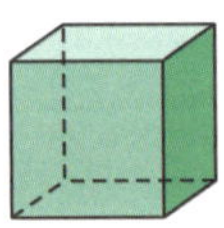	6 faces 8 sommets 12 arêtes Toutes les faces sont des **rectangles ou des carrés**. 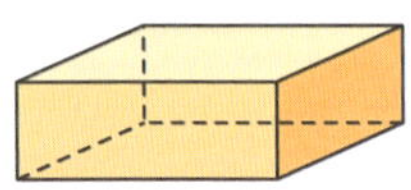

Regarde comment on fait !

Trouver le nombre de faces d'un solide

Pour trouver le nombre de faces d'un solide, il faut imaginer que l'on pose le solide sur une table.

1. Compte les **faces sur les côtés** pour « faire le tour du solide » (ici 4 faces).

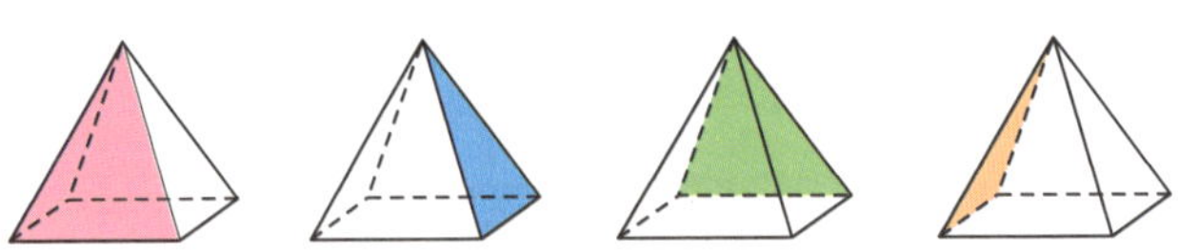

2. Puis ajoute les faces en dessous (ici **1 face**) et au-dessus (ici pas de face au-dessus).

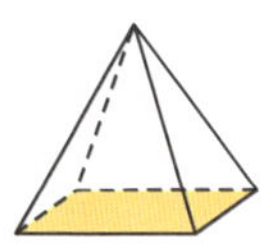

Ce solide a donc **5 faces**.

Entraîne-toi !

Corrigés → Guide Parents p. 18

1 ★ Trouve les polyèdres.

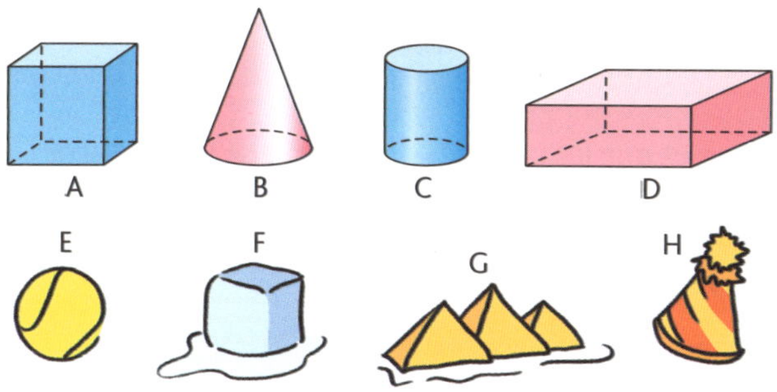

Les polyèdres sont les solides .... ; .... ; .... ; ....

2 ★ Colorie 1 face de ton choix en orange, repasse 2 arêtes en vert et entoure 3 sommets en bleu.

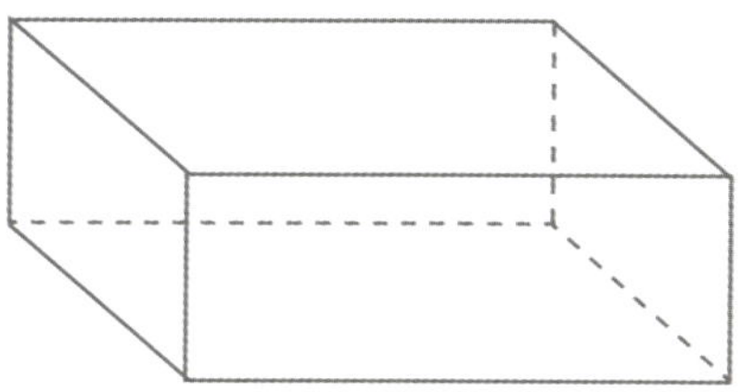

3 ★★ Complète le tableau.

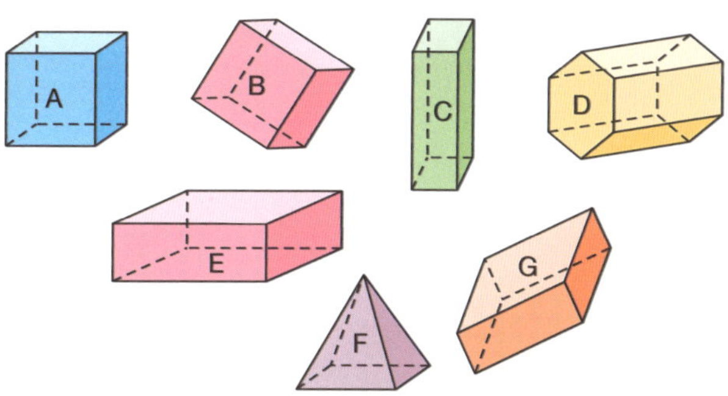

Cubes	Pavés droits	Autres polyèdres
A		

4 ★★ Complète.

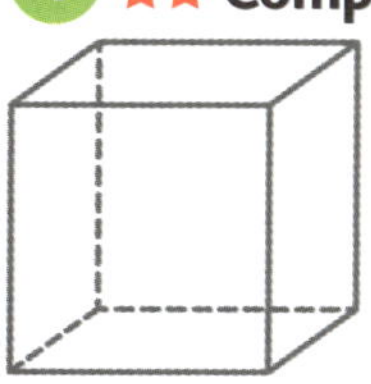

Ce solide a : .... faces,

.... arêtes,

.... sommets.

5 ★★★ Éric a réalisé les empreintes de 2 solides. Relie la bonne empreinte au bon solide.

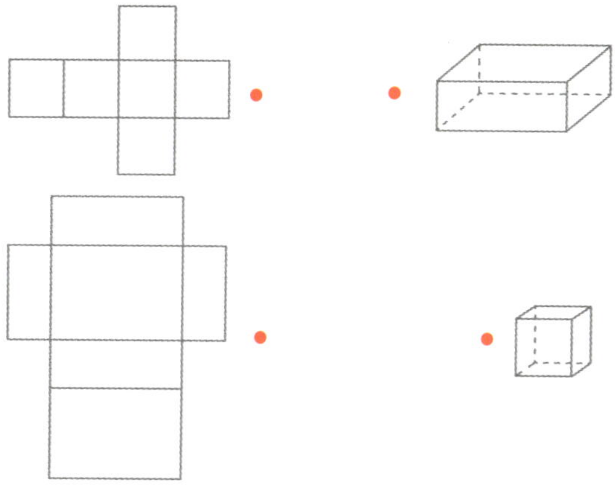

6 ★★★ Écris le nombre de cubes de chaque construction.

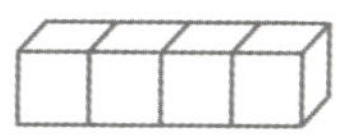

a) .... cubes

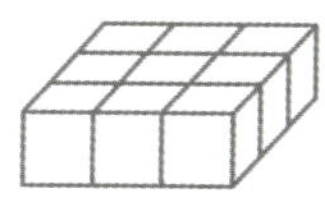

b) .... cubes

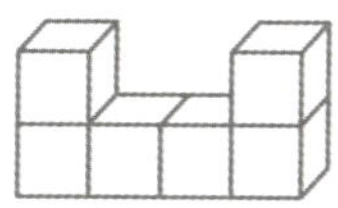

c) .... cubes

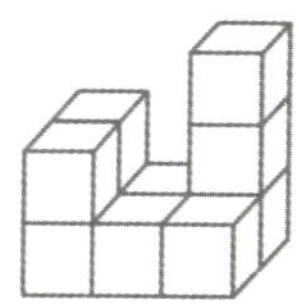

d) .... cubes

Fais le bilan

Coche la bonne case.

	Vrai	Faux
a) Un cube est composé de 6 faces.	☐	☐
b) Un cube est un polyèdre.	☐	☐
c) Un pavé droit a 6 faces.	☐	☐
d) Les faces d'un cube sont des rectangles.	☐	☐
e) Un cube a 8 sommets.	☐	☐

TOTAL : ____ /5

Leçon 19

La symétrie

Conseils Parents

Pour aider à la compréhension de la symétrie, on peut imaginer que le contour de la figure a été fait avec de la peinture non sèche. Quand on plie la feuille sur l'axe de symétrie, on doit retrouver « l'empreinte » de la peinture (= le symétrique).

Retiens l'essentiel !

Définitions

▸ Si on plie une figure sur un trait et que les 2 parties de la figure se superposent parfaitement, on dit que le trait est un **axe de symétrie** de la figure.

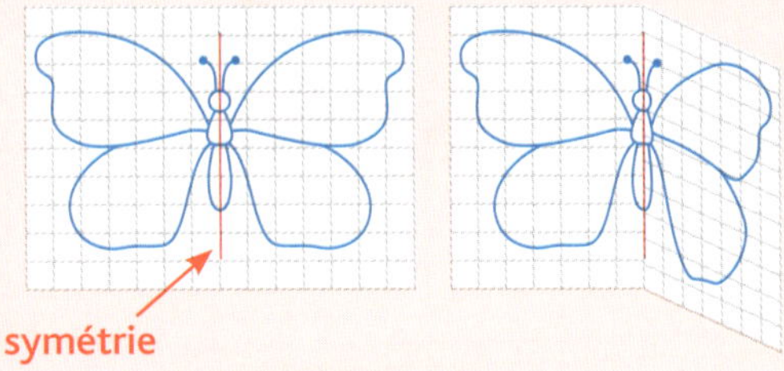

▸ **Deux figures sont symétriques** si :
– elles sont parfaitement identiques ;
– elles sont à la même distance de l'axe de symétrie.

Les figures sont symétriques.

Les figures ne sont pas symétriques.

▸ Une figure peut avoir plusieurs axes de symétrie.

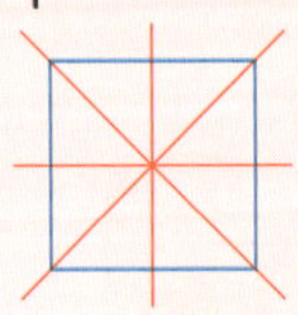
4 axes de symétrie

Regarde comment on fait !

Tracer le symétrique d'une figure sur un quadrillage

Il faut tracer le symétrique **point par point**, puis relier les points entre eux :

1
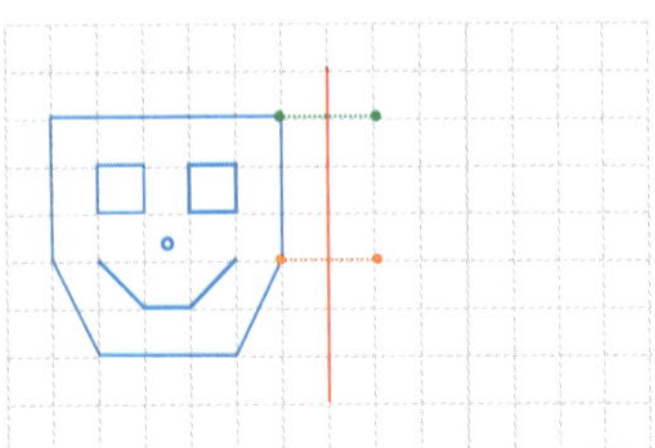

2
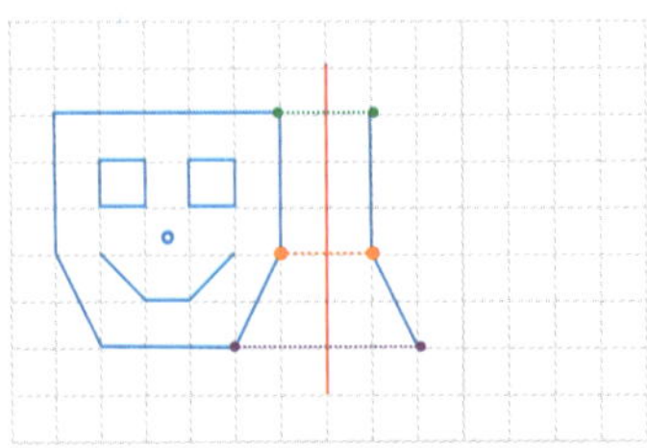

3
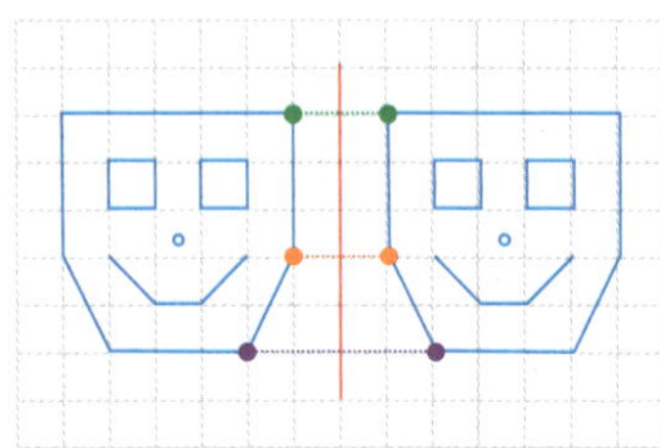

Entraîne-toi !

Corrigés → Guide Parents p. 18

1 ★ **Le trait rouge est-il un axe de symétrie ? Entoure la bonne réponse.**

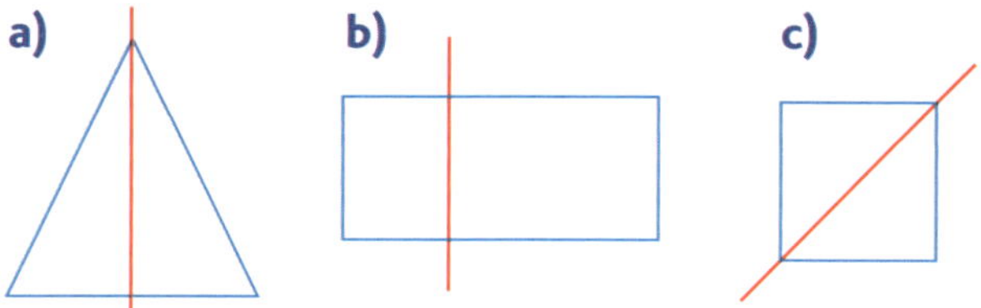

a) oui non b) oui non c) oui non

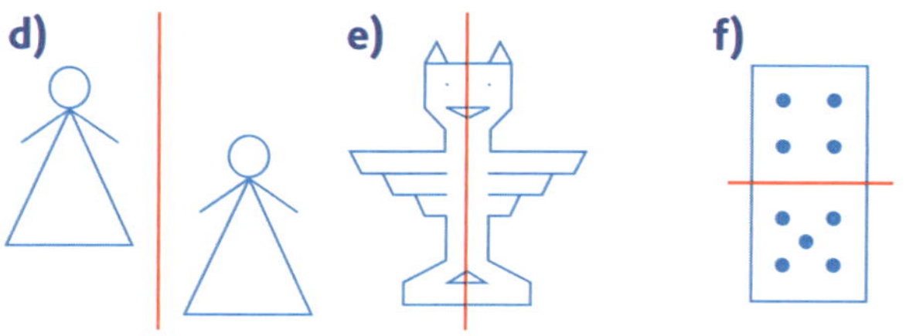

d) oui non e) oui non f) oui non

2 ★★ **Trace les axes de symétrie de ces figures.**

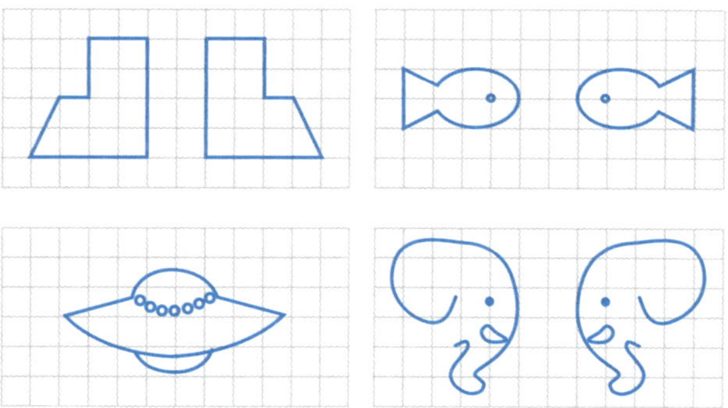

3 ★★ **Trace le symétrique de la figure.**

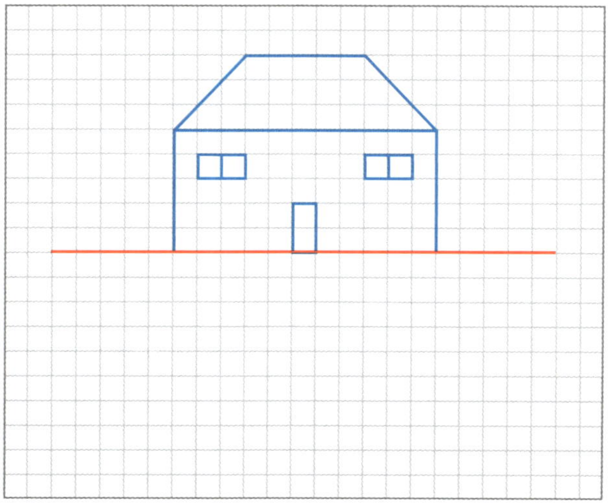

4 ★★★ **Trace le symétrique de ce mot.**

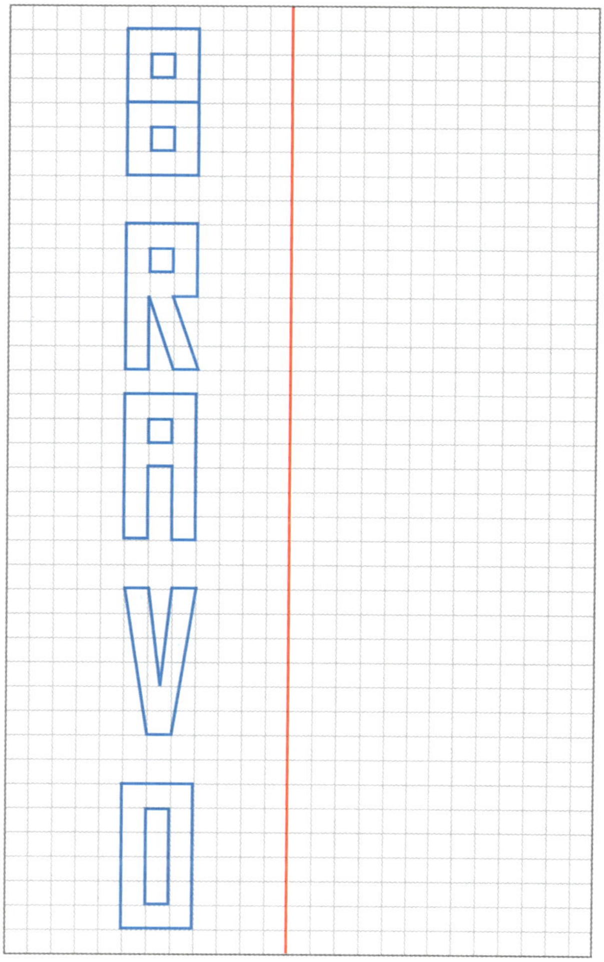

Fais le bilan

Entoure les bonnes réponses.
Les axes rouges sont-ils des axes de symétrie ?

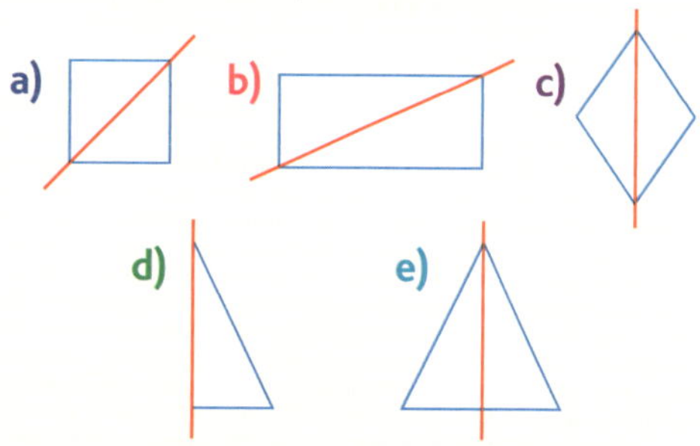

a) oui non b) oui non c) oui non d) oui non e) oui non

TOTAL : ____ /5

Maths

Leçon 20

Les longueurs

Conseils Parents

- Insistez bien auprès de l'enfant sur la nécessité de convertir dans la même unité avant de comparer ou faire des opérations sur des longueurs.
- Il peut être plus facile pour certains enfants de convertir toutes les longueurs dans « la plus petite unité ».
- L'utilisation d'un tableau de conversion peut s'avérer utile, mais attention, le décamètre et l'hectomètre ne sont pas au programme du CE2.
- Encouragez aussi l'enfant à vérifier la vraisemblance de ses résultats avec les repères donnés dans la leçon.

Retiens l'essentiel !

Définition

On peut mesurer une longueur :

▸ En **reportant une unité de longueur** et en comptant le nombre d'unités.

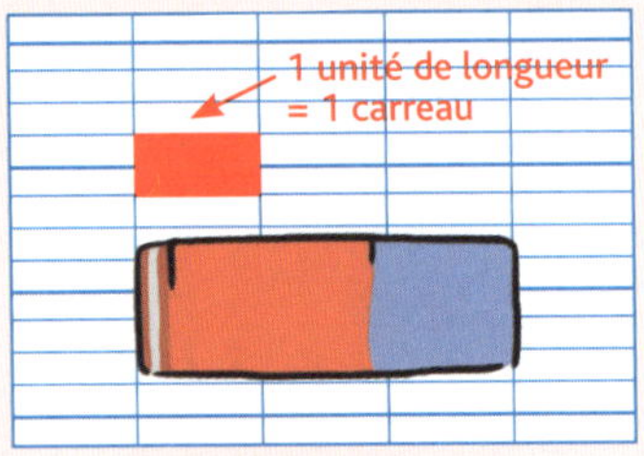

Ici la gomme mesure 3 unités.

▸ En la **mesurant avec un instrument** comme la règle graduée.

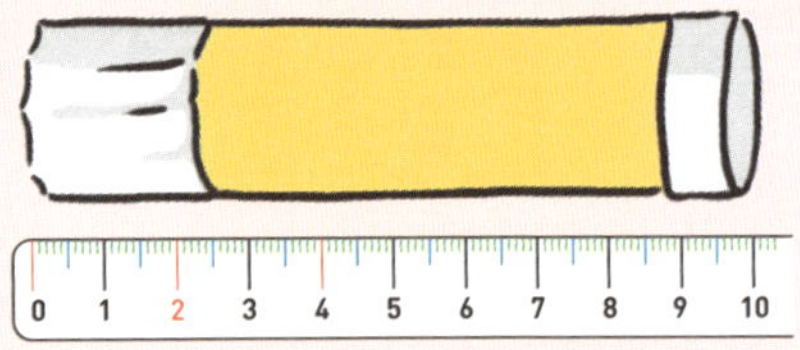

Attention à bien placer le 0 de la règle ! Ici le bâton de colle mesure 10 cm.

Les unités de longueur

▸ En fonction de la taille de l'objet que l'on veut mesurer, on utilise différentes **unités de longueurs** :

– le **millimètre (mm)** pour les toutes petites choses ;
– le **centimètre (cm)** pour les choses que l'on peut tenir dans les mains ;
– le **décimètre (dm)** qui fait 10 cm ;
– le **mètre (m)** qui correspond à un pas d'adulte. C'est l'unité la plus utilisée ;
– le **kilomètre (km)** pour les grandes distances (en voiture, par exemple).

▸ Pour comparer ou calculer avec des longueurs, il faut toujours les mettre dans la même unité : on dit qu'il faut les **convertir**.

1 m = 10 dm	1 m = 100 cm	1 m = 1 000 mm
1 km = 1 000 m	1 dm = 10 cm	1 cm = 10 mm

Regarde comment on fait !

Calculer le périmètre d'un polygone

Pour calculer le **périmètre** d'un polygone, il faut calculer la **longueur de son contour**. Il faut donc additionner la longueur de tous ses côtés (en vérifiant qu'elles sont dans la même unité).

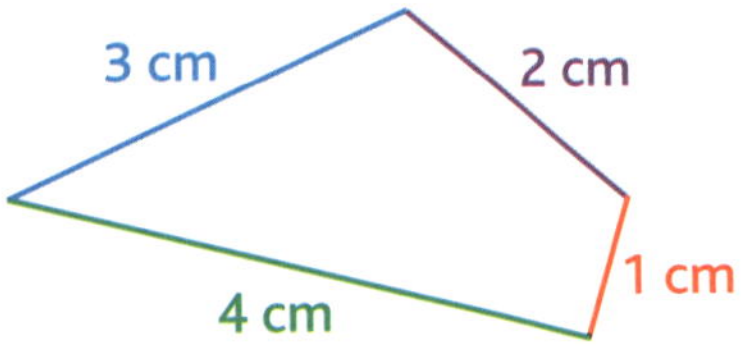

Le périmètre de ce polygone est de :
3 cm + 2 cm + 1 cm + 4 cm = **10 cm.**

Entraîne-toi !

Corrigés → Guide Parents p. 19

1 ★ Entoure la bonne unité de mesure.

m mm km — mm cm km — m cm km

2 ★★ Mesure les segments suivants avec ta règle graduée.

a) .... cm b) .... cm

c) .... cm d) .... cm

3 ★★ Trace les segments demandés.

a) Segment de 7 cm.

b) Segment de 5 cm.

4 ★★ Mesure chaque morceau de cette ligne brisée et additionne-les pour trouver la longueur totale de la ligne.

La ligne brisée mesure : .... cm.

5 ★★★ Fais les conversions demandées.

a) 7 m = ... cm
b) 8 cm = ... mm
c) 3 km = ... m
d) 6 m = ... dm
e) 34 cm = ... mm
f) 4 000 mm = ... m
g) 43 m = ... cm
h) 60 mm = ... cm
i) 7 cm 5 mm = ... mm
j) 2 m 45 cm = ... cm
k) 2 100 mm = ... dm
l) 6 m 30 mm = ... cm

6 ★★★ Pour aller à l'école, Farouk passe devant une pharmacie et un stade de football. Il parcourt de chez lui à la pharmacie 1 km, de la pharmacie au stade de football 560 m, et enfin 290 m du stade à l'école. Calcule la longueur totale du parcours de Farouk.

La longueur totale du parcours de Farouk est :

.... km .... m ou .... m

Fais le bilan

Complète les mesures.

a) = ... cm
b) = ... cm
c) = ... cm
d) = ... cm

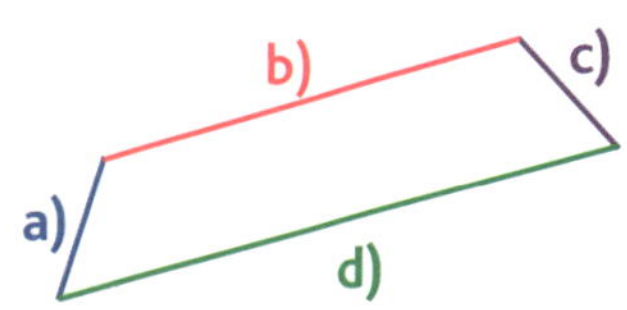

e) Le périmètre du polygone mesure : .... cm.

TOTAL : ____ /5

Maths

Leçon 21

Les masses et les contenances

Conseils Parents

- Dans le langage courant, on utilise souvent le terme « poids » à la place du terme « masse ».
- L'expérimentation occupe une place importante dans les notions de masse et de contenance. Proposez à l'enfant d'estimer la masse de certains objets (g/kg) et de la vérifier à l'aide d'une balance.
- Une fois quelques repères installés, il est plus facile pour les enfants d'utiliser les bonnes unités.
Ex. : le gramme pour du sucre en poudre, le kilogramme pour la masse d'un chat...

Retiens l'essentiel !

Masses

▸ Pour savoir si un objet est lourd ou léger, on le pèse.
On dit qu'on mesure sa **masse**.
Voici quelques **balances** permettant de mesurer des masses :

▸ Les **unités** pour mesurer les masses sont :

La tonne (t)	Le kilogramme (kg)	Le gramme (g)
Pour peser des choses très lourdes comme une voiture.	Pour peser des personnes, par exemple.	Pour peser des choses légères.

1 t = 1 000 kg   1 kg = 1 000 g

Contenances

▸ Pour savoir combien de liquide un objet peut contenir, on mesure sa **contenance**.

On peut mesurer la contenance avec :

un verre doseur — un récipient dont on connaît la contenance

▸ Les **unités** pour mesurer les contenances sont :

1 dL = 10 cL

Le litre	Le décilitre	Le centilitre
L (contenance d'une bouteille)	dL	cL (contenance d'un verre)
1	0	0

1 L = 10 dL

1 L = 100 cL

Regarde comment on fait !

Encadrer une mesure de masse par des nombres entiers

Pour encadrer une mesure avec des nombres entiers, il faut dire entre « combien et combien de kilogrammes entiers » un objet pèse.
Ici, la citrouille pèse 2 kg 500 g.
On peut dire qu'elle pèse entre 2 et 3 kg.

Entraîne-toi !

Corrigés → Guide Parents p. 19

1 ★ **Entoure la bonne unité pour la masse de chaque animal.**

a) g kg t   b) g kg t   c) g kg t

2 ★★ **Indique la masse de ces fruits.**

a) .... g   b) .... g

3 ★★ **Fais les conversions demandées.**

a) 6 kg = ... g

b) 45 t = ... kg

c) 2 kg 40 g = ... g

d) 6 000 kg = ... t

e) 8 070 g = ... kg .... g

f) 3 000 g = ... kg

g) 70 kg = ... g

4 ★★★ **Théo achète des bonbons pour fêter son anniversaire à l'école. Il a déjà acheté 350 g de réglisse et 460 g de bonbons aux fruits. Il a le droit d'acheter 1 kg de bonbons en tout. Calcule quelle masse de caramels il peut encore acheter.**

....

....

....

....

5 ★ **Entoure la bonne unité pour les contenances de ces objets.**

a) cL L   b) cL L   c) cL L

6 ★★ **Indique la quantité de liquide dans chaque cas.**

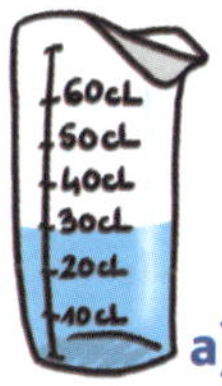

a) cL

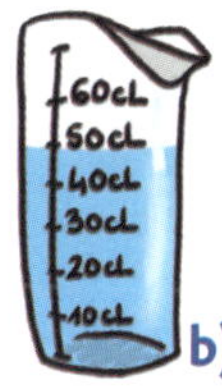

b) cL

7 ★★ **Fais les conversions demandées.**

4 L = ... dL   70 dL = ... cL

3 L = ... cL   3 L 20 cL = ... cL

35 L = ... cL   600 cL = ... L

765 cL = ... L .... dL cL

8 ★★★ **Pour son anniversaire à la maison, Théo a invité ses copains à qui il sert de la limonade. Combien de verres de 20 cL pourra-t-il remplir avec une bouteille de 2 L ?**

....

Fais le bilan

Fais les conversions suivantes.

a) 8 kg = ... g

b) 7 L = ... cL

c) 9 000 kg = ... t

d) 800 dL = ... L

e) 4 000 g = ... kg

TOTAL : ____ /5

Maths

Leçon
22 Le temps

Conseils Parents

- Pour les calculs de durées, encouragez votre enfant à faire un axe du temps. Cela l'aidera à se représenter la durée, qui est la grandeur la plus difficile.

- Utilisez toutes les situations de la vie quotidienne pour travailler les relations entre les unités de temps (*ex.* : durée des vacances en mois, puis en jours...) et la lecture de l'heure.

Retiens l'essentiel !

Unités de mesure des durées

▸ Pour **mesurer des durées**, on utilise **différentes unités.**

1 millénaire = 1 000 ans
1 siècle = 100 ans
1 an = 365 jours (ou 366 jours)
1 mois = 30 ou 31 jours
(28 ou 29 jours en février)

1 semaine = 7 jours
1 jour = 24 heures
1 heure = 60 minutes
= 3 600 secondes
1 minute = 60 secondes

▸ Pour **calculer avec des durées** :
– il faut les mettre dans la même unité (on dit qu'on les **convertit**) ;
– on peut s'aider d'un **axe du temps.**

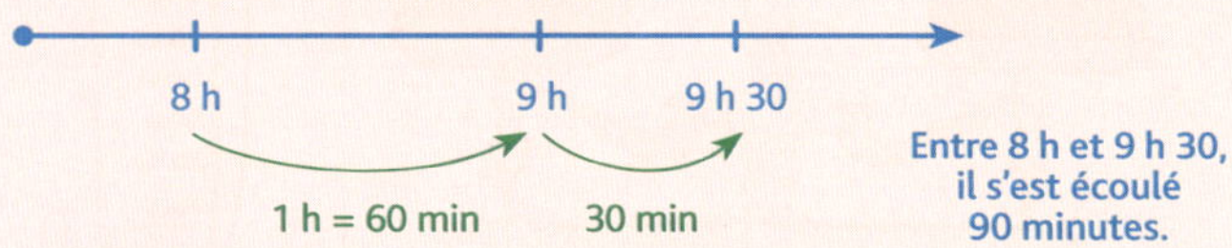

Lecture de l'heure

▸ La petite aiguille indique les **heures** (h) et la grande aiguille les **minutes** (min). Quand la grande aiguille fait un tour complet d'horloge, il se passe 60 minutes et la petite aiguille avance d'une heure.

▸ Il y a des heures particulières :

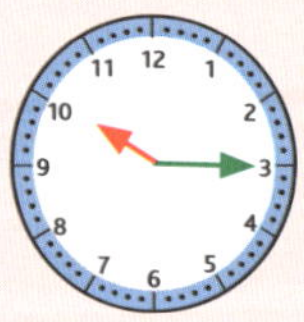

10 heures 15 minutes
ou 10 heures et quart

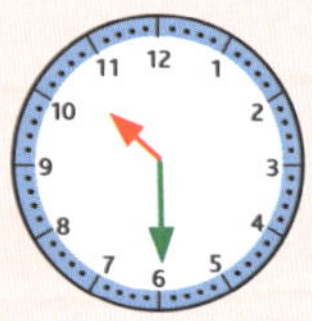

10 heures 30 minutes
ou 10 heures et demie

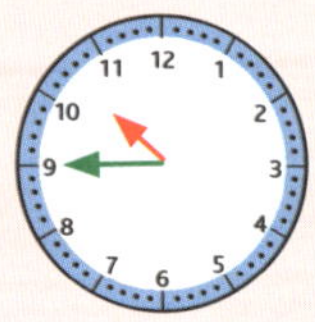

10 heures 45 minutes
ou 11 heures moins le quart

Regarde comment on fait !

Lire l'heure sur une horloge

Quelle heure le cadran indique-t-il ?

Pour lire l'heure, il faut connaître :

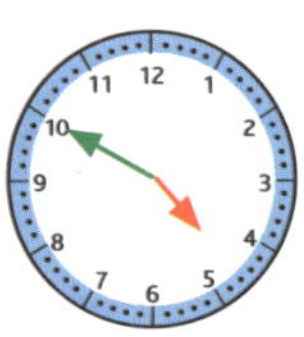

1. le **nombre d'heures** en regardant les chiffres écrits de 1 à 12 ;
2. le **nombre de minutes** en multipliant les chiffres écrits par 5.

Ici, la petite aiguille est entre le chiffre 4 et le chiffre 5, elle a donc passé le chiffre 4, il est donc « 4 heures quelque chose ».
La grande aiguille montre le 10, il y a donc 10 × 5 = 50 minutes.

→ **Il est donc 4 h 50.**

La petite aiguille est « presque sur le chiffre 5 », mais il lui « manque » des minutes (10 minutes).

→ **On dit aussi qu'il est 5 h moins 10.**

Entraîne-toi !

Corrigés → Guide Parents p. 19

1 ★ Relie chaque événement à la bonne unité.

la vie d'un chien •	• années
la préhistoire •	• mois
la récréation •	• heures
les vacances d'été •	• secondes
une journée de classe •	• minutes
une course de 100 mètres •	• millénaires

2 ★★ Colorie de la même couleur les mêmes durées.

1 jour — 4 minutes — 7 jours
600 secondes — 1 h 15 mn
10 minutes — 1 semaine — 75 minutes
24 heures — 240 secondes

3 ★★ Complète les axes du temps et calcule les durées.

a) Durée entre 4 h et 5 h 45.

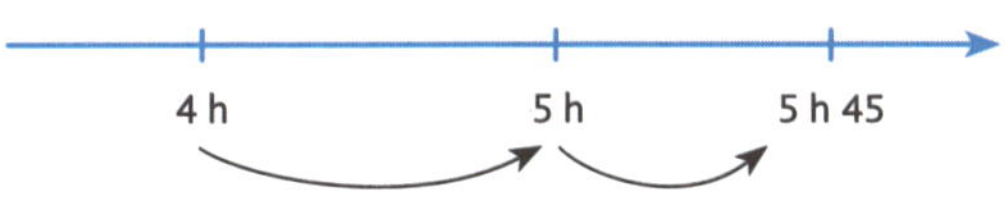

Entre 4 h et 5 h 45, il s'est écoulé .... min ou .... h .... min.

b) Durée entre 10 h 10 et 11 h 50.

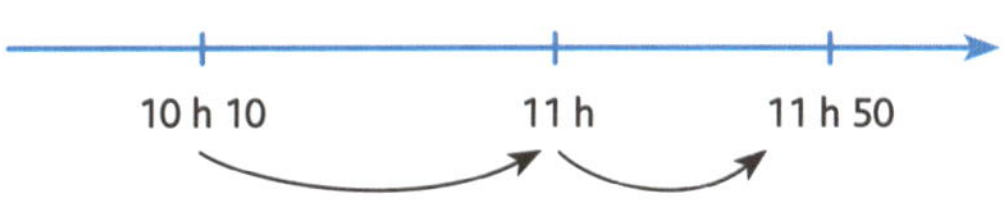

Entre 10 h 10 et 11 h 50, il s'est écoulé .... min ou .... h .... min.

4 ★★★ Jules joue au football depuis 2 ans. Théo fait du judo depuis 25 mois (compter 30 jours par mois) et Léane fait de la danse depuis 600 jours.

Quel enfant fait du sport depuis le plus longtemps ?

....

Quel enfant fait du sport depuis le moins longtemps ?

....

5 ★ Quelle heure est-il ?

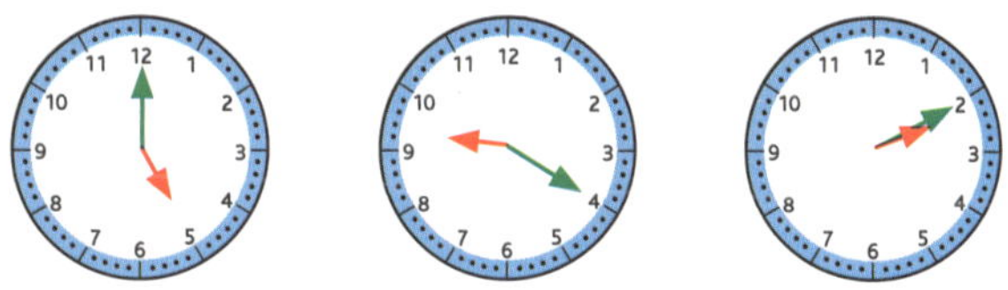

Il est .... h. Il est ...... h .... Il est ...... h ....

6 ★★ Dessine les aiguilles sur les horloges.

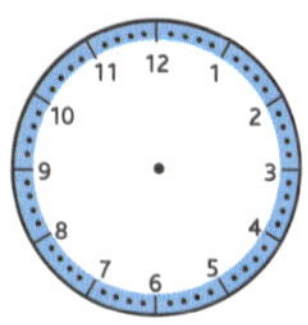
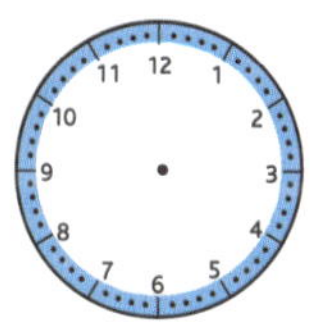

Il est 6 h 05. Il est 8 h et demie.

Fais le bilan

Coche la bonne réponse.

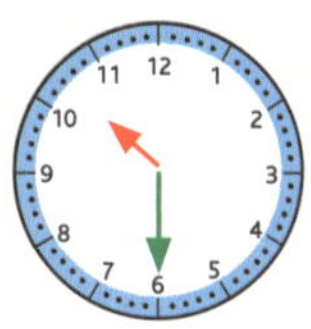

Il est :

	Vrai	Faux
a) 9 h 30.	☐	☐
b) 10 h et demie.	☐	☐

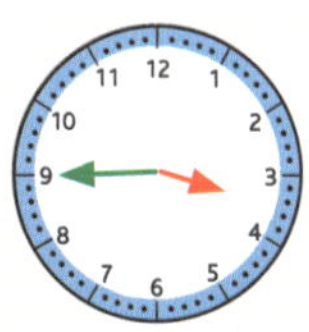

Il est :

	Vrai	Faux
c) 3 h 45.	☐	☐
d) 4 h moins le quart.	☐	☐
e) 3 h moins 15.	☐	☐

TOTAL : ____ /5

Leçon 23

La monnaie

Conseils Parents

- La manipulation est très utile pour l'apprentissage de la monnaie et pour que l'enfant soit à l'aise avec les différents billets et pièces.
- Encouragez l'enfant à bien séparer les euros et les centimes pour éviter les erreurs du type « 3,90 € c'est plus que 4 € » (l'enfant voit 90 et y reconnaît un grand nombre, il considère donc que cela fait plus d'argent).

Retiens l'essentiel !

La monnaie

- En France et dans plusieurs pays européens, la monnaie utilisée est l'**euro** (€).
- Voici les différents **billets et pièces** utilisés :

Calculer avec la monnaie

- Pour calculer des prix ou les comparer, il faut que les prix soient exprimés dans la même unité. Sinon, on doit les **convertir** dans la même unité.
- Un euro vaut cent centimes d'euro : **1 € = 100 c.**

Regarde comment on fait !

Calculer avec des prix

Laura va acheter des viennoiseries à la boulangerie pour 3 € 60. Elle donne un billet de 10 €.
Combien doit-on lui rendre de monnaie ?

Le chiffre avant la virgule correspond au nombre d'euros et le chiffre après la virgule correspond au nombre de centimes.

Pour calculer avec des prix, il faut s'occuper séparément des euros et des centimes.

1. On commence d'abord par les **centimes** pour aller à « l'euro suivant ».
→ On va lui rendre 40 centimes pour aller à 4 €.

2. On calcule ensuite les **euros**.
→ On va lui rendre 6 € pour aller de 4 € à 10 €.

3. On met les centimes et les euros ensemble.
→ On va lui rendre 6 euros et 40 centimes. On peut le noter **6,40 €**.

Entraîne-toi !

Corrigés → Guide Parents p. 20

1 ★ Relie les objets au bon prix.

- 15 c
- 1 € 50 c
- 15 €
- 150 €
- 1 500 €

2 ★★ Colorie de la même couleur les mêmes sommes.

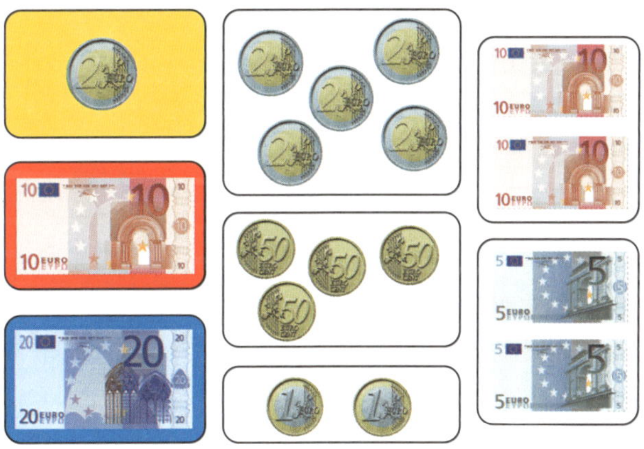

3 ★★ Entoure les billets et les pièces pour acheter les objets.

4 ★★ Convertis comme dans l'exemple.

Ex. : 350 c = 300 c + 50 c = 3 € 50 c

a) 450 c = ... c + ... c = ... € c

b) 105 c = ... c + ... c = ... € c

c) 220 c = ... c + ... c = ... € c

5 ★★ Dessine les pièces et les billets nécessaires pour acheter les objets. Utilise le moins de billets et de pièces possible.

 79 €	
 9,80 €	

Fais le bilan

Coche la bonne réponse.

	Vrai	Faux
a) 2 € 50 c = 200 c	☐	☐
b) On peut payer 70 centimes avec uniquement des pièces de 20 centimes.	☐	☐
c) 	☐	☐
d) 1 € 30 c + 3 € 70 = 5 €	☐	☐
e) Quand on donne une pièce de 1 € pour payer une baguette de pain à 85 centimes, on doit nous rendre 25 centimes.	☐	☐

TOTAL : ____ /5

Leçon 24

Résoudre un problème nécessitant un seul calcul

Conseils Parents

- Afin d'aider l'enfant à résoudre les problèmes, demandez-lui de suivre chaque fois la même méthode :
  1. repérer et comprendre la question posée ;
  2. chercher les données utiles pour y répondre ;
  3. choisir la bonne opération à effectuer.

- Vous pouvez encourager l'enfant à faire un schéma pour rendre le problème plus concret.

Retiens l'essentiel !

Méthode de résolution

Pour résoudre un problème, il faut suivre plusieurs étapes :

1. **Chercher la question posée et la comprendre** : qu'est-ce qu'on me demande de trouver ?

2. **Trier les informations.** Certaines informations vont permettre de répondre à la question, et certaines informations ne vont pas servir. Il faut bien les trier pour savoir quelles données de l'énoncé je dois utiliser.

3. **Choisir la bonne opération** pour répondre à la question : est-ce que je dois faire une addition ou une soustraction ? ou bien une multiplication ou une division ? Quelques indications :
   – lorsqu'il faut faire une addition ou une soustraction, on trouve souvent dans l'énoncé les mots : plus, moins, autant que, manquer...
   – lorsqu'il faut faire une multiplication ou une division, on peut trouver dans l'énoncé les mots : fois plus, fois moins, partager, reste...

4. **On fait le calcul.**

5. **On écrit une phrase réponse** en utilisant les mots de la question.

Regarde comment on fait !

Résoudre un problème nécessitant une seule opération

PROBLÈME : Antoine a 8 ans et sa sœur Louise a 10 ans. Antoine a 15 € dans sa tirelire. Il voudrait s'acheter un harmonica qui coûte 32 €.
Combien d'euros lui manque-t-il ?

1. **On cherche la question et on la souligne en rouge.**
La question est souvent à la fin de l'énoncé et se termine par un point d'interrogation.

2. **On cherche les informations qui vont permettre de répondre à la question.**
Dans le texte, il y a des informations sur l'âge d'Antoine et de sa sœur qui ne servent pas. Il y a aussi des informations sur le prix de l'harmonica et sur l'argent d'Antoine. On souligne en vert les informations qui sont utiles.

3. **On choisit l'opération.** Ici, on demande combien d'euros manquent à Antoine ; il faut faire une soustraction (32 – 15). On peut aussi faire une addition à trou (15 + ... = 32). Il lui manque 17 €.

Corrigés → Guide Parents p. 20

1 ★ Colorie la question qui pourrait être posée à la fin de ce problème.
Lors d'une course à pied, les participants doivent effectuer 3 tours d'un circuit de 7 kilomètres.

a) Combien de coureurs ont fini la course ?

b) Combien de temps a mis le vainqueur de la course ?

c) Quelle distance les coureurs doivent-ils parcourir ?

2 ★★ Voici un problème :
Anna habite à 500 m de l'école.
Elle fait ce trajet 4 fois par jour pour aller et revenir à l'école en rentrant déjeuner chez elle.

a) Invente une question qui pourrait être posée à la fin de ce problème. ....

....

....

....

b) Explique pourquoi on ne peut pas répondre à la question : Combien de temps met Anna pour faire ces trajets chaque jour ? ....

....

....

....

3 ★★ Souligne en vert les données qui vont t'être utiles pour répondre à la question du problème suivant. N'oublie pas de chercher la question en premier et souligne-la en rouge.

Dans une classe de CE2, il y a 27 élèves qui ont entre 8 et 9 ans. Le maître distribue à chaque élève 4 cahiers de 96 pages. Combien de cahiers le maître a-t-il distribués en tout ?

4 ★★★ Pour chaque question, entoure l'opération à effectuer et complète la phrase après avoir fait le calcul.

Marina a 11 ans. Dans son portefeuille, elle a 36 €. Son meilleur ami, Théo, qui a 12 ans, a 4 € de moins qu'elle. Le grand frère de Marina s'appelle Isaac : il a 7 ans de plus qu'elle et deux fois plus d'argent dans son portefeuille. Il manque 10 € à Marina pour s'acheter son jeu vidéo.

a) Combien d'euros a Théo ?

36 – 12   36 + 4   36 – 4

Théo a .... €.

b) Combien d'euros a Isaac ?

36 + 2   36 + 7   36 × 2

Isaac a .... €.

c) Combien coûte le jeu vidéo ?

36 – 10   10 – 36   10 + 36

Le jeu vidéo coûte .... €.

Fais le bilan

Lis l'énoncé. Peut-on répondre aux questions ?
Nicolas achète un livre de 48 pages et un livre de 72 pages qui coûte 8 €.

	Oui	Non
a) Combien de livres achète Nicolas ?	☐	☐
b) Quel âge a Nicolas ?	☐	☐
c) Combien va-t-il payer en tout ?	☐	☐
d) Si Nicolas lit les 2 livres, combien de pages aura-t-il lues en tout ?	☐	☐
e) Quand Nicolas aura-t-il fini de lire les livres ?	☐	☐

TOTAL : ____ /5

Leçon 25

Les graphiques

Conseils Parents

- Les graphiques sont très pratiques pour représenter des données. Pour les lire sans se tromper, il faut d'abord bien examiner les axes et les graduations.
- L'utilisation de la règle peut s'avérer utile pour lire des valeurs sur les axes.

Retiens l'essentiel !

- Un **graphique** permet de lire et de comparer facilement de nombreuses informations (encore appelées **données**).
- Les **axes** mentionnent les données étudiées.

Il y a 2 axes : l'**axe horizontal** (↔) et l'**axe vertical** (↕).
Les **graduations** des axes indiquent les valeurs.

Ex. : températures moyennes à Lille sur une année

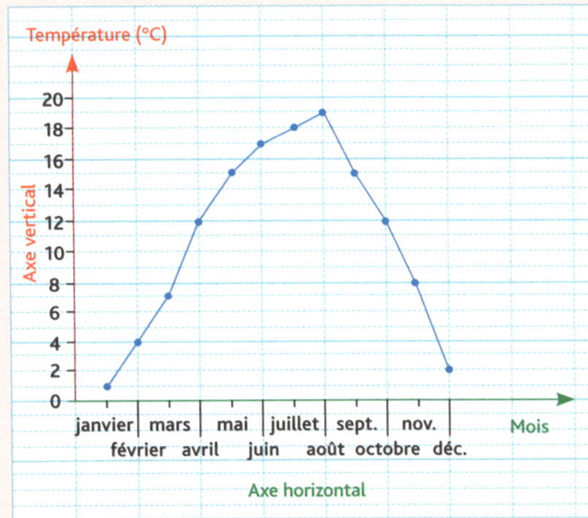

Regarde comment on fait !

Trouver une information sur un graphique

Trouve la température moyenne à Lille au mois de juillet.

1. **On regarde les axes :**
– l'axe horizontal indique les mois de l'année ;
– l'axe vertical indique les températures (en degrés Celsius).
2. **On cherche l'information sur le graphique.** Pour trouver la température moyenne au mois de juillet, on cherche le mois de juillet sur l'axe des mois et on remonte jusqu'à toucher la courbe.
3. On part du point de la courbe trouvé et on lit la température sur l'autre axe : il a fait 18 °C en juillet à Lille.

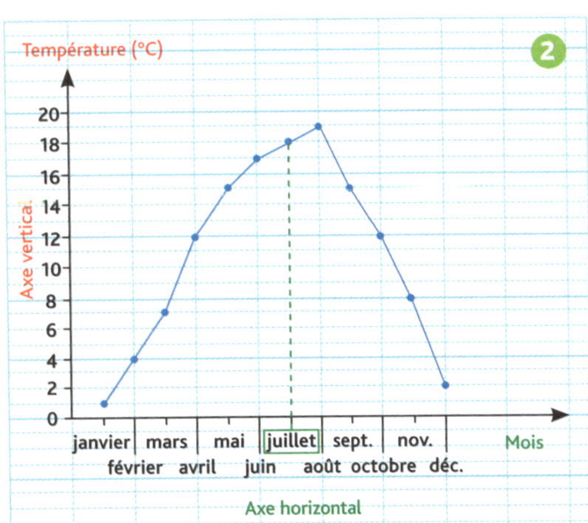

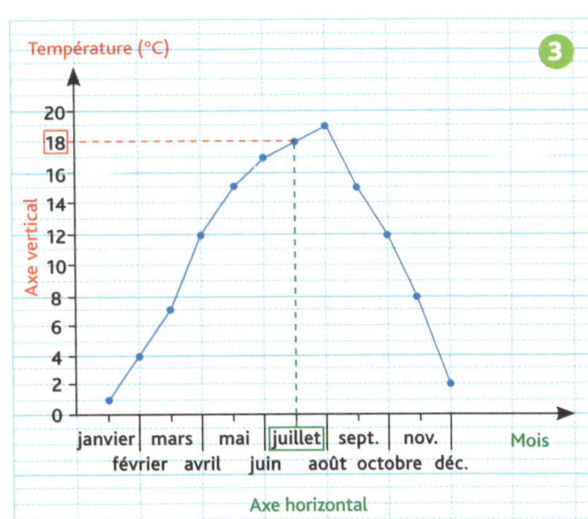

Entraîne-toi !

Corrigés → Guide Parents p. 21

1 ★★ Voici la courbe de masse (ou de poids) de Johan sur son carnet de santé. Réponds aux questions.

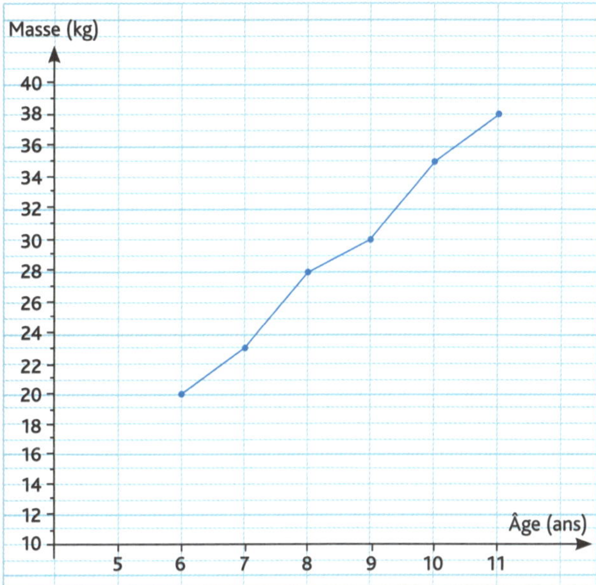

a) Quelle est la masse de Johan à 6 ans ? .... kg.

b) Quelle est la masse de Johan à 8 ans ? .... kg.

c) À partir de quel âge Johan dépasse-t-il 30 kg ?

.... ans.

2 ★★ Un cinéma a enregistré le nombre de spectateurs pour un film pendant une semaine.

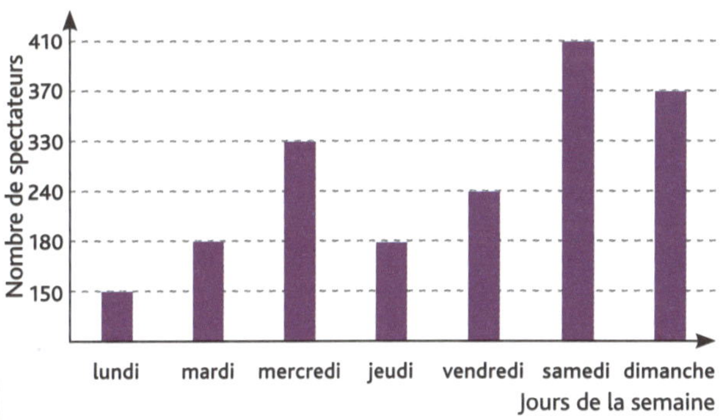

a) Quel jour y a-t-il eu le plus de spectateurs ?

....

b) Quel jour y a-t-il eu le moins de spectateurs ?

....

c) Quels jours y a-t-il eu plus de 300 spectateurs ?

....

3 ★★★ Voici un graphique représentant les élèves d'une école. Réponds aux questions.

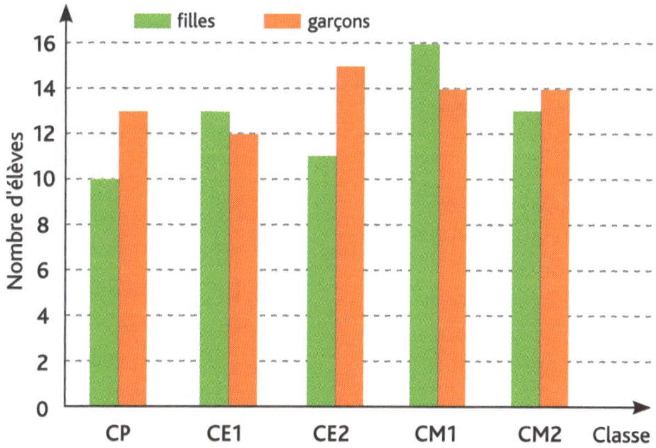

a) Combien y a-t-il de garçons dans la classe de CE2 ?

....

b) Combien y a-t-il d'élèves dans la classe de CM2 ?

....

c) Dans quelle classe y a-t-il 25 élèves ?

....

Fais le bilan

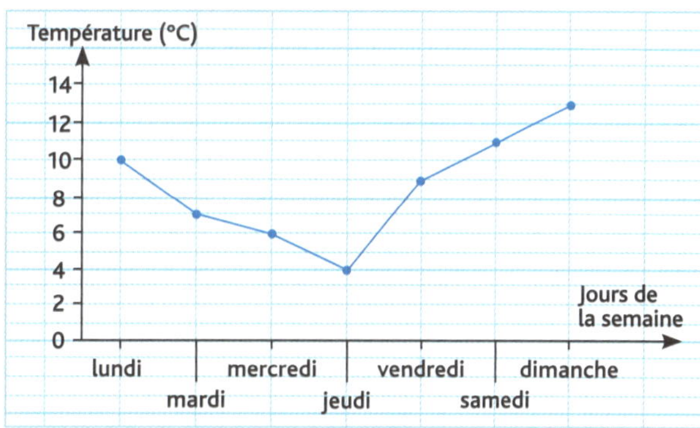

a) Quelle était la température lundi ?..................

b) Quelle était la température jeudi ?..................

c) Quelle était la température samedi ?..................

d) Quel jour la température était-elle de 13 °C ?

....

e) Quels jours la température était-elle supérieure à 8 °C ?..

TOTAL : ____ /5

Leçon 26

Les tableaux

Conseils Parents

- Les tableaux permettent de regrouper de façon lisible un grand nombre de données.
- Le repérage des lignes et des colonnes permet à l'enfant de bien comprendre le tableau et d'y lire facilement les informations recherchées.

Retiens l'essentiel !

Lecture d'un tableau

- Un **tableau** permet de regrouper ensemble plusieurs informations.
- Un tableau est organisé avec des colonnes et des lignes.

Les en-têtes des lignes et des colonnes permettent d'indiquer les informations que l'on trouvera dans le tableau.

Ex. : températures moyennes (°C) relevées à Paris et à Marseille sur une semaine

Jour de la semaine	Lundi	Mardi	Mercredi	Jeudi	Vendredi	Samedi	Dimanche
Températures à Paris	10	7	6	4	9	11	13
Températures à Marseille	14	10	9	6	9	13	16

en-tête — colonne — ligne

Regarde comment on fait !

Trouver une information dans un tableau

Trouve la température moyenne à Marseille le jeudi.

1 On regarde les en-têtes pour trouver la ligne qui nous intéresse. On cherche une information sur la ville de Marseille, on regarde la ligne correspondant à Marseille.

Jour de la semaine	Lundi	Mardi	Mercredi	Jeudi	Vendredi	Samedi	Dimanche
Températures à Paris	10	7	6	4	9	11	13
Températures à Marseille	14	10	9	6	9	13	16

ligne correspondant à Marseille

2 On cherche ensuite la bonne colonne. On cherche à connaître la température le jeudi : on regarde la colonne correspondant à ce jour.

Jour de la semaine	Lundi	Mardi	Mercredi	Jeudi	Vendredi	Samedi	Dimanche
Températures à Paris	10	7	6	4	9	11	13
Températures à Marseille	14	10	9	6	9	13	16

3 Puis on lit la réponse : elle se trouve dans la ligne des températures à Marseille et dans la colonne de jeudi. Il faisait 6 °C à Marseille le jeudi.

Corrigés → Guide Parents p. 21

1 ★ **Chaque année le directeur de l'école recense les livres de la bibliothèque de l'école et met les informations dans un tableau. Observe le tableau et réponds aux questions.**

Type de livres \ Année	2018	2019	2020
Romans	176	198	214
BD	80	91	97
Documentaires	55	58	67

a) Combien y avait-il de romans dans la bibliothèque de l'école en 2019 ? ....

b) Quel type de livres est le moins représenté dans la bibliothèque ?

☐ romans ☐ BD ☐ documentaires

2 ★★ **Voici les activités réalisées par les enfants de différentes classes après l'école. Réponds aux questions ci-dessous.**

Activité \ Classe	CP	CE1	CE2	CM1	CM2	Total
Chorale	3	5	6	4	2	**20**
Football	0	0	7	8	6	**21**
Dessin	5	9	3	0	0	**17**
Anglais	4	4	3	3	2	......

a) Combien d'élèves de CE2 font du football après l'école ? .... élèves de CE2 font du football après l'école.

b) Combien d'élèves de CM2 participent à la chorale ?

.... élèves de CM2 participent à la chorale.

c) Calcule le nombre total d'enfants qui font de l'anglais et complète le tableau.

d) Combien d'élèves de CP font au moins une activité ? .... élèves de CP font au moins une activité.

3 ★★★ **Voici les horaires du train reliant Rennes à Saint-Malo. Observe le tableau et réponds aux questions.**

	Heures de départ et d'arrivée		
	Train n° 1	Train n° 2	Train n° 3
Rennes	9 h 30	10 h 32	11 h 30
Saint-Malo	10 h 22	11 h 19	12 h 22

a) À quelle heure arrive le train n° 2 à Saint-Malo ?

....

b) Combien de temps met le train n° 1 pour aller de Rennes à Saint-Malo ? ....

Fais le bilan

Voici le tableau des médailles gagnées par quelques pays aux derniers Jeux olympiques (JO).

	Médailles d'or	Médailles d'argent	Médailles de bronze
États-Unis	46	28	29
Chine	38	27	23
Grande-Bretagne	29	17	19
France	11	11	13

Coche la bonne case.

	Oui	Non
a) La Chine a remporté 23 médailles d'argent.	☐	☐
b) La Chine a remporté le plus de médailles d'or.	☐	☐
c) La France a remporté autant de médailles d'or que de médailles d'argent.	☐	☐
d) La Grande-Bretagne a remporté le moins de médailles d'argent.	☐	☐
e) Les États-Unis ont remporté le plus de médailles.	☐	☐

TOTAL : ____ /5

Leçon 27

Résoudre un problème nécessitant plusieurs opérations

Conseils Parents

Pour les problèmes nécessitant plusieurs étapes et des opérations différentes, il est très important de faire dire à l'enfant ce que l'on cherche, et la façon dont il va procéder pour mener à bien la résolution du problème.

Retiens l'essentiel !

Définition

▸ Certains problèmes ne peuvent pas se résoudre simplement, avec un seul calcul. Plusieurs calculs successifs sont nécessaires pour pouvoir trouver la solution, et il faut parfois utiliser des **opérations différentes.**

▸ Dans ce cas, on doit résoudre le problème par **étapes**, comme expliqué ci-dessous.

Regarde comment on fait !

Résoudre un problème nécessitant plusieurs opérations

PROBLÈME : Au marché (voir ci-contre), la maman de Mattéo achète 2 kg de clémentines et 2 kg de tomates. Elle paye avec un billet de 20 €. **Combien le marchand lui rend-il ?**

Il faut calculer **combien d'argent le marchand doit rendre à la maman de Mattéo.** Mais pour cela, il faut d'abord calculer **combien d'argent elle dépense.**

1 On calcule d'abord combien la maman de Mattéo dépense :
→ **pour les clémentines :**
Elle achète 2 kg de clémentines. 1 kg de clémentines coûte 2 € 50 c.
Elle paye donc 2 × (2 € 50 c) = 5 €.
→ **pour les tomates :**
Elle achète 2 kg de tomates. 1 kg de tomates coûte 1 € 50 c.
Elle paye donc 2 × (1 € 50 c) = 3 €.
→ **en tout :**
La maman de Mattéo n'achète que des clémentines et des tomates, elle paye donc au total : **3 € + 5 € = 8 €.**

2 On calcule maintenant combien on rend à la maman de Mattéo.
La maman de Mattéo donne un billet de 20 € pour payer les 8 € de fruits qu'elle achète. On lui rend donc : **20 € – 8 € = 12 €.**

Entraîne-toi !

Corrigés → Guide Parents p. 21

1 ★★ **Résous ce problème en répondant aux différentes questions.**

Pour fêter la fin de l'année, les 27 élèves de CE2 de la classe de M. Martin ainsi que les 29 élèves de CE1 de la classe de Mme Petit vont au cinéma. Trois parents accompagnent Mme Petit et deux parents accompagnent M. Martin. L'entrée au cinéma coûte 2 € par enfant et 4 € par adulte. Mme Petit paye pour tout le monde. Elle donne 3 billets de 50 €. Combien lui rend-on ?

a) Calcule combien d'enfants vont au cinéma.

b) Calcule combien coûtent les entrées des enfants.

c) Calcule combien d'adultes vont au cinéma.

d) Calcule combien coûtent les entrées des adultes.

e) Calcule le coût total de la sortie.

f) Calcule la somme d'argent donnée par Mme Petit.

g) Calcule la somme d'argent rendue à Mme Petit.

2 ★★★ **Résous ce problème en répondant aux différentes questions.**

Le meuble de rangement de la classe de CE2 mesure 1 m de long. Les classeurs des élèves de la classe de CE2 mesurent chacun 4 cm d'épaisseur. 12 élèves ont déjà rangé leur classeur dans le meuble. Quelle place reste-t-il dans le meuble ?

Souviens-toi :
1 m = 100 cm

a) Calcule déjà la place prise par les 12 classeurs.

b) Calcule maintenant la place qu'il reste dans le meuble (en cm).

c) Enfin, calcule le nombre de classeurs pouvant être mis dans la place restante.

Fais le bilan

Dans une course, les participants doivent parcourir 5 tours d'un stade qui mesure 400 m. Charles a déjà parcouru 3 tours alors qu'Alice en a fait 2.

a) La distance totale de la course est de .... m.

b) Charles a déjà parcouru .... m.

c) Pour finir la course, il doit encore parcourir .... m.

d) Alice a déjà parcouru .... m.

e) Pour finir la course, elle doit encore parcourir .... m.

TOTAL : ____ /5

Histoire/EMC

Histoire

Enseignement moral et civique

Leçon 1

Les traces du passé des hommes

Avant J.-C. ← Jésus-Christ 1 → Après J.-C.

	PRÉHISTOIRE	Antiquité	Moyen Âge	Temps modernes	XIXe - XXe - XXIe siècles

Conseils Parents

- Vous pouvez profiter de certaines promenades pour montrer à l'enfant des traces du passé (édifices, noms de rues, monuments…).
- N'hésitez pas à vous référer aux frises de cet ouvrage pour situer des événements.

Retiens l'essentiel !

Reconstituer le passé

▸ Nous pouvons comprendre et reconstituer le passé des hommes grâce aux **traces** (ou vestiges) qui nous entourent ou que les scientifiques découvrent parfois dans le sol : monuments, bâtiments, ossements, objets, textes, œuvres d'art, témoignages oraux ou écrits, enregistrements…

▸ **Ces traces sont étudiées par des historiens et des scientifiques** comme les archéologues ou les paléontologues. Chaque découverte permet de comprendre la manière dont les hommes vivaient ou les événements qu'ils ont vécus, même dans un passé très lointain. Les **musées** nous font partager ces découvertes et ces connaissances.

Dater les événements

▸ Les historiens choisissent comme **points de repères** des dates importantes de l'histoire des peuples. Pour les chrétiens et une grande partie du monde actuel, c'est la **naissance de Jésus-Christ**, le fondateur de la religion appelée le christianisme, qui marque l'**an 1**. On compte les années avant et après la naissance de Jésus-Christ.

▸ **1 siècle = 100 ans.** Le Ier **siècle** comprend donc les années de **l'an 1 à 100**.

▸ La **Préhistoire** est la très longue période au cours de laquelle l'homme n'avait pas encore découvert l'écriture (**pré-** signifie « avant »).

▸ L'**histoire** d'un peuple débute avec l'invention ou la découverte de l'écriture. Tous les peuples n'ont pas inventé ou découvert l'écriture au même moment. On distingue plusieurs périodes de la Préhistoire et de l'Histoire.

On écrit parfois : av. J.-C. pour avant Jésus-Christ et apr. J.-C. pour après Jésus-Christ.

Regarde comment on fait !

Comment découvre-t-on certaines traces du passé ?

Des sources dans le sol

Des fouilles sont entreprises avant le début de travaux. Elles permettent de savoir s'il subsiste des traces d'occupation humaine (objets, murs d'habitation, armes, ossements…).

Ces vestiges nous permettent de comprendre comment vivaient les hommes autrefois.

Regarde le croquis. Que constates-tu ?

Plus les traces ou les objets sont anciens, plus ils sont enfouis profondément dans le sol.

Entraîne-toi !

Corrigés → Guide Parents p. 21

1 ★ Voici des traces du passé qui permettent aux historiens de comprendre la vie des hommes autrefois. Relie les photos à l'explication.

1)  •   • **a)** Un bâtiment : la Cour des Lions du palais de l'Alhambra (Espagne) XIVe siècle apr. J.-C.

2)  •   • **b)** Une statuette : la Vénus de Willendorf (Autriche) 25 000 ans av. J.-C.

3)  •   • **c)** Une paire de ciseaux (des forces), celle-ci sert à tondre les moutons. IIe et Ier siècle av. J.-C.

4)  •   • **d)** Une enluminure du XIIIe siècle

2 ★★ Pour chaque phrase, coche la bonne réponse.

1) Le point de repère actuel qui a été choisi par les chrétiens et un grand nombre de peuples et de pays pour dater les événements est :

a) la naissance de Jules César. ☐

b) la naissance de Jésus-Christ. ☐

c) l'invention de l'écriture. ☐

2) Deux siècles représentent :

a) 100 ans. ☐

b) 200 ans. ☐

c) 300 ans. ☐

3) L'année 152 se situe :

a) au Ier siècle. ☐

b) au IIe siècle. ☐

c) au IIIe siècle. ☐

Une enluminure est un décor, un dessin ou une peinture (une miniature) réalisée à la main pour illustrer le plus souvent un manuscrit (livre écrit à la main).

Fais le bilan

Complète le texte avec les mots suivants : Jésus-Christ, Préhistoire, traces, Histoire, écriture.

Les historiens et les scientifiques peuvent comprendre et reconstituer le passé des hommes grâce aux .... qu'ils découvrent.

Le point de repère actuel qui a été choisi par les chrétiens et un grand nombre de peuples et de pays pour dater les événements est la naissance de .... Elle correspond à l'an 1.

La très longue période pendant laquelle les hommes n'avaient pas encore découvert l'écriture s'appelle la .... L'.. d'un peuple débute avec l'invention ou la découverte de l'.. .

TOTAL : ____ /5

Leçon 2

Au temps de la Préhistoire

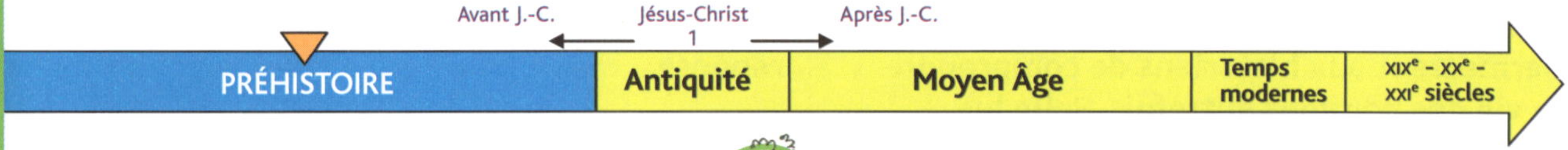

Conseils Parents

Si l'enfant souhaite voir plus de représentations de l'art préhistorique, connectez-vous au site : www.grands-sites-archeologiques.culture.fr. Le ministère de la Culture et de la Communication propose une **visite virtuelle** de grands sites archéologiques.

Retiens l'essentiel !

La Préhistoire

- La Préhistoire est la très longue période qui se situe **avant l'histoire**, c'est-à-dire **avant que l'homme n'ait inventé l'écriture**.

- L'homme est le résultat d'une longue évolution. Les plus anciens ossements humains ont été découverts en Afrique, ils datent de **7 millions d'années environ**. Le premier homme dont on a retrouvé les restes a été baptisé **Toumaï**. En France, les ossements de l'**homme de Tautavel** datent de 500 000 ans.

Les deux grandes périodes de la Préhistoire

- Le **Paléolithique** est l'époque de la pierre taillée (– 2,5 millions d'années). Les hommes sont **nomades** : ils se déplacent pour trouver leur nourriture. **Ils chassent**, **pêchent** et **mangent des racines et des fruits**. Ils taillent des galets et des silex (bifaces) pour fabriquer des armes et des outils. Ils découvrent la manière de faire **du feu** et deviennent peu à peu **artistes**.

- Le **Néolithique** est l'époque de la pierre polie (– 10 000 ans). Les hommes découvrent l'**agriculture**, l'**élevage** et les **métaux** (cuivre, bronze, fer). Ils fabriquent de nouveaux outils et des armes (haches, poignards). Ils se regroupent en villages et deviennent **sédentaires**. L'art se développe : peinture, sculpture, musique, bijoux… C'est l'époque des **dolmens** et des **menhirs**.

Regarde comment on fait !

Peut-on savoir comment les hommes peignaient sur les murs ?

En étudiant le passé, on peut comprendre et reconstituer les gestes que l'homme effectuait et savoir quels matériaux il utilisait.

Quand ils réalisaient leurs peintures rupestres, les hommes se servaient du relief des parois des grottes pour rendre les animaux plus réalistes.
Ils traçaient d'abord le contour au charbon de bois, les couleurs étaient obtenues en broyant des végétaux et des minéraux. Ils les appliquaient à la main ou en projetant les matières colorées avec la bouche ou à l'aide d'un tube en os.

Bison de la grotte d'Altamira, Espagne, 15 000 ans avant J.-C.

Entraîne-toi !

Corrigés → Guide Parents p. 21

1 ★ Vrai ou Faux ? Coche la bonne réponse.

	Vrai	Faux
a) L'homme est apparu brusquement sur Terre.	☐	☐
b) La plus ancienne période de la Préhistoire est le Paléolithique.	☐	☐
c) Au Paléolithique, les hommes se déplacent : ils sont nomades.	☐	☐
d) Au Néolithique, les hommes élèvent des animaux et cultivent le sol. Ils deviennent éleveurs et cultivateurs.	☐	☐
e) Au Néolithique, les hommes s'installent dans des villages. Ils deviennent sédentaires.	☐	☐
f) L'homme devient artiste à la fin du Paléolithique.	☐	☐

2 ★★ Réponds aux questions en t'aidant de la leçon p. 124.

Reproduction de la frise des petits chevaux (vers 17 000 avant J.-C.), grotte de Lascaux 2

a) Où sont peints ces animaux ?

....

b) Comment les hommes préhistoriques traçaient-ils les contours des dessins ?

....

c) Comment fabriquaient-ils leurs couleurs ?

....

Fais le bilan

Relie les inventions de l'homme qui correspondent à la bonne période préhistorique : le Néolithique ou le Paléolithique.

Néolithique •

Paléolithique •

a) habitation au temps de la Préhistoire

b) Un biface

c) Le feu

d) Un menhir (Carnac 56)

e) Des objets de la vie quotidienne

TOTAL : ____ /5

Leçon 3

L'Antiquité

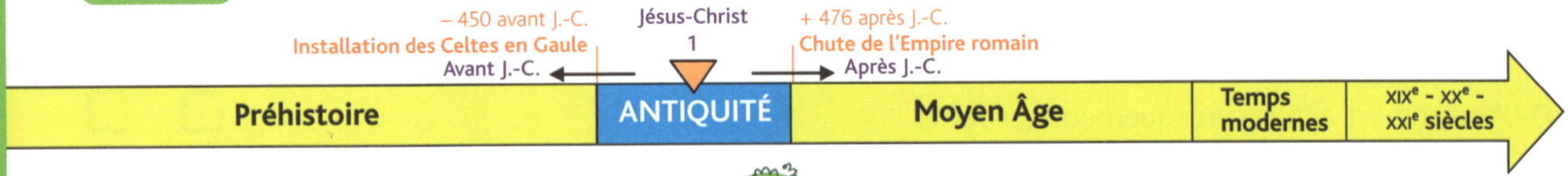

Conseils Parents

- Pour en savoir plus sur cette période, vous pouvez lire à l'enfant *Au temps des Gaulois* ou *Au temps des Romains*, documentaires de la série « La Vie Privée des Hommes », chez Hachette jeunesse.
- Un **aqueduc** est un pont ou une conduite d'eau qui permettait d'amener l'eau dans les villes ou les villages situés loin de rivières.

Retiens l'essentiel !

L'Antiquité, première période de l'histoire

- En **Gaule** (l'ancien nom de notre pays), l'Antiquité a commencé **vers 450 avant J.-C.** lorsque **les Celtes**, un peuple venu d'Europe de l'Est, y ont apporté **le fer** et **l'écriture**.
- Il y avait **plusieurs Gaules** peuplées d'une centaine de tribus ayant chacune son chef, sa langue et ses coutumes. Les tribus étaient dirigées par **des chevaliers** (des chefs de guerre) et **des druides** (des prêtres et savants). Elles se faisaient souvent la guerre. Les autres Gaulois étaient **guerriers**, **agriculteurs** ou **artisans**.

Les Gaulois

- Ils ont inventé **le tonneau, les premières moissonneuses et les cottes de maille** qui protègent le corps des soldats.
- Le nom de Gaulois a été donné aux Celtes par les Romains.

Les Romains

- Ce peuple, venu de Rome, la capitale de l'Italie actuelle, a fondé un vaste empire qui s'étendait tout autour de la Méditerranée.
- **En 52 avant J.-C., les Romains se sont emparés de la Gaule** sous la conduite d'un général romain, **Jules César**. Les civilisations romaine et gauloise ont échangé leurs techniques et leurs savoir-faire. Les Romains ont construit des **aqueducs**, de nombreux monuments comme des **théâtres** et des **voies romaines** (des routes en pierre). Les Gaulois sont devenus des **Gallo-Romains**.

Regarde comment on fait !

Lire une frise historique : l'Antiquité en Gaule

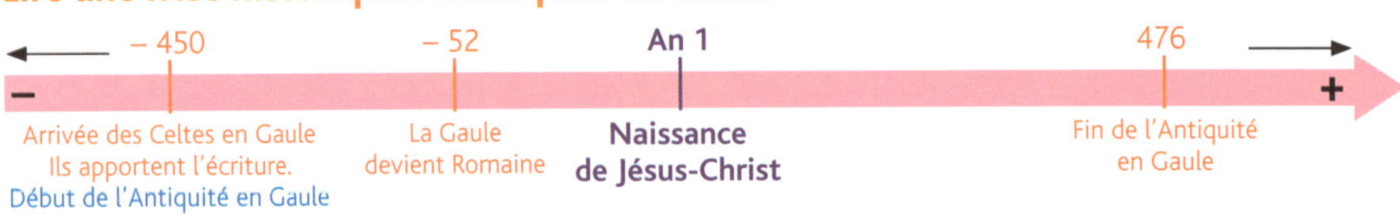

Qu'observe-t-on ?

Une frise historique permet de se repérer dans le temps. On y mentionne les principales **dates**, les **événements**, les **inventions** ou le **nom** des personnages qui ont marqué une époque.

Cette frise correspond à une période de notre histoire : l'Antiquité. Le **titre** l'indique ainsi que les **dates – 450 (av. J.-C.)** et **476 (apr. J.-C.)**.

À partir de la naissance de J.-C. (an 1), plus on recule dans le temps (vers la gauche) plus les années augmentent. Plus on avance dans le temps (vers la droite), plus les années augmentent. Si nous sommes en 2016 : cela signifie que 2016 ans se sont écoulés depuis la naissance de J.-C.

Entraîne-toi !

Corrigés → Guide Parents p. 21

1 ★ Comment les Gaulois fauchaient-ils le blé ? Aide-toi du texte et de l'image pour répondre.

....

....

Les moissonneuses gauloises

Dans les vastes propriétés des Gaules, on pousse à travers des champs de blé de grandes moissonneuses dont le bord est garni de dents, montées sur deux roues et auxquelles est attachée une bête de somme qui la pousse devant lui. Les épis ainsi arrachés tombent dans le coffre de la moissonneuse.

D'après Pline l'Ancien (23-79 ap. J.-C.), *Histoire naturelle*, livre XVIII, traduction de H. Le Bonnec, © Les Belles Lettres, Paris.

2 ★★ Sous chaque trace du passé, écris la lettre correspondant à sa description.

1 ☐

2 ☐

3 ☐

4 ☐

a) Ce torque (collier) en or provenant de Mailly-le-Camp, dans l'Aube, était sans doute porté par un riche Gaulois.

b) Cette sandale a probablement appartenu à un Gaulois.

c) Sur cette vue aérienne de la ville d'Arles fondée en 50 avant Jésus-Christ par les Romains, on voit les vestiges d'un théâtre et les arènes.

d) La photographie nous montre le pont du Gard (49 m de hauteur, 260 m de longueur). Ce pont édifié en 50 après Jésus-Christ permettait le passage d'un aqueduc.

Fais le bilan

Coche la bonne réponse.

	Vrai	Faux
a) La Gaule est l'ancien nom de notre pays.	☐	☐
b) Ce sont les Romains qui ont apporté l'écriture en Gaule.	☐	☐
c) Les Celtes, venus d'Europe de l'Est, ont apporté le fer et l'écriture en Gaule.	☐	☐
d) L'Antiquité a débuté en Gaule en 52 avant Jésus-Christ.	☐	☐
e) En 52 avant Jésus-Christ, la Gaule est devenue romaine.	☐	☐

TOTAL : ____ /5

Leçon 4

Le Moyen Âge

Jésus-Christ 1 | + 476 après J.-C. Chute de l'Empire romain | 1492 Découverte de l'Amérique par Christophe Colomb

Préhistoire | Antiquité | MOYEN ÂGE | Temps modernes | XIXe - XXe - XXIe siècles

Conseils Parents

- Expliquez à l'enfant que des **redevances** sont des impôts. Au Moyen Âge, les paysans pouvaient payer en argent et/ou en nature (une partie de la récolte ou des volailles).

- Au Moyen Âge, pour lutter contre l'insécurité due aux guerres et aux invasions, les plus faibles se mettent sous la protection des plus puissants. Ils s'engagent à servir leurs protecteurs. Ce sont les **liens féodaux**.

Retiens l'essentiel !

Le Moyen Âge, seconde période de l'Histoire

▸ Il commence en **476 apr. J.-C.** (au Ve siècle), lorsque l'Empire romain d'Occcident disparaît, et dure environ mille ans.

▸ Au Moyen Âge, la société est divisée en **trois ordres** :
❶ les religieux qui prient : **le clergé** ; ❷ ceux qui combattent : **les seigneurs** ;
❸ ceux qui travaillent : **les paysans** et **les artisans**.

Les seigneurs sont puissants

▸ Ils font partie de **la noblesse**, exercent le pouvoir politique et économique et rendent la justice dans **leurs seigneuries** (leurs terres). Ils vivent dans des **châteaux fortifiés**. Le plus puissant de tous les seigneurs est **le roi.**

▸ Le rôle du seigneur est **de faire la guerre** avec ses chevaliers, parfois pour un seigneur plus puissant que lui (son suzerain), et **de protéger les plus faibles.** Il s'entraîne dans **des tournois.** Un chevalier est un combattant au service d'un seigneur.

Les paysans sont nombreux

▸ 9 Français sur 10 sont des paysans. Ils vivent dans des **villages**. Leurs conditions de vie sont très inégales d'une seigneurerie ou d'une région à l'autre. Ils paient des **redevances** à leur seigneur et au clergé, et doivent effectuer des **corvées**.

Les villes se développent

▸ Elles sont **entourées de remparts**. Les artisans sont nombreux, le commerce est actif. On y organise **des marchés** et **des foires**.

Regarde comment on fait !

Analyser une enluminure

Enluminure du XVe siècle

Qu'observe-t-on ?

Sur cette enluminure, les paysans sont bien habillés : les couleurs sont éclatantes. Dans la réalité, ils ne portaient pas des vêtements aussi beaux.
Grâce à ce document, nous obtenons des informations sur **les activités**, **les outils des paysans** et **les bâtiments** qui composaient une seigneurie.

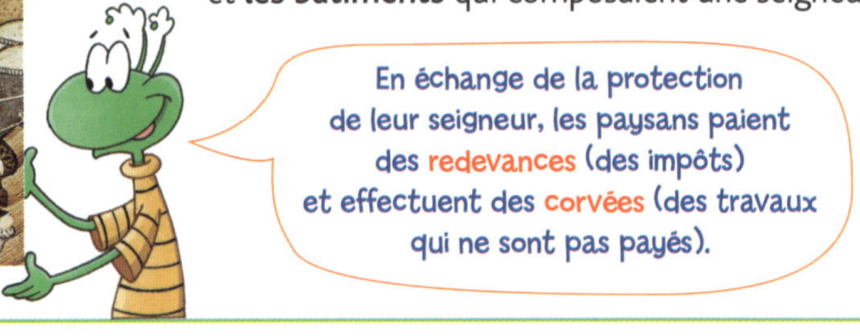

Entraîne-toi !

Corrigés → Guide Parents p. 21

1 ★ **Complète le texte en indiquant, dans les parenthèses, les lettres qui correspondent aux explications.**

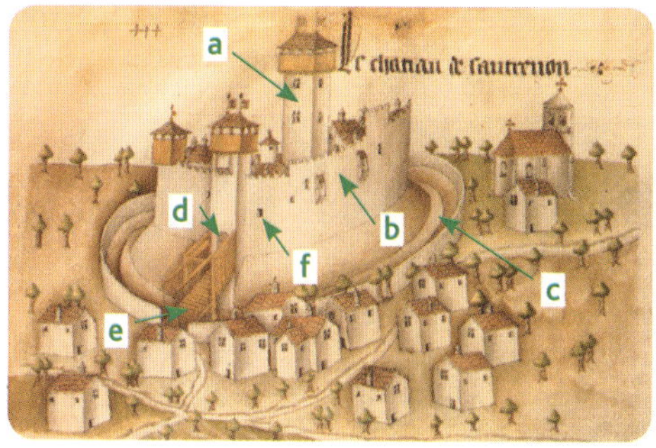

Château fort de Cautremont

Le seigneur et sa famille vivent dans le **donjon** (........). Le château est entouré de **remparts** (........), eux-mêmes bordés de **douves** (........) (des fossés). Une **herse** (........) et un **pont-levis** (........) protègent l'entrée du château.

En cas d'attaque, les habitants du village se réfugient à l'abri des remparts dans la basse-cour du château.

Les **meurtrières** (........) ou archères sont des ouvertures à travers lesquelles les archers tiraient leurs flèches.

2 ★★ **Relis bien le cours et la méthode de la page 128, puis complète les mots croisés.**

a) Nom du domaine qui appartient au seigneur.

b) Décor ou peinture réalisé à la main, destiné à illustrer un manuscrit.

c) Travail que devaient effectuer les paysans pour leur seigneur, en plus de leurs travaux aux champs.

d) Nom des impôts que les paysans devaient payer à leur seigneur.

e) Il combat à cheval pour un seigneur.

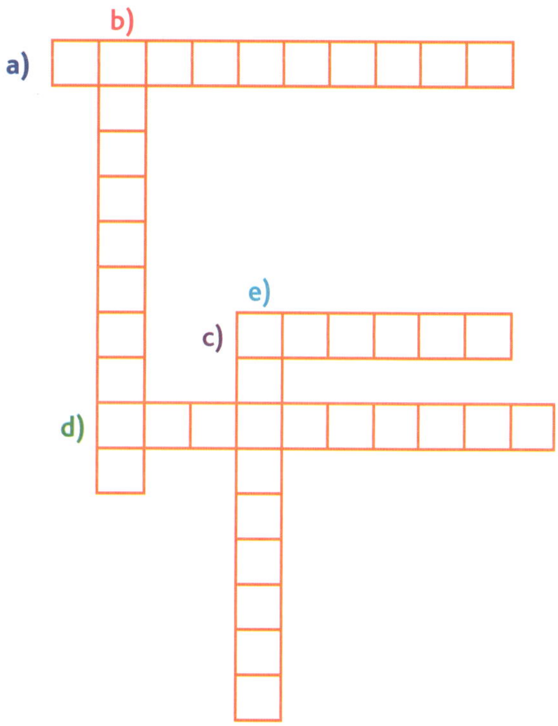

Fais le bilan

Coche la bonne réponse.

	Vrai	Faux
a) Le Moyen Âge dure près de 1 000 ans.	☐	☐
b) Les religieux qui prient appartiennent au clergé.	☐	☐
c) Ceux qui travaillent sont les seigneurs.	☐	☐
d) Des redevances sont des impôts que le paysan doit à son seigneur.	☐	☐
e) Les seigneurs font la guerre et doivent protéger les plus faibles.	☐	☐

TOTAL : ____ /5

Histoire

Leçon 5

Les temps modernes

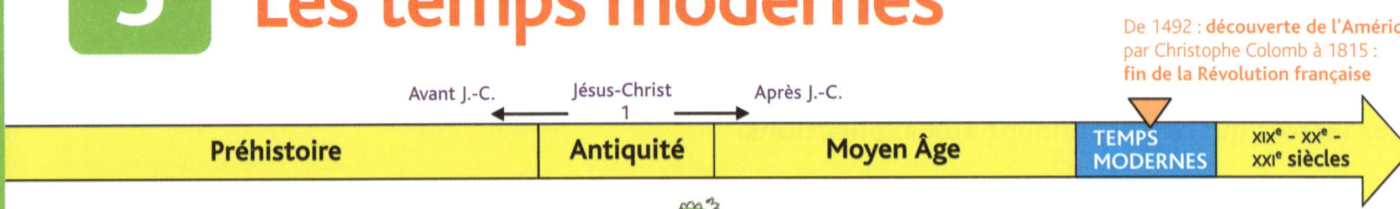

Conseils Parents

L'enfant doit comprendre que plusieurs événements justifient la fin du XVe siècle comme la **fin du Moyen Âge** :
– le perfectionnement de l'imprimerie ;
– les grandes explorations ;
– le renouveau artistique ;
– la découverte de l'Amérique par Christophe Colomb ;
– la fin de l'Empire romain d'Orient.

Retiens l'essentiel !

Les grandes découvertes

▸ À la fin du XVe siècle, plusieurs événements marquent le passage du Moyen Âge aux temps modernes en Europe : la fin de l'Empire romain d'Orient, des innovations techniques, de grandes explorations, la **découverte de l'Amérique par Christophe Colomb** et un renouveau artistique.

▸ **Jean Gutenberg** perfectionne les techniques d'impression. Les livres imprimés remplacent peu à peu les manuscrits, les connaissances nouvelles peuvent être diffusées plus facilement.

▸ Vers le milieu du XVe siècle, grâce à la **boussole**, **au perfectionnement des cartes** et à la construction de **caravelles** (des bateaux plus sûrs et plus rapides), les Européens, surtout les Espagnols et les Portugais, découvrent de **nouveaux territoires** appelés des **colonies**. Ils en rapportent du chocolat, de la vanille, du café, du maïs, de l'or...
Ces découvertes enrichissent les pays européens, mais les habitants des colonies sont exploités et l'**esclavage** se répand.

▸ Aux XVIe et XVIIe siècles, **Copernic** et **Galilée** découvrent que la Terre tourne sur elle-même et autour du Soleil.

La Renaissance

▸ La **Renaissance** débute au XVe siècle en Italie. On redécouvre les œuvres de l'Antiquité. C'est un renouveau de l'art, de la littérature et des sciences.
Plusieurs rois comme François Ier, Henri IV ou Louis XIV ont renforcé le pouvoir royal.

Regarde comment on fait !

Comprendre le fonctionnement d'une imprimerie

Une imprimerie, gravure de Giovanni Stradano du XVIe siècle

Qu'observe-t-on ?

(1) Il fallait composer des plaques à imprimer en prenant les lettres dans des casiers (2).
La plaque était ensuite recouverte d'encre (3), puis pressée sur les feuilles de papier (4).
Après séchage des feuilles (5), on assemblait le livre (6).
Un ouvrier vérifiait ensuite chaque page (7).

Entraîne-toi !

Corrigés → Guide Parents p. 22

1 ★ **Voici une œuvre de la Renaissance.**

À quoi te fait penser cette invention de Léonard de Vinci ?

....

Léonard de Vinci est aussi connu pour avoir peint *La Joconde*.

2 ★★ **Observe bien cette carte et sa légende, puis réponds aux questions.**

a) Donne les noms des quatre grands explorateurs qui figurent sur cette carte.

....

....

....

....

b) Quel grand navigateur est parvenu à faire le tour du monde ?

....

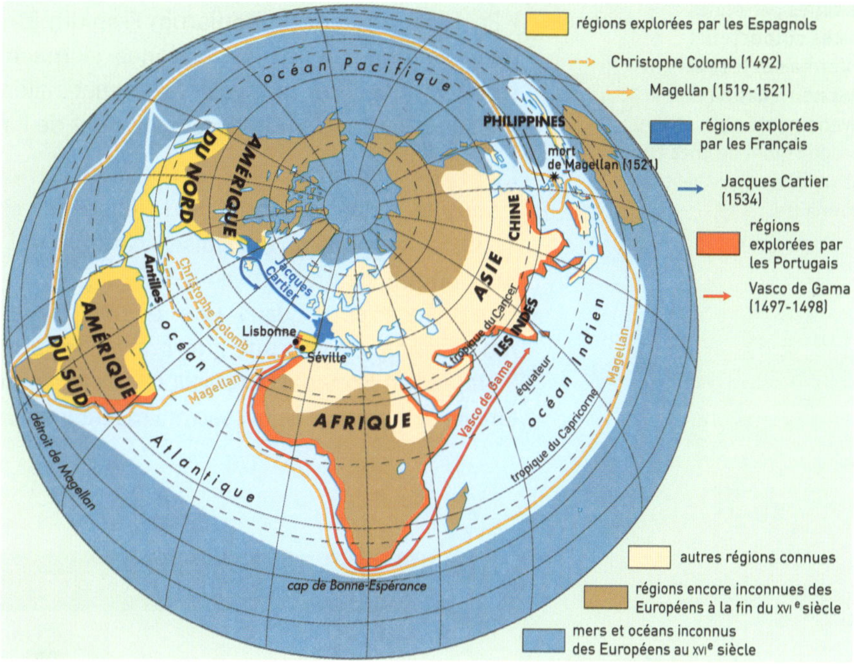

Fais le bilan

Complète le texte avec les cinq mots suivants : esclavage, Antiquité, Amérique, colonies, Italie.

Les temps modernes commencent avec la découverte de l' .... par Christophe Colomb en 1492. La découverte de nouveaux territoires enrichit l'Europe, mais en créant des .... on réduit les populations en .... La Renaissance marque le renouveau de l'art. Elle débute en .... Les artistes redécouvrent les œuvres de l'....................................

TOTAL : ____ /5

Leçon 6

Les idées nouvelles au XVIIIe siècle

Avant J.-C. ← Jésus-Christ 1 → Après J.-C.

Préhistoire | Antiquité | Moyen Âge | TEMPS MODERNES | XIXe - XXe - XXIe siècles

Conseils Parents

- Rappelez à l'enfant que ni le téléphone ni la radio ni la télévision n'étaient encore inventés ! Les Français ne savaient pas tous lire.
- **La tolérance** est le fait d'accepter que chaque individu ait le droit de croire ou de penser des choses différemment d'autres personnes.
- **Les colporteurs** informaient les habitants des nouvelles ou des événements qui s'étaient produits loin de chez eux et qu'ils ne pouvaient pas connaître.

Retiens l'essentiel !

Un siècle de progrès et de révoltes

▸ Au XVIIIe siècle, **des idées nouvelles** pour l'époque, comme la **liberté**, la **tolérance**, l'**égalité** se répandent en France et en Europe grâce notamment à **l'*Encyclopédie***, un ouvrage qui rassemble toutes les inventions et les idées de l'époque.

▸ Ces idées sont discutées dans des **cafés** ou dans des **salons privés** où se réunissent des savants et des écrivains invités par des femmes cultivées comme Julie de Lespinasse. On y critique la division de la société en trois ordres et le pouvoir tout puissant des rois. Dans les campagnes, ces idées se propagent grâce aux **colporteurs**.

▸ En **1752**, l'Américain **Benjamin Franklin** invente le **paratonnerre.** En **1763**, l'Anglais **James Watt** perfectionne la **machine à vapeur** et en **1783**, les **frères Montgolfier** font voler le premier ballon, la **Montgolfière.** De nouvelles machines permettent le développement de l'industrie et de l'agriculture.

La France connaît de graves problèmes économiques

▸ Sous le règne de **Louis XVI**, le peuple est mécontent et **le 14 juillet 1789**, **la Révolution française** éclate. **Le roi et la reine sont exécutés**. La **République** est proclamée en **1792**.

▸ La France entre dans **une guerre civile** (entre Français royalistes et républicains) et dans **une guerre avec les autres pays d'Europe**.

▸ **Napoléon Bonaparte** rétablit la paix à l'intérieur du pays et constitue un vaste Empire en Europe. Il se fait sacrer Empereur en 1804 mais sera vaincu en **1815**.

Regarde comment on fait !

Comprendre le rôle d'une caricature

Qu'est-ce qu'une caricature ?

Une caricature est une manière humoristique de **critiquer** une idée ou une personne en **exagérant** certains aspects. Les caricatures se présentent souvent sous forme de dessins (ici, il s'agit d'une gravure).

Qu'observe-t-on ?

Cette **caricature** de 1789 montre le tiers état (les paysans, les artisans, les ouvriers) qui porte le clergé et la noblesse. L'auteur montre **l'accablement du tiers état**, qui se sent exploité et qui est le seul à payer des impôts pour le royaume, pour le clergé et la noblesse.

Les trois ordres de la société sous l'Ancien Régime, gravure anonyme du XVIIIe siècle. Bibliothèque nationale, collection de Vinck

Entraîne-toi !

Corrigés → Guide Parents p. 22

1 ★ Réponds aux questions en t'aidant de la leçon 6.

a) Comment se répandent les idées nouvelles du XVIIIe siècle ?

....

b) Quelles sont les grandes idées nouvelles au XVIIIe siècle ?

....

c) Que critique-t-on dans les salons ?

....

d) Que se passe-t-il le 14 juillet 1789 ?

....

2 ★★ Réécris les dates et les légendes sous les images correspondantes.

1789 – 1783 – 1752 – 1804

Napoléon Bonaparte empereur – La montgolfière des frères Montgolfier – Début de la Révolution française – Le paratonnerre de Benjamin Franklin

a) ....

b) ....

c) ....

d) ....

Fais le bilan

Coche la bonne réponse.

	Vrai	Faux
a) Le XVIIIe siècle appartient à la période appelée les « temps modernes ».	☐	☐
b) Ce siècle est marqué par des inventions et la diffusion d'idées nouvelles comme la liberté et l'égalité.	☐	☐
c) Personne ne critique la division de la société en trois ordres.	☐	☐
d) Le roi qui régnait pendant la Révolution française est Louis XIV.	☐	☐
e) La Première République est proclamée en 1792.	☐	☐

TOTAL : ____ /5

Leçon 7

Le XIXe siècle

Avant J.-C. — Jésus-Christ 1 — Après J.-C.

Préhistoire | Antiquité | Moyen Âge | Temps modernes | XIXe - XXe - XXIe SIÈCLES

Conseils Parents

Pour permettre à l'enfant de mieux comprendre la vie des ouvriers au XIXe siècle et au début du XXe siècle, vous pouvez lui lire quelques passages des *Misérables* de Victor Hugo ou lui montrer le film de Charlie Chaplin *Les Temps modernes*.

Retiens l'essentiel !

D'importants progrès bouleversent la vie des Européens

- La période qui s'étend **de 1815 à notre époque** est la dernière période de l'Histoire. Le XIXe siècle est marqué par d'**importants progrès techniques** et un **grand changement** au niveau des sociétés en Europe.
- L'exploitation du **charbon** (matière première et nouvelle source d'énergie), puis l'invention de la **machine à vapeur** entraînent le développement du **machinisme** et la création de nombreuses **usines**. On utilise le fer et la fonte pour les constructions. En **1889**, débute la construction de la **tour Eiffel**.
- Le **chemin de fer** se développe et améliore le transport des hommes et des marchandises. La première **ligne de métro** est ouverte en **1900**.

L'exode rural et des conditions de vie très difficiles

- Dans la seconde moitié du XIXe siècle, **les villes s'agrandissent**, **des usines sont construites et les paysages changent**. Avec la mécanisation et l'invention de la **moissonneuse-batteuse**, il y a moins de travail aux champs. Les villageois espèrent trouver de meilleures conditions de vie en ville où les **industries textiles et sidérurgiques** (industrie du fer) sont nombreuses. Cette fuite des populations des campagnes vers la ville s'appelle l'**exode rural**.
- Les **ouvriers** sont de plus en plus nombreux, ils sont exploités et vivent misérablement. Même **les enfants travaillent dès l'âge de 6 ans**. Peu à peu, des **lois** sont promulguées pour les protéger.

Regarde comment on fait !

Analyser un tableau

L'usine du Creusot, peinte par Trémeaux en 1847, est la plus grande entreprise métallurgique d'Europe

Le contexte : au XIXe siècle, les artistes témoignent de l'évolution des paysages, des techniques ou de la société à travers leurs œuvres, en peinture comme en littérature.

Qu'observe-t-on ?
On peut mesurer l'importance de l'**industrialisation** en comparant la place occupée par les usines au premier plan et la ville ancienne à l'arrière-plan. Les usines dégagent beaucoup de fumées noires.

Entraîne-toi !

Corrigés → Guide Parents p. 22

1 ★ Réponds aux questions en t'aidant de la leçon 7.

a) Quelle matière première exploite-t-on au XIXe siècle ? ....

b) Qu'est-ce qui facilite le transport des hommes et des marchandises ? ....

c) Pourquoi les villageois quittent-ils la campagne pour s'installer en ville ? ....

....

....

2 ★★ Observe les deux documents, lis bien les légendes et réponds par vrai ou faux.

Des enfants au travail dans une usine textile américaine (1908)

Salaire journalier

Enfants des grilles (non spécialisés) :	1,70 franc
Femmes des usines :	2,10 francs
Ouvriers des grilles (non spécialisés) :	2,85 francs
Ouvriers des lavoirs :	3,10 francs
Piqueurs, mineurs, boiseurs :	5,45 francs

Les salaires des ouvriers de la mine de Carmaux, en 1902

	Vrai	Faux
a) Les enfants de la photo travaillent dans une mine.	☐	☐
b) Les enfants grimpent sur les machines sans protection.	☐	☐
c) Les enfants sont mieux payés que les hommes et les femmes.	☐	☐
d) Les femmes sont moins payées que les hommes.	☐	☐

Fais le bilan

Complète avec les mots suivants : chemin de fer, progrès, exode, lois, charbon.

Au XIXe siècle, les .... techniques importants et l'exploitation du .... changent la société. Le .... se développe. Les paysans quittent les campagnes dans l'espoir de trouver du travail et des conditions de vie meilleures. C'est l'.......... rural. Les ouvriers exploités vivent misérablement. Même les jeunes enfants travaillent. Des .... améliorent peu à peu leurs conditions de vie.

TOTAL : ____ /5

Leçon 8

Le XXᵉ siècle et notre époque

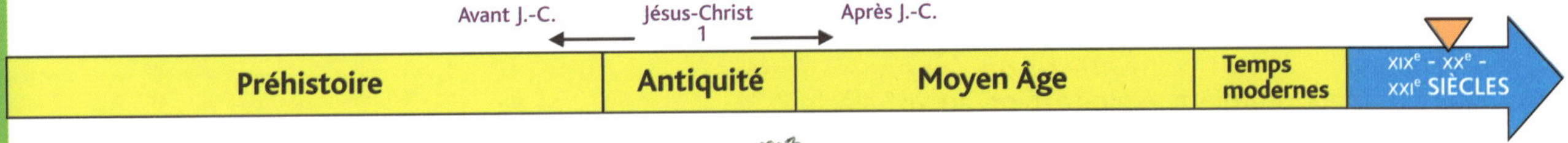

Conseils Parents

Les enfants éprouvent parfois des difficultés à se représenter l'**évolution des techniques**.
N'hésitez pas à **comparer des objets** de différentes époques.

Retiens l'essentiel !

Les transformations s'accélèrent

▸ Le **pétrole** remplace le charbon. Le XXᵉ siècle voit la naissance de l'**aviation** et la **conquête de l'espace**. L'**industrie automobile** se développe et l'électricité se répand.

▸ De nouveaux moyens de communication et d'information apparaissent : le **cinéma**, la **télévision**, le **téléphone**, la **radio**, l'**informatique** et **Internet**.

▸ On innove aussi dans les domaines de **la physique** (énergie nucléaire militaire et civile), de **la biologie** (découverte de l'ADN) et de **la chimie** (matières plastiques, médicaments, insecticides...). Les progrès de la médecine allongent considérablement l'espérance de vie des Européens.

▸ Le XXᵉ siècle est un siècle de violence car de nombreuses guerres ont éclaté à travers le monde : **la Première Guerre mondiale** de **1914 à 1918**, **la Seconde Guerre mondiale** de **1939 à 1945**, puis des guerres d'indépendance des pays colonisés ainsi que des conflits en Europe de l'Est et au Moyen-Orient.

▸ Après la Seconde Guerre mondiale et les privations, les populations en Europe et aux États-Unis achètent de nouveaux produits (réfrigérateur, télévision...). Les supermarchés se développent. Les modes de vie évoluent. C'est le début de la **société de consommation**.

Quelques découvertes

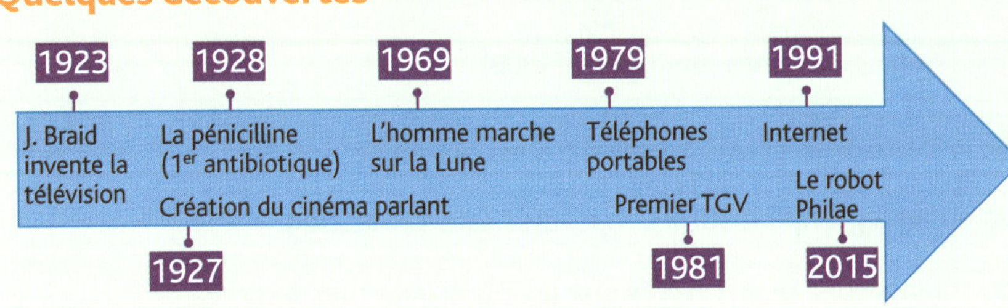

Regarde comment on fait !

Analyser les données d'un tableau

Ce tableau nous permet de comparer la durée des trajets avec les moyens de transport de différentes époques : **la diligence** (la voiture à cheval), **le train** et **le train à grande vitesse** (TGV).

Trajets	En 1814 (en diligence)	En 1892 (en train)	En 2016 (en TGV)
Paris → Marseille	112 h	14 h 47	3 h 05

Qu'observe-t-on ?

Le temps de trajet a été considérablement réduit entre 1814 et 1892 ! L'**amélioration des moyens de transport** et l'**augmentation de la vitesse** ont favorisé la circulation des hommes, des marchandises et accéléré l'**industrialisation**.

Entraîne-toi !

Corrigés → Guide Parents p. 22

1 ★ Complète le texte avec les mots suivants : société de consommation, pétrole, nouvelles technologies, conquête de l'espace et espérance de vie.

Au XXe siècle et à notre époque, les transformations s'accélèrent. Le charbon est remplacé par le .... Grâce aux .... , de nouveaux moyens de communication se développent : le téléphone, la télévision, Internet…

L'aviation se développe au début du XXe siècle ; après 1945, les hommes partent à la ....

Le niveau de vie des Français s'améliore après la Seconde Guerre mondiale, de nouveaux produits sont mis en vente et sont achetés massivement, notre société devient une ....

Grâce aux progrès de la médecine, l'.. des Européens augmente.

2 ★★ Observe cette photographie et réponds aux questions.

L'ouverture du premier hypermarché en France (Sainte-Geneviève-des-Bois, 15 juin 1963)

a) Où cette photographie a-t-elle été prise ? ....

....

b) Que font ces personnes ? ....

....

....

c) Cette photographie fait-elle référence au développement des transports, aux nouvelles technologiques ou à la société de consommation ?

....

Fais le bilan

Coche la bonne réponse.

	Vrai	Faux
a) Au XXe siècle, le pétrole remplace le charbon.	☐	☐
b) Internet a été inventé au XVIIIe siècle.	☐	☐
c) En 1969, l'homme a marché pour la première fois sur la Lune.	☐	☐
d) L'énergie nucléaire et les matières plastiques sont des découvertes du XXe siècle.	☐	☐
e) La société de consommation s'est développée après la Première Guerre mondiale.	☐	☐

TOTAL : ____ /5

Leçon 9

Le bon comportement du piéton et du cycliste

Conseils Parents

Profitez de promenades à vélo avec l'enfant pour bien lui rappeler les règles de sécurité.

Retiens l'essentiel !

Il faut respecter les règles de sécurité pour ne pas se mettre en danger ou risquer la vie des autres

▸ À pied ou à vélo, la rue peut être un lieu dangereux si on ne respecte pas certaines règles. En toute situation, il faut **être prudent** et savoir **anticiper les dangers**.

▸ Il existe un **code de la route et des règles qui s'appliquent à tous** : piétons, cyclistes, motards et automobilistes. Des **panneaux** signalent des dangers ou des obligations. Des **voies** ou des **passages** sont réservés à certaines catégories d'usagers de la route.

Bien voir, être vu et savoir se déplacer seul ou en groupe

▸ Le **piéton** doit :
– regarder à gauche et à droite avant de traverser ;
– traverser à un endroit dégagé pour bien voir et être bien vu ;
– utiliser les passages protégés et marcher sur les trottoirs.

▸ Le **cycliste** doit rouler sur la chaussée ou sur une piste cyclable.

Une exception : les cyclistes de moins de huit ans peuvent se déplacer sur le trottoir.

▸ Il faut être visible en toute circonstance, de jour comme de nuit.

▸ **L'équipement obligatoire pour les vélos :** freins, éclairage, pneus en bon état, dispositifs réfléchissants orange sur les rayons et les pédales, une sonnette, un dispositif réfléchissant blanc à l'avant, rouge à l'arrière. Le gilet rétro-réfléchissant est obligatoire hors agglomération de jour comme de nuit, quand la visibilité est mauvaise. Le port du casque est obligatoire pour les moins de 12 ans et conseillé pour les plus âgés.

Regarde comment on fait !

Connaître la signification des panneaux de signalisation

Pour la sécurité de tous, **respectons les obligations et les interdictions !** En cas de **danger**, il faut **ralentir**.

▸ **Les panneaux d'obligation**

Ils sont ronds et bleus.

▸ **Les panneaux d'interdiction**

Ils sont ronds et bordés de rouge.

▸ **Les panneaux signalant un danger**

Ils sont triangulaires et bordés de rouge.

Entraîne-toi !

Corrigés → Guide Parents p. 22

1 ★ **Relie les panneaux à leur signification.**

Sens interdit • Piste obligatoire pour cyclistes • Attention enfants

2 ★★ **Coche la bonne réponse.**

Dans cette situation :

	Vrai	Faux
a) Le piéton est en sécurité.	☐	☐
b) Il devrait traverser sur le passage protégé.	☐	☐
c) Les automobilistes qui viennent de sa gauche ne le voient pas, il risque de se faire renverser.	☐	☐

3 ★★ **Coche la bonne réponse.**

	Vrai	Faux
a) Les vélos doivent être équipés de **freins à l'avant et à l'arrière.**	☐	☐
b) À vélo, je peux **doubler par la droite.**	☐	☐
c) **L'éclairage** est obligatoire sur une bicyclette.	☐	☐
d) À vélo, je peux **rouler en sens interdit**.	☐	☐
e) La **piste cyclable** est réservée aux vélos.	☐	☐
f) En tant que piéton, je dois traverser sur les **passages protégés.**	☐	☐

Fais le bilan

Complète le texte avec les mots : équipements, règles, passages, code, pistes.

À pied ou à vélo, il est nécessaire de respecter les .... de sécurité et le .... de la route.
Le piéton doit emprunter les .... protégés, et le cycliste les .... cyclables s'il y en a.
Les bicyclettes doivent être munies des .... obligatoires.

TOTAL : ____ /5

Leçon 10

Prévenir et porter secours

Conseils Parents

N'hésitez pas à entraîner l'enfant à **formuler des messages d'urgence**. Il sera plus maître de lui et plus rassuré s'il est, un jour, amené à devoir appeler les secours.

Retiens l'essentiel !

Il faut savoir **identifier un danger** ou **un risque** et connaître la conduite à tenir pour alerter les secours.

Premiers secours : qui alerter ?

- Le **SAMU** en composant le **15**.
- Les **pompiers** (incendies, accidents et urgences médicales) en composant le **18**.
- La **police** ou la **gendarmerie** en composant le **17**.
- Un **centre de secours** avec des interlocuteurs parlant plusieurs langues en composant le **112**.

Comment alerter ?

- Pour tout message d'alerte, la personne qui appelle les secours doit :

– **s'identifier** (nom, prénom, numéro de téléphone) ;
– préciser le **lieu** (l'adresse précise, toute information permettant de situer le lieu de l'accident) ;
– expliquer **la nature de l'accident** (le type d'accident, quand cela s'est-il produit ?) ;
– énoncer le **nombre de victimes et leur état** (nourrisson, enfant ou adulte, conscient ou inconscient).

Regarde comment on fait !

Comprendre les gestes à effectuer lors d'un accident

❶ Pense à **te mettre en sécurité** pour éviter un nouvel accident (un sur-accident).
Ex. : Ne te place pas au milieu d'une route pour appeler au secours.

❷ **Sécurise les lieux** et la personne si tu le peux : regarde si un autre danger ne risque pas de se produire.
Ex. : chute d'objet.

❸ **Alerte un adulte** si c'est possible.

❹ Évite de déplacer un blessé grave.
Appelle les secours et suis les conseils qu'on te donne.
Ne coupe pas la communication, attends qu'on te dise de raccrocher.

❺ **Rassure le blessé**, parle-lui et essaye de le calmer.

Entraîne-toi !

Corrigés → Guide Parents p. 23

1 ★ Qui vas-tu appeler dans les situations suivantes ? Indique le bon numéro d'urgence : la police (17), les pompiers (18) ou le SAMU (15).

a) Je suis témoin d'un incendie : ....

b) Ma petite sœur a avalé des médicaments en pensant qu'il s'agissait de bonbons : ....

c) Papa est tombé dans l'escalier, il ne peut plus bouger : ....

d) Une vieille dame est agressée dans la rue : ....

2 ★★ Vrai ou Faux ? Coche la bonne réponse.

Pour porter secours :	Vrai	Faux
a) Je dois me mettre en sécurité pour éviter un sur-accident.	☐	☐
b) Je dois me placer au milieu de la route pour appeler au secours.	☐	☐
c) Je dois mettre la victime en sécurité et éviter que d'autres dangers arrivent.	☐	☐
d) J'appelle un adulte.	☐	☐
e) Je téléphone aux secours.	☐	☐
f) Je rassure le blessé et je veille à ce qu'il puisse bien respirer.	☐	☐

3 ★★★ Comment réagirais-tu dans ces situations ? Souligne le bon comportement à adopter (plusieurs réponses sont possibles).

a) Première situation : un traumatisme d'un membre

- J'empêche le blessé de bouger.
- J'enveloppe sa blessure dans un bandage.
- Je surveille si le blessé est conscient et s'il respire bien.
- J'appelle les secours.

b) Seconde situation : un traumatisme au dos

- J'appelle les secours.
- J'empêche le blessé de faire des mouvements.
- Je couvre le blessé et je le réconforte.
- Je surveille si le blessé est conscient et s'il respire bien.

Fais le bilan

Complète le texte avec les mots suivants : secours, risques, règles, danger, adulte.

Pour éviter de me mettre en .... ou de faire courir des .... à d'autres personnes, je dois respecter des .... Si je suis témoin d'un accident ou d'une agression, j'appelle un .... ou je téléphone aux ....

TOTAL : ____ /5

Géographie

Leçon 1

Les paysages qui nous entourent

Retiens l'essentiel !

Conseils Parents

- Cette leçon a pour objectif la description des paysages. C'est un domaine important en géographie.
- Cherchez des images ou des cartes postales de différents paysages que l'on rencontre en France. Demandez à l'enfant de les classer et de les comparer.

Qu'est-ce qu'un paysage ?

▶ Un **paysage**, c'est ce que l'on voit lorsqu'on regarde à l'extérieur autour de soi. On y trouve des **éléments naturels** : montagne, rivière, mer, côtes, plaines, forêts…

▶ On y trouve aussi des **constructions humaines** : routes, ponts, maisons, immeubles, barrages, usines…

Les différents types de paysage

Voici les principaux **types de paysages** qui existent en France :

▶ Un **bord de mer**

Belle-Île-en-Mer, Bretagne.

▶ La **montagne**

Champagny, massif de la Vanoise, Alpes.

▶ La **campagne**

Les environs du Mont-Saint-Michel, Normandie.

▶ La **ville**

Lyon, vue depuis Notre-Dame-de-Fourvière.

Regarde comment on fait !

Décrire un paysage

Décris ce paysage des Pyrénées.

Au troisième plan, on voit des montagnes rocheuses avec un peu de neige.

Au deuxième plan, on voit des arbres.

Au premier plan, on voit une rivière, une route et des maisons.

1. Pour décrire un paysage, observe-le d'abord en entier. Tu peux dire que c'est un **paysage de montagne**.
2. Ensuite, décris ce qu'il y a de plus proche (au « premier plan »), pour aller vers ce qu'il y a de plus éloigné (le « troisième plan » ou « l'arrière-plan »).
3. Pense à décrire les éléments naturels : rivière, arbres, montagne. Et décris aussi les éléments construits par l'homme : la route, les maisons.

Entraîne-toi !

Corrigés → Guide Parents p. 23

1 ★ **Associe chaque photo au type de paysage qui lui correspond :**
paysage de ville, paysage de montagne, paysage de campagne, paysage de bord de mer.

Val-d'Isère, Alpes

Plage, Bretagne

Saint-Sernin-sur-Rance, Aveyron

Quartier de Lille

a) ....

b) ....

c) ....

d) ....

2 ★★ **Observe ce paysage et décris-le.**

a) De quel type de paysage s'agit-il ? Campagne ou mer ?

....

b) Que vois-tu au premier plan ?

....

c) Que vois-tu au deuxième plan ? ....

d) Que vois-tu au troisième plan ? ....

Paysage de Provence

Fais le bilan

Vrai ou faux ? Coche la bonne réponse.

	Vrai	Faux
a) Un paysage, c'est ce qu'il y a autour de nous.	☐	☐
b) La montagne est un élément construit par l'homme.	☐	☐
c) Une rivière est un élément naturel.	☐	☐
d) Une route est un élément naturel.	☐	☐
e) Dans un paysage de ville, il y a beaucoup d'éléments construits par l'homme.	☐	☐

TOTAL : ____ /5

Leçon 2

Les paysages lointains

Retiens l'essentiel !

Conseils Parents

- Lisez à l'enfant des albums racontant la vie des enfants dans les pays chauds ou les pays froids. Regardez éventuellement le film *Nanuk l'Esquimau* de Robert Flaherty.
- Avec un globe terrestre, situez les différents endroits cités dans la leçon.

Dans le monde, il y a des **paysages très différents.** Il y a des endroits où il fait très chaud : les déserts ; et des endroits où il fait très froid : les pôles.

Les déserts

- Les **déserts** sont des endroits très chauds. La température peut y atteindre 45 °C.
- L'**eau est rare** dans les déserts : peu de plantes y poussent.

Les pôles

- Près du **pôle Nord** et du **pôle Sud**, on trouve des régions très froides. **Seul le pôle Nord est habité.** La température y atteint souvent – 30 °C.
- Il n'y a pas de plantes, car l'**eau gèle** et forme de la glace.
- La mer peut aussi geler : c'est la **banquise**.

Désert de pierre, Hoggar, Algérie

Désert de sable, Sahara, Libye

Un village au Groenland (pôle Nord)

Un paysage de banquise (pôle Sud)

Regarde comment on fait !

Comment les hommes vivent dans le désert ?

Les hommes adaptent leur manière de vivre à leur environnement.
Dans le désert :

1. Les hommes vivent sous des tentes pour se protéger du soleil.
2. Ils élèvent des chèvres, des chameaux ou des dromadaires.
3. Ils se protègent du soleil et du vent avec de longues tuniques.

Une tente de Bédouin

Un chameau et des dromadaires

Un Touareg

Le dromadaire a 1 bosse et le chameau en a 2.

Entraîne-toi !

Corrigés → Guide Parents p. 23

1 ★ Associe chaque animal à son lieu de vie.

le désert • | les pôles •

a) un dromadaire

b) une chèvre

c) un ours polaire

d) un manchot

e) un chameau

2 ★★★ Comment les Inuits vivent-ils au Groenland ? Observe ces photos et réponds.

a) On voit que les Inuits habitent dans un pays :
- ☐ chaud.
- ☐ froid.

b) Ils mangent :
- ☐ du poisson séché.
- ☐ des chèvres.

c) Ils habitent :
- ☐ dans des maisons en bois.
- ☐ dans des tentes.

d) Ils se déplacent :
- ☐ en voiture.
- ☐ en motoneige.

Fais le bilan

Vrai ou faux ? Coche la bonne réponse.

	Vrai	Faux
a) Des hommes habitent au pôle Sud.	☐	☐
b) Près du pôle Nord, il fait très froid.	☐	☐
c) La banquise, c'est la mer gelée.	☐	☐
d) Dans le désert, il y a de la glace.	☐	☐
e) Il y a quelques plantes dans le désert.	☐	☐

TOTAL : ____ /5

Leçon 3

La Terre : continents et océans

Conseils Parents

- Rappelez aux enfants que le pôle Nord, c'est l'océan Glacial Arctique, car il n'y a pas de terre. Le pôle Sud, en revanche, est un continent.
- Un site Internet intéressant pour survoler les océans et les continents : *Google Earth*.

Retiens l'essentiel !

▸ La Terre est recouverte aux trois quarts de mers et d'océans, d'où son surnom de **planète bleue**. Le dernier quart, ce sont les terres.

Les continents

▸ Un continent est une vaste étendue de terre entourée d'océans.

▸ On compte 6 continents :
– l'Eurasie est découpée en deux continents : l'**Europe** et l'**Asie** ;
– l'**Amérique** du Nord et du Sud ;
– l'**Afrique** ;
– l'**Antarctique** (ou pôle Sud) ;
– l'**Océanie**, constituée d'une multitude d'îles du Pacifique, dont la principale est l'Australie.

Les océans

▸ Un océan est une vaste étendue d'eau. Les océans communiquent entre eux. Ils forment ce que l'on appelle parfois l'océan mondial.

▸ Il y a 5 océans :
– l'océan **Pacifique**, qui est le plus grand ;
– l'océan **Atlantique** ;
– l'océan **Indien** ;
– l'océan **Glacial Antarctique** ;
– l'océan **Glacial Arctique** (ou pôle Nord).

Regarde comment on fait !

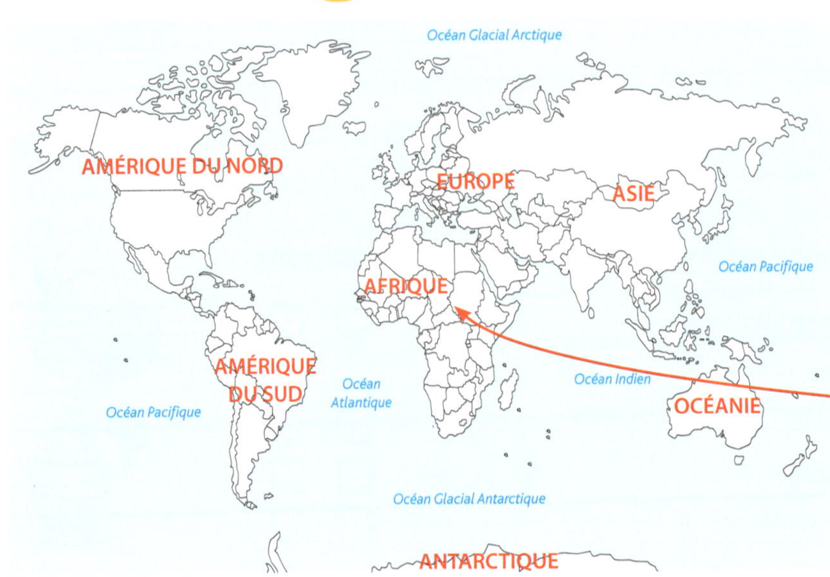

Reconnaître un continent

Qu'est qu'un continent ?

Un **continent** est une vaste étendue de Terre entourée d'océans. Il y a deux exceptions : l'Asie et l'Europe qui sont deux continents soudés.

Qu'observe-t-on ?

L'Afrique est entourée d'océans. On peut en faire le tour.

Entraîne-toi !

Corrigés → Guide Parents p. 23

1 ★ Complète les légendes de la carte et réponds aux questions.

En bleu, ce sont les océans.

En marron, ce sont les continents.

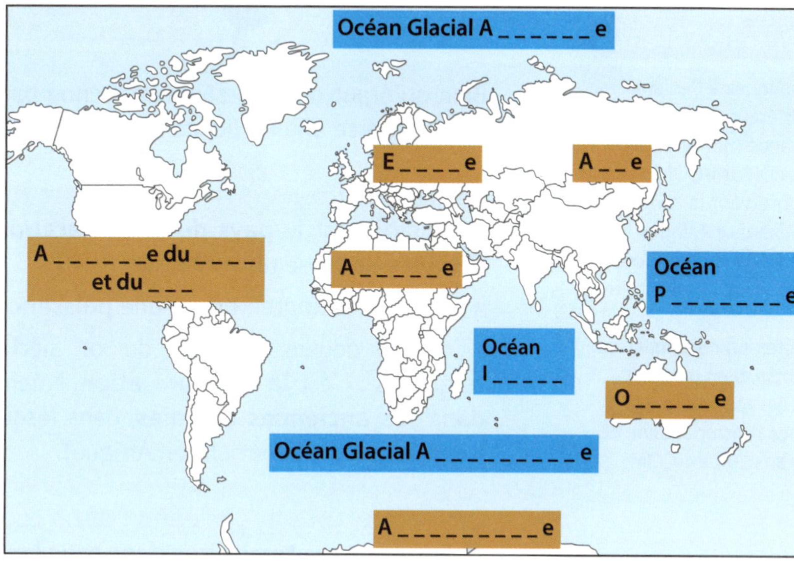

a) Quel est l'océan qui manque ? Ajoute-le.

……………………………………

……………………………………

b) Sur quel continent se trouve la France ?

……………………………………

2 ★ Écris sous chaque carte le nom du continent qui lui correspond : Afrique, Amérique, Europe.

a) …………………………… **b)** …………………………… **c)** ……………………………

Fais le bilan

Coche la bonne réponse.

	Vrai	Faux
a) Le Pacifique est le plus grand océan sur Terre.	☐	☐
b) L'océan Glacial Arctique se situe au pôle Nord.	☐	☐
c) L'Afrique est entourée par l'océan Atlantique et l'océan Pacifique.	☐	☐
d) La Terre est recouverte aux trois quarts de mers ou d'océans.	☐	☐
e) L'Océanie et l'Asie appartiennent à l'Eurasie.	☐	☐

TOTAL : ____ /5

Leçon 4

Les territoires français dans le monde

Conseils Parents

- Expliquez à l'enfant la différence entre la France métropolitaine et les DROM-COM. En observant la carte de l'exercice 1, faites-lui repérer dans quels océans se trouvent ces territoires.
- Faites-lui remarquer que la Corse, bien qu'étant une île, appartient à la France métropolitaine et non aux DROM-COM.

Retiens l'essentiel !

Bien qu'étant une puissance moyenne par sa superficie et sa population, la France exerce une influence importante dans le monde.

La France, un pays au riche passé historique

- La France est le **pays de la *Déclaration des Droits de l'Homme et du Citoyen***, devenue universelle en 1948.
- La France a longtemps été une **puissance coloniale**.
- Dans la deuxième partie du XXe siècle, la France s'est retirée de ses territoires : c'est **la décolonisation**. Néanmoins, **la France reste influente dans ses anciennes colonies**, dans lesquelles on parle encore souvent le français (particulièrement en Afrique).

La France, un pays présent dans tous les océans

La France a des territoires dans tous les océans de la planète :

- les **Départements et Régions d'Outre-Mer** (DROM) : la Réunion, la Guadeloupe, la Martinique, Mayotte et la Guyane française ;
- les **Collectivités d'Outre-Mer** (COM) : Saint-Pierre-et-Miquelon, Wallis et Futuna, la Polynésie française, Saint-Martin et Saint-Barthélémy.

La France, un pays fondateur de l'Union européenne

- Au lendemain de la Seconde Guerre mondiale, l'Europe était dévastée et ruinée. Tout était à reconstruire.
- En **1957**, la **Communauté économique européenne** (qui s'appellera plus tard l'Union européenne) était créée. **La France**, en tant que **pays fondateur**, **joue un rôle très important dans l'Union européenne**.

Regarde comment on fait !

Lire un tableau

Observe ce tableau qui recense tous les francophones dans le monde.
Le français est parlé sur tous les continents.

Qu'observe-t-on ?
Les francophones sont presque 170 millions !

Espace francophone	Nombre de francophones
Afrique subsaharienne (sous le désert du Sahara)	39 413 000
Maghreb (Afrique du Nord)	34 380 000
Océan Indien	4 307 000
Amérique du Nord et Caraïbes	14 495 000
Asie	2 225 000
Europe centrale et orientale	4 105 500
Europe de l'Ouest	70 183 000
Océanie	444 000
Total	169 552 500

Corrigés → Guide Parents p. 24

Les territoires français et les populations francophones dans le monde

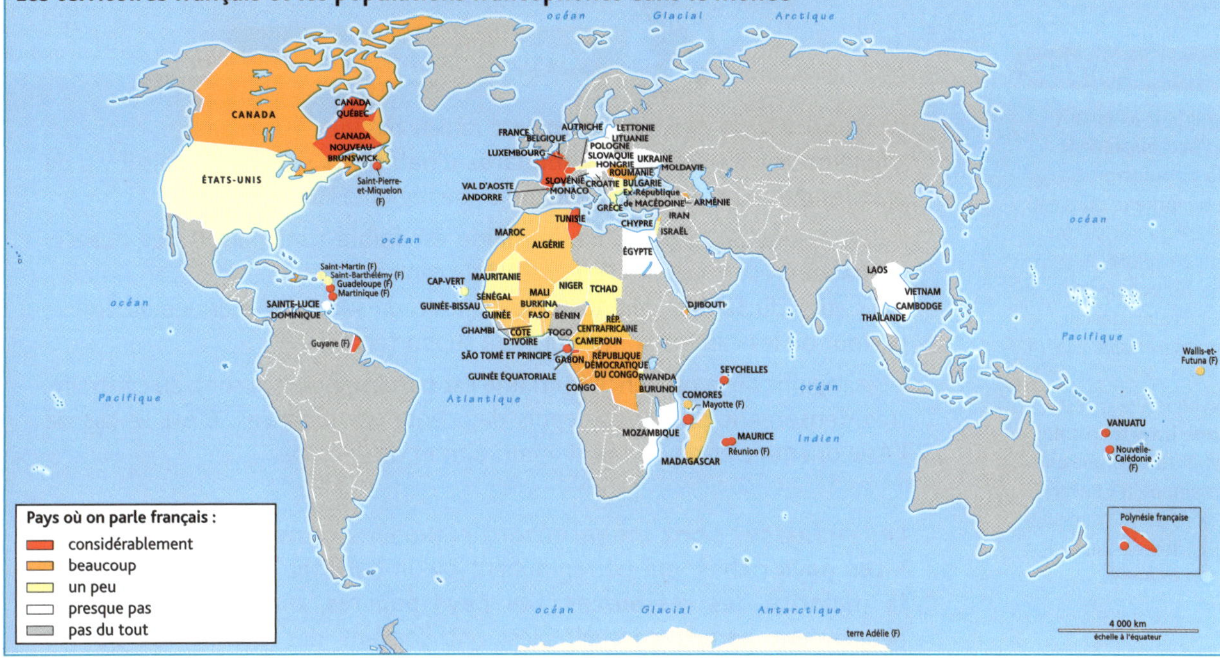

1 ★ Sur la carte,

– entoure en bleu les territoires de la France dite métropolitaine ;

– entoure en rouge les DROM (départements et régions d'outre-mer) ;

– entoure en vert les COM (collectivités d'outre-mer).

Regarde bien la carte, (F) t'indique qu'il s'agit d'un territoire français.

2 ★★ Observe la carte et réponds aux questions suivantes :

a) En dehors de l'Europe, quel est le continent où on parle le plus le français ?

....

b) Sur quel continent parle-t-on le moins le français ?

....

c) Cite un pays, en dehors de la France, où l'on parle considérablement le français.

....

d) Je suis le plus grand pays du monde, on ne parle pas le français sur mon territoire. Qui suis-je ?

....

Fais le bilan

Coche la bonne réponse.

	Vrai	Faux
a) La France exerce une influence importante dans le monde, car elle est un des pays les plus grands.	☐	☐
b) Les DROM-COM n'appartiennent pas à la France métropolitaine.	☐	☐
c) On ne parle le français qu'en France.	☐	☐
d) La Communauté économique européenne s'appelait d'abord l'Union européenne.	☐	☐
e) Presque 170 millions de gens parlent le français dans le monde.	☐	☐

TOTAL : ____ /5

Leçon 5

Comparer les modes de vie dans le monde

Conseils Parents

- Expliquez à l'enfant que **l'accroissement de la population** est un phénomène qui s'est accéléré au XIXe siècle et qui a explosé au XXe siècle. Au XXIe siècle, la population devrait progresser moins vite.
- Expliquez ce qu'est la **zone intertropicale**. C'est la zone située entre le tropique du Cancer (au nord) et le tropique du Capricorne (au sud).

Retiens l'essentiel !

La population est inégalement répartie sur Terre

- Aujourd'hui, il y a plus de **7 milliards d'habitants sur Terre**, mais il y a de grandes différences de peuplement d'une région à l'autre.
- Les régions où la **présence humaine** est **faible** sont parfois des **déserts humains**. C'est le cas des Pôles, de l'Asie centrale (*ex.* : la Sibérie, en Russie), mais aussi du Sahara, de l'Australie centrale, du sud de l'Amérique du Sud… ; partout où les climats sont difficiles à supporter.
- Les régions où la **présence humaine** est **très importante** sont, au contraire, très **densément peuplées** depuis des centaines d'années. C'est le cas de l'Asie orientale et du Sud (Chine et Inde) et de l'Europe.

Les richesses sont inégalement réparties dans le monde

- **Les pays riches**, qui ne regroupent qu'un habitant sur sept, détiennent **la majorité des ressources. Les pays pauvres**, malgré des foyers de peuplement parfois considérables, ont souvent des **conditions de vie misérables**.
- **Les pays** du monde les plus **riches** sont principalement concentrés **en Amérique du Nord** et en **Europe de l'Ouest**. Dans ces pays, l'**espérance de vie** est **élevée**.
- Six habitants sur sept vivent dans des **pays pauvres. Ces pays sont principalement concentrés dans la zone intertropicale** : en **Amérique du Sud** et surtout en **Afrique**. Il y a aussi beaucoup de pauvreté dans certains pays d'**Asie**.

Regarde comment on fait !

Comprendre la différence entre pays pauvre et pays riche

Qu'observe-t-on ?

Cette photographie prise en **Afrique** montre qu'**une des premières richesses, c'est l'eau.**

Ici, l'accès à l'eau se fait au puits : c'est souvent le cas dans les pays pauvres.

Entraîne-toi !

Corrigés → Guide Parents p. 24

1 ★ Complète les légendes avec les mots riche et pauvre.

a) C'est un pays ....

b) C'est un pays ....

2 ★ Observe les photographies et indique leur type de densité : faible, nulle, importante.

a) ....

b) ....

c) ....

3 ★★ Observe la carte et réponds aux questions.

a) Cite deux régions du monde très peu peuplées. ....

....

b) Cite deux régions du monde très peuplées. ....

....

c) Combien y-a-t-il d'habitants dans la région du monde la plus peuplée ?

....

d) Cite une région du monde, qui semble complètement inhabitée et qui est un désert humain. ....

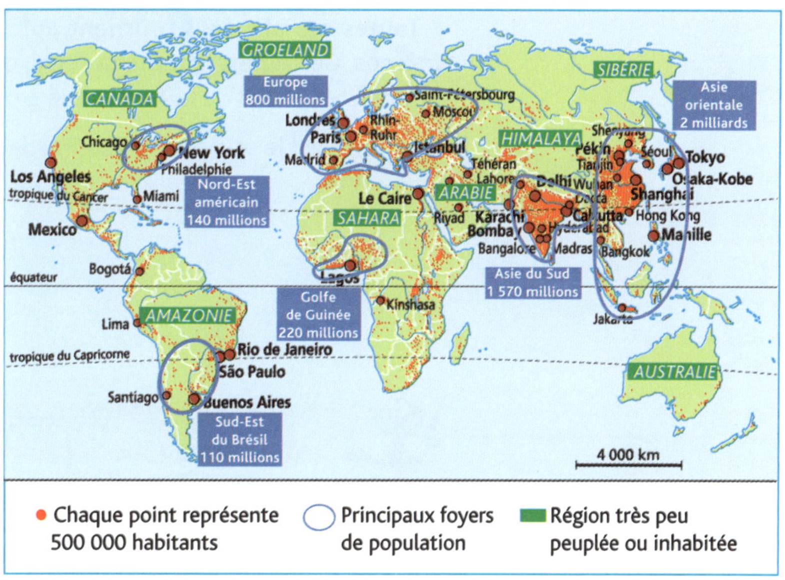

Fais le bilan

Coche la bonne réponse.

	Vrai	Faux
a) Il y a moins de 5 milliards d'habitants sur Terre aujourd'hui.	☐	☐
b) La population et les richesses sont inégalement réparties sur Terre.	☐	☐
c) Le Sahara est ce qu'on appelle un « désert humain ».	☐	☐
d) Dans les pays riches, l'espérance de vie est basse.	☐	☐
e) C'est dans la zone intertropicale que se concentre la majorité de la pauvreté.	☐	☐

TOTAL : ____ /5

Géographie

Leçon 6

La Terre et les astres

Conseils Parents

- Expliquez aux enfants que notre système solaire n'est pas unique et qu'il y a probablement des milliards de galaxies qui nous entourent.
- La Terre met 365 jours et 6 heures pour faire le tour du Soleil. C'est pourquoi, tous les quatre ans, il y a 366 jours dans l'année et un 29 février dans le calendrier. Cela permet d'expliquer aux enfants la notion compliquée d'**année bissextile**.

Retiens l'essentiel !

Le système solaire

▸ Dans notre **système solaire**, il y a une **étoile**, **huit planètes** et **des milliards d'astres** (des comètes, des astéroïdes, des planètes naines, des satellites…).

▸ **Notre étoile s'appelle le Soleil**. Né il y a près de 5 milliards d'années, le Soleil permet notamment la vie sur notre planète. Il est presque 110 fois plus grand que la Terre.

Les planètes du système solaire

▸ La Terre est la **troisième planète** du système solaire. Elle tourne autour du Soleil en 365 jours et 6 heures et sur elle-même en un jour (24 heures).

▸ La distance entre la Terre et le Soleil est de près de 150 000 000 de km.

▸ Les autres planètes sont : **Mercure** (la plus proche du Soleil), **Vénus**, **Mars**, **Jupiter**, **Saturne**, **Uranus** et **Neptune** (la plus éloignée du Soleil). **Pluton**, qui fut longtemps la neuvième planète, est considérée aujourd'hui comme une **planète naine**.

▸ **Toutes ces planètes tournent autour du Soleil et également sur elles-mêmes. Certaines, comme la Terre, ont des satellites naturels.** La Lune est le satellite naturel de la Terre, situé à plus de 300 000 km de notre planète.

▸ **La Terre est le seul endroit connu dans l'univers où la vie s'est développée.**

Regarde comment on fait !

Identifier les huit planètes du système solaire

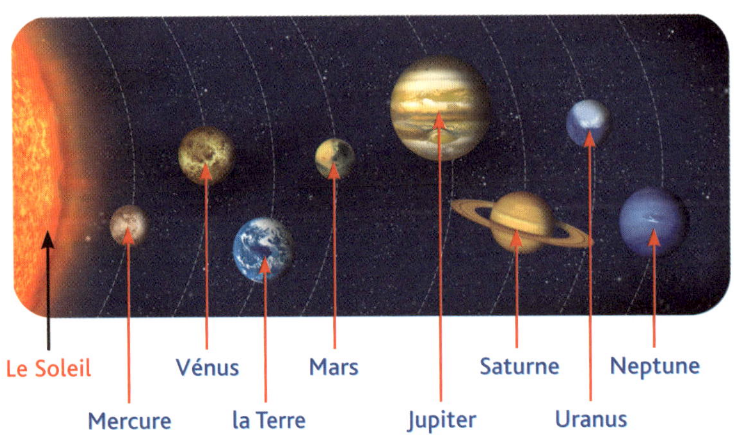

Les huit planètes sont en orbite autour du Soleil. Cela signifie qu'elles tournent autour du Soleil. Celle qui met le moins de temps et qui est la plus proche de notre étoile est Mercure.

Entraîne-toi !

Corrigés → Guide Parents p. 24

1 ★ Observe le tableau ci-dessous et réponds aux questions.

Planète	Diamètre (en km)	Distance au Soleil (en millions de km)
Mercure	4 800	58
Vénus	12 100	108
Terre	12 800	150
Mars	6 800	228
Jupiter	143 000	780
Saturne	120 000	1 430
Uranus	52 000	2 870
Neptune	50 000	4 500

a) Quelle est la planète la plus éloignée du Soleil ?

……………………………………………………

b) Quelle est la planète la plus proche du Soleil ?

……………………………………………………

c) Quelle est la plus grande planète ?
Quel est son diamètre ?

……………………………………………………

d) La Terre est-elle une grande ou une petite planète ? Justifie ta réponse.

……………………………………………………

2 ★ Sur le dessin du système solaire, place les noms des planètes manquantes.

3 ★ Complète le texte ci-dessous avec les mots suivants :

vie – troisième – Soleil – satellite – 24 h – Lune – 365 jours – orbite – 6 h

La Terre est la …………………… planète en partant du Soleil. Elle a un …………………… naturel, la …………………… . Elle tourne en …………………… autour du …………………… en …………………… et …………………… .

La Terre fait un tour sur elle-même en …………………… . À ce jour, la Terre est la seule planète connue où la …………………… est apparue.

Fais le bilan

Coche la bonne réponse.

	Vrai	Faux
a) Le Soleil tourne autour de la Terre.	☐	☐
b) Saturne est une étoile de notre système solaire.	☐	☐
c) La Lune est le satellite naturel de la Terre.	☐	☐
d) Il y a neuf planètes dans notre système solaire.	☐	☐
e) La vie est apparue sur plusieurs planètes de notre système solaire.	☐	☐

TOTAL : ____ /5

Sciences

Leçon 1

L'air : une matière invisible et inodore

Conseils Parents

- Les enfants ont des difficultés à prendre conscience que l'air est de la matière, car il est invisible, impalpable.
- Percevoir l'effet du vent, compresser l'air avec une pompe pour gonfler un pneu sont des moyens de leur faire prendre conscience que l'air est de la matière.

Retiens l'essentiel !

Qu'est-ce que l'air ?

- L'air est partout autour de nous, **invisible** et **inodore**.
- La terre est entourée d'une couche d'air d'une centaine de kilomètres : l'**atmosphère**.
- L'air est de la matière. Le vent est de l'air qui se déplace.
- L'air est un mélange de gaz que nous respirons pour vivre.

Les propriétés de l'air

- L'air n'a pas de forme : il occupe tout le volume dont il dispose. Il est **élastique** et **compressible**.
- L'air peut être **transvasé**. C'est ce qu'on fait avec une pompe lorsqu'on gonfle une roue. La pompe prélève de l'air autour de nous. Elle le pousse et le comprime dans la chambre à air, qui devient dure.

- Le vent peut **mettre en mouvement** des objets comme les pales des éoliennes ou les ailes des moulins.

Regarde comment on fait !

Découvrir la masse de l'air

Expérience : En pesant un ballon gonflé, puis vidé de son air, on découvre une différence de masse.

❶ On pèse un ballon rempli d'air.
❷ On presse le ballon pour vider son air dans une bouteille retournée afin de voir la quantité d'air qu'il contient.
❸ On pèse le ballon vide.

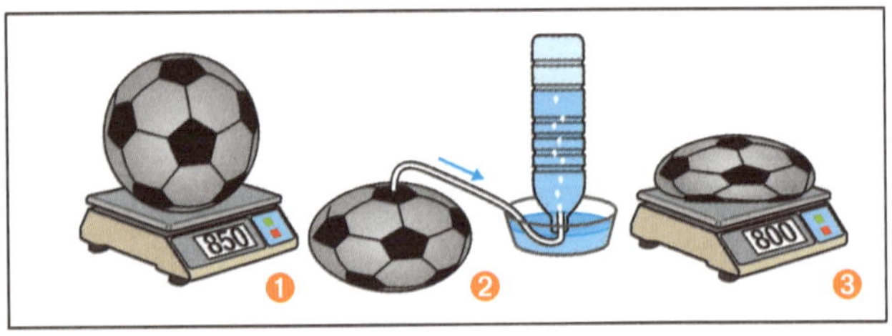

Quelle masse d'air s'est échappée du ballon ? 50 grammes d'air (850 – 800 = 50).

Quelle conclusion peux-tu tirer de cette expérience ? L'air a une masse, c'est de la matière.

Entraîne-toi !

Corrigés → Guide Parents p. 25

1 ★ **Complète les phrases avec les mots suivants : vent, gaz, invisible, compressible.**

a) L'air ne se voit pas : il est ....

b) On sent les mouvements de l'air lorsqu'il y a du ....

c) L'air occupe tout le volume dont il dispose : il est élastique et ....

d) L'air est un mélange de .... que nous respirons pour vivre.

2 ★ **Observe ces objets qui sont mis en mouvement par le vent.**

Quel type de mouvement observes-tu? Complète avec le mot rectiligne ou circulaire.

a) Quand le vent souffle, une éolienne a un mouvement

....

b) Quand le vent souffle, une manche à air a un mouvement

....

c) Un voilier a un mouvement ....

d) Un anémomètre, pour mesurer la vitesse du vent, a un mouvement

....

Une manche à air

Une éolienne

Un voilier

Un anémomètre

3 ★★★ **Observe l'expérience. Qu'y a-t-il dans le verre ? Barre la mauvaise réponse.**

Expérience : On prend un verre vide et on le retourne sur un saladier rempli d'eau. Le verre ne se remplit pas d'eau. Pourquoi l'eau ne monte-t-elle pas dans le verre retourné ?

a) Il reste de l'air à l'intérieur du verre qui empêche l'eau de monter.

b) Il n'y a rien dans le verre, mais l'eau est trop lourde pour monter.

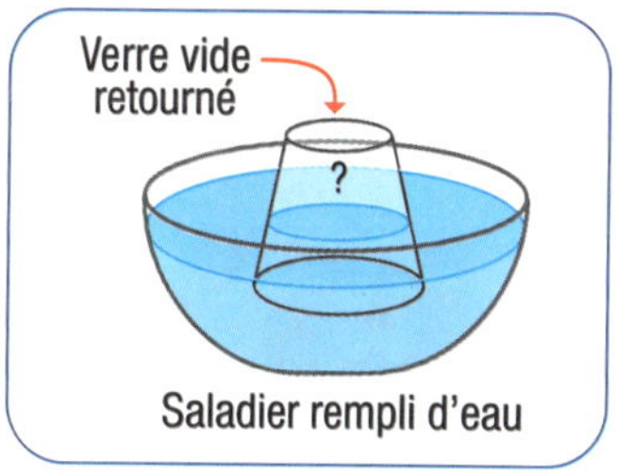

Fais le bilan

Coche la bonne réponse.

	Vrai	Faux
a) L'air est de la matière.	☐	☐
b) L'air est incompressible.	☐	☐
c) Dans un ballon de foot, il n'y a pas d'air.	☐	☐
d) Nous sentons l'air qui se déplace lorsqu'il y a du vent.	☐	☐
e) Le vent, c'est de l'air en mouvement.	☐	☐

TOTAL : ____ /5

Leçon 2

Le trajet de l'eau dans la nature

Conseils Parents

L'enfant doit comprendre que l'eau de pluie provient de l'évaporation de l'eau des mers, des lacs et des forêts... L'eau effectue un cycle continu dans la nature.

Retiens l'essentiel !

Le cycle de l'eau

- La chaleur du soleil provoque l'**évaporation** de l'eau de la mer et des lacs.
- Cette eau monte en altitude sous forme de vapeur d'eau. En se refroidissant, elle se **condense** pour **former des nuages**.
- L'eau quitte ces nuages et tombe sous forme de **précipitations** (pluie, neige).
- L'eau de pluie **ruisselle** sur le sol, où elle forme les **cours d'eau** qui coulent vers la mer.

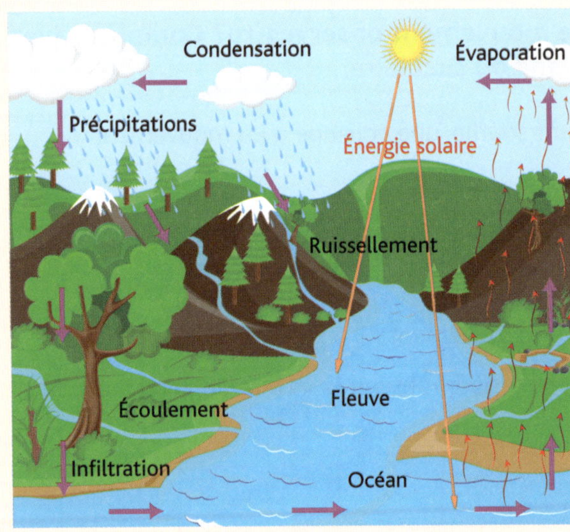

Les nappes phréatiques

- Une partie de l'eau qui s'infiltre dans la terre traverse des roches. Mais elle est arrêtée par des roches **imperméables** comme l'argile. Elle s'accumule en formant des **nappes phréatiques**. Cette eau peut être captée (forage, puits) ou ressortir du sol (sources).

Regarde comment on fait !

Comprendre l'évaporation de l'eau

Expérience : On arrose une plante verte (1), puis on l'entoure avec un sac en plastique transparent (2). On la laisse au soleil (3).

Qu'observe-t-on ? Au bout d'une journée, de la buée s'est formée à l'intérieur du sac.

Conclusion : Cette buée vient de l'eau qui s'est évaporée des feuilles de la plante.

Entraîne-toi !

Corrigés → Guide Parents p. 25

1 ★ **Réponds aux questions suivantes.**

a) Qu'est-ce qui provoque l'évaporation de l'eau de mer ? Le ....

b) Que fait l'eau en se refroidissant en altitude dans l'air ? Elle se ....

c) Que devient l'eau de pluie lorsqu'elle tombe sur le sol ? Elle .... pour former des cours d'eau ou elle .... dans le sol.

2 ★★ **Relie par des flèches les différentes étapes du cycle de l'eau.**

Précipitations — Condensation

Infiltration — Ruissellement — Évaporation

3 ★★★ **Observe cette photographie de brume sur un étang un matin d'hiver.**

a) La brume s'est-elle formée au-dessus de la terre ou au-dessus de l'eau ?

....

b) Pourquoi l'air contient-il à cet endroit beaucoup de vapeur d'eau ?

....

....

....

Fais le bilan

Parmi les propositions suivantes, entoure la bonne réponse.

1. Le soleil provoque...	a) la condensation de l'eau.	b) l'évaporation de l'eau.
2. L'air froid provoque...	a) la condensation de l'eau.	b) l'évaporation de l'eau.
3. La pluie ou la neige sont...	a) des évaporations.	b) des précipitations.
4. L'eau ruisselle en formant...	a) des cours d'eau.	b) des nappes phréatiques.
5. L'eau s'infiltre dans le sol en formant...	a) des cours d'eau.	b) des nappes phréatiques.

TOTAL : ____ /5

Leçon 3

Comment les plantes grandissent

Conseils Parents

- L'enfant doit savoir distinguer **la germination des graines** et **la croissance des plantes**. Ce sont deux phénomènes différents.
- La lumière est indispensable pour que les plantes grandissent, alors que les graines germent sous la terre, dans l'obscurité.

Retiens l'essentiel !

La germination des graines

- Les plantes produisent des **graines**. Une graine contient **l'embryon** de la future plante et des réserves de nourriture.
- Avec de l'eau et de la chaleur, une graine **germe** pour donner naissance à une nouvelle plante.

Ex. : une graine en train de germer.

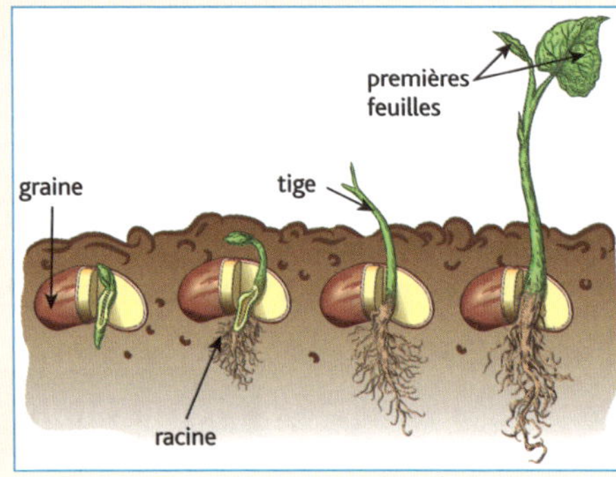

La croissance de la plante

- Pour grandir, une plante a besoin d'eau, de chaleur et de lumière.
- Des racines se développent dans la terre.

La croissance de l'arbre

- L'arbre est une plante qui grandit pendant de nombreuses années.
- Au **printemps**, il grandit. Des tiges avec des feuilles sortent des **bourgeons**.
- Les branches et le tronc d'un arbre grossissent en fabriquant de **nouveaux vaisseaux**. Ce sont des tubes fins qui conduisent la sève pour nourrir l'arbre.
- Chaque année, il se forme une couche qu'on appelle un **cerne**. Pour connaître l'âge d'un arbre, on compte le nombre de cernes. 1 zone claire + 1 zone foncée = 1 cerne.

Regarde comment on fait !

Connaître les besoins d'une plante

Expérience : Dans deux pots identiques, où poussent des jeunes plants de blé (1). On place un pot à la lumière et l'autre dans l'obscurité. On arrose régulièrement. On observe le résultat 8 jours plus tard (2).

Qu'observe-t-on ? Les plants de blé ont bien grandi à la lumière. Ils sont verts.
Dans l'obscurité, ils n'ont pas grandi et ont jauni.

Conclusion : Le blé a besoin de lumière pour grandir.

1

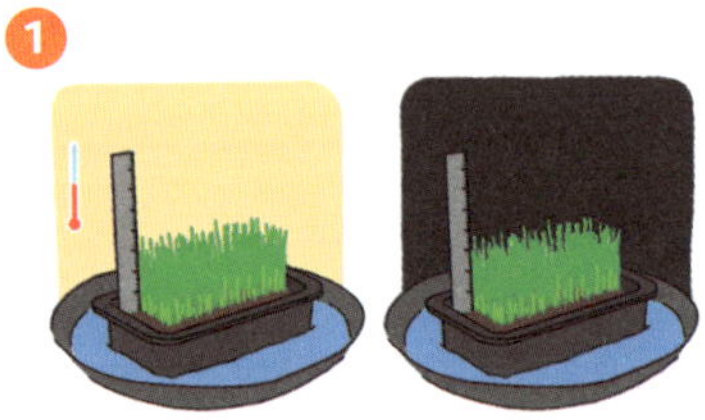

2 Observation 8 jours plus tard

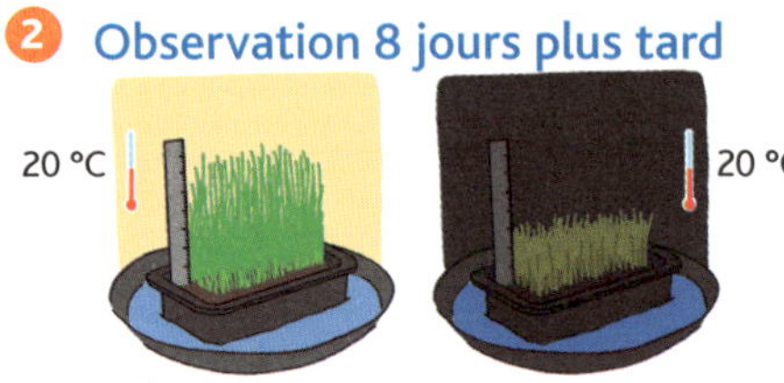

À la lumière — Dans l'obscurité

Entraîne-toi !

Corrigés → Guide Parents p. 25

1 ★ **Complète les phrases suivantes avec les mots : bourgeons, embryon, réserves.**

a) Une graine contient un .... et des .... de nourriture.

b) Au printemps, des tiges avec des feuilles sortent des ....

2 ★★ **Observe ce dessin. À ton avis, quel est l'âge de cet arbre ? Pourquoi ?**

Cet arbre a .... ans, parce qu'il ....

3 ★★ **Observe la croissance de ces deux pots de plants de blé. Analyse les résultats de cette expérience.**

Expérience : Un pot est à la lumière, l'autre dans l'obscurité. Les deux sont arrosés régulièrement.

Observation 8 jours plus tard

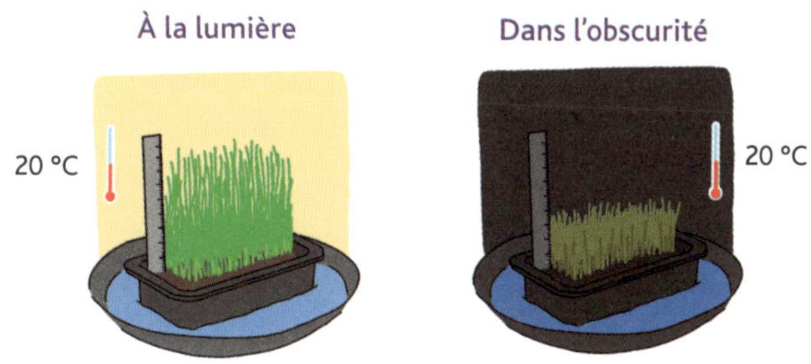

a) Complète le tableau ci-dessous avec le résultat de ton observation.

	Pot à la lumière	Pot dans l'obscurité
Température		
Arrosage	oui	oui
Lumière		
Couleur des feuilles		
Taille		

b) Que peux-tu conclure ? ....

Fais le bilan

Parmi les propositions suivantes, entoure la bonne réponse.

1. Une graine contient... **a)** un embryon. **b)** un arbre.
2. Pour germer, une graine... **a)** a besoin de lumière. **b)** n'a pas besoin de lumière.
3. Pour pousser, une plante a besoin... **a)** de lumière. **b)** d'obscurité.
4. Des tiges des arbres sortent... **a)** des graines. **b)** des bourgeons.
5. Pour connaître l'âge d'un arbre, on compte le nombre... **a)** de feuilles. **b)** de cernes.

TOTAL : ____ /5

Leçon 4

Comment les animaux grandissent

Conseils Parents

Après la naissance, tous les animaux grandissent : leur taille augmente et leur masse aussi (ils prennent du poids). Certains animaux, comme le papillon, se transforment complètement pour devenir adulte : c'est la **métamorphose**.

Retiens l'essentiel !

La croissance continue des mammifères et oiseaux

▸ Les jeunes mammifères et les oiseaux grandissent et grossissent régulièrement jusqu'à l'âge adulte.
Ex.: les poussins ont le corps couvert de duvet. En grandissant leur corps se couvre de plumes.

La croissance des animaux couverts d'une coquille

▸ Les animaux couverts d'une coquille grandissent en fabriquant du calcaire sur le bord de leur coquille. *Ex.* : la moule.

La croissance des animaux couverts d'une carapace

▸ Certains animaux ont le corps couvert d'une carapace rigide. Pour grandir, ils quittent leur carapace : c'est la mue. *Ex.* : le crabe ou le criquet.

La métamorphose

▸ Au cours de leur croissance, certains animaux changent complètement d'aspect : c'est la métamorphose. *Ex.* : le papillon.

❶ Les œufs éclosent. ❷ La chenille grandit. ❸ La chenille se transforme en chrysalide. ❹ Le papillon est sorti de la chrysalide.

En mesurant chaque jour le criquet, on construit une courbe de croissance en forme d'escalier : c'est un graphique.

Regarde comment on fait !

Mesurer la croissance d'un animal

Expérience : Le petit criquet est couvert d'une carapace. Pour grandir, il doit en sortir. Sa peau se durcit et en forme une nouvelle. Il sort plusieurs fois de sa carapace pour se développer.

Qu'observe-t-on ?
La taille du criquet augmente brusquement le 6ᵉ jour : il a mué. On observe 5 mues successives.

Conclusion : Le criquet grandit à chaque mue. Il mue 5 fois jusqu'à l'âge adulte.

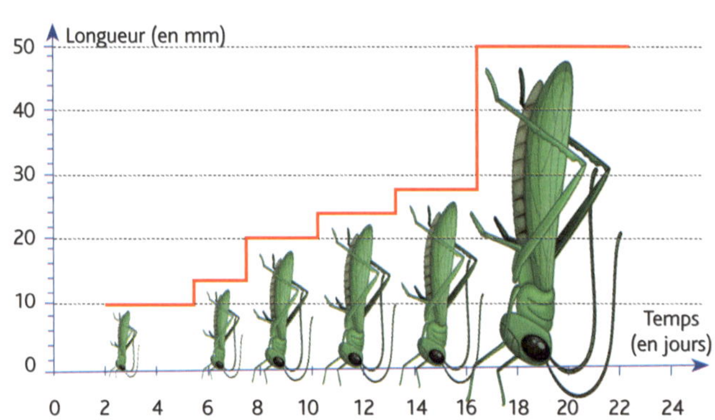

Entraîne-toi !

Corrigés → Guide Parents p. 25

1 ★ **Associe les animaux à leur mode de croissance.**

La poule •	• Croissance par métamorphose
Le papillon •	• Croissance par mue
Le crabe •	• Croissance continue

2 ★★ **Combien de mues subit le criquet pour devenir adulte ?**

Pour devenir adulte, le criquet subit .... mues.

3 ★★ **Numérote les dessins de 1 à 4 pour les mettre dans l'ordre du développement du papillon. Légende chaque étape de la métamorphose.**

a) Étape n° ....

....

b) Étape n° ....

....

c) Étape n° ....

....

d) Étape n° ....

....

Fais le bilan

Parmi les propositions suivantes, entoure la bonne réponse.

1. Le chaton et le poussin ont une croissance... a) par mue. b) continue.
2. Le criquet et le crabe ont une croissance... a) par mue. b) continue.
3. Pour devenir papillon, la chenille subit... a) des mues. b) une métamorphose.
4. Pour grandir, le crabe... a) mue. b) se métamorphose.
5. Pour devenir papillon, la chenille se transforme... a) en chrysalide. b) en insecte.

TOTAL : ____ /5

Leçon 5

L'hygiène de vie et la santé

Retiens l'essentiel !

Les règles d'une bonne hygiène de vie

- Le corps doit rester **propre**. Il faut se brosser les dents matin et soir, après le repas, pour éviter les caries. Le lavage des mains, avant de manger et après être allé aux toilettes, est indispensable pour éviter les maladies.
- Il faut bouger et faire régulièrement du sport pour être en bonne santé.
- 9 à 10 heures de sommeil par nuit sont nécessaires pour récupérer et pour grandir.

Bien manger pour rester en bonne santé

- Les aliments fournissent à notre corps l'énergie et les substances nécessaires à son fonctionnement. Il faut manger de façon équilibrée et diversifiée.

 **Le pain, les pâtes, le riz et les céréales** donnent de l'énergie.	 **Les fruits et légumes** apportent des vitamines pour rester en forme.	 **La viande, le poisson et les œufs** sont bons pour la croissance et les muscles.
 **Le lait et les produits laitiers** aident à bien grandir et renforcent nos os et nos dents.	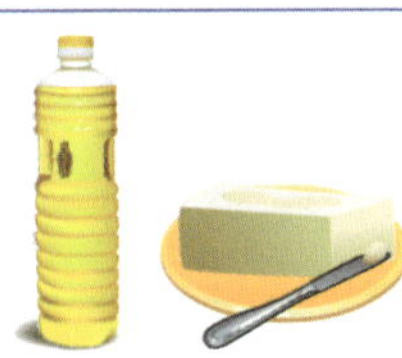 **Les matières grasses** fournissent de l'énergie et des vitamines, mais il ne faut pas trop en manger.	 **L'eau** est la seule boisson indispensable à la vie.

Conseils Parents

- 9 à 10 heures de sommeil par nuit sont préconisées pour un enfant de 8 ans.
- Vous pouvez jouer avec l'enfant à composer des menus. Attention ! Un repas équilibré et varié est composé de chaque catégorie d'aliments.

Il ne faut pas grignoter d'aliments gras, sucrés ou salés en dehors des repas.

Regarde comment on fait !

Vérifier si un repas est équilibré

MENU
- Saumon fumé sur pain beurré
- Poulet rôti
- Frites
- Gâteau au chocolat
- Soda

Expérience : Observons le menu ci-contre. Ce menu est-il équilibré ?
Si dans ce menu il manque certains aliments du tableau des différentes catégories d'aliments, le menu n'est pas équilibré.

Quels sont les aliments qui manquent ?
Il n'y a ni fruits, ni légumes, ni produits laitiers.

Quels sont les aliments qui sont en trop ?
Il y a beaucoup de féculents (le pain et les frites), de graisses (beurre et l'huile des frites) et de sucres (le gâteau et le soda).

Que peut-on modifier pour équilibrer le repas ?
On peut remplacer le soda par de l'eau, le saumon fumé sur pain beurré par des carottes râpées et le gâteau au chocolat par un fruit de saison.

Entraîne-toi !

Corrigés → Guide Parents p. 25

1 ★ Réponds aux questions suivantes.

a) Pourquoi faut-il faire du sport ? ....

b) Pourquoi faut-il bien dormir ? ....

c) Pourquoi faut-il se laver les dents ? ....

2 ★★ Sur chacun de ces plateaux repas, il manque un aliment indispensable à la santé. Lequel ?

a) .... b) ....

3 ★★★ Parmi ces aliments, entoure en rouge ceux qui sont d'origine animale, en vert les fruits et légumes et en bleu les féculents.

Fais le bilan

Parmi les propositions suivantes, entoure la bonne réponse.

1. Pour rester propre, il faut... a) bien manger. b) se laver.
2. Pour bien récupérer, un enfant doit dormir chaque nuit... a) 6 heures. b) 9 à 10 heures.
3. Les fruits et légumes apportent principalement... a) des vitamines. b) de l'énergie.
4. Le pain, les pâtes ou le riz apportent essentiellement... a) des vitamines. b) de l'énergie.
5. Il est indispensable de boire chaque jour... a) des sodas. b) de l'eau.

TOTAL : ____ /5

Les mouvements corporels

Conseils Parents

- L'enfant peut tester sur lui-même et comparer tous les mouvements qu'il peut faire au niveau de son coude, puis de son épaule.
- Les enfants croient souvent à tort qu'un muscle est attaché à un seul os. La rubrique « Regarde comment on fait ! » permet de comprendre qu'un muscle doit être attaché par ses tendons à deux os différents de part et d'autre de l'articulation.

Retiens l'essentiel !

Le squelette et les articulations pour assurer les mouvements

- Notre corps est constitué de nombreux os qui forment le **squelette**.
- Notre corps peut bouger grâce aux **articulations** entre les **os**. Des **ligaments** retiennent les os entre eux. Pour faciliter le mouvement, les articulations ont des parois bien lisses et contiennent **un liquide huileux**.
- Les **articulations en pivot** permettent des mouvements dans plusieurs directions. *Ex.* : les articulations de l'épaule ou de la hanche.
- Les **articulations en charnière** ne peuvent bouger que dans une seule direction. *Ex.* : les articulations du coude ou du genou.

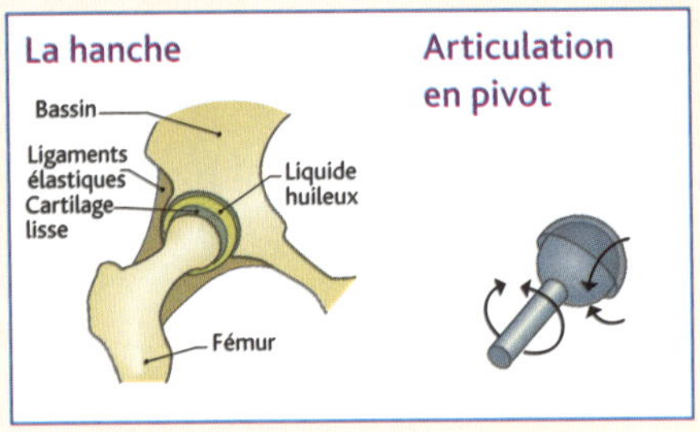

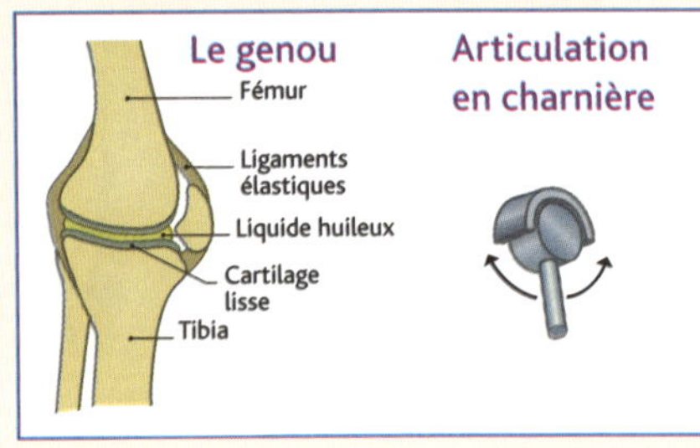

Des muscles pour bouger

- Les mouvements sont possibles grâce aux muscles.
- Les **muscles** sont attachés aux os par des **tendons**. Lorsqu'un muscle se contracte, il se raccourcit. Il fait pivoter les os autour de l'articulation, ce qui provoque le mouvement.

Regarde comment on fait !

Comprendre les mouvements de flexion et d'extension du bras

Expérience : Observons le travail des muscles du bras.

Qu'observe-t-on ?

Pour la **flexion** du bras, c'est le biceps qui se contracte. Pour l'**extension**, c'est le triceps qui se contracte. Quand l'un se contracte, l'autre se repose.

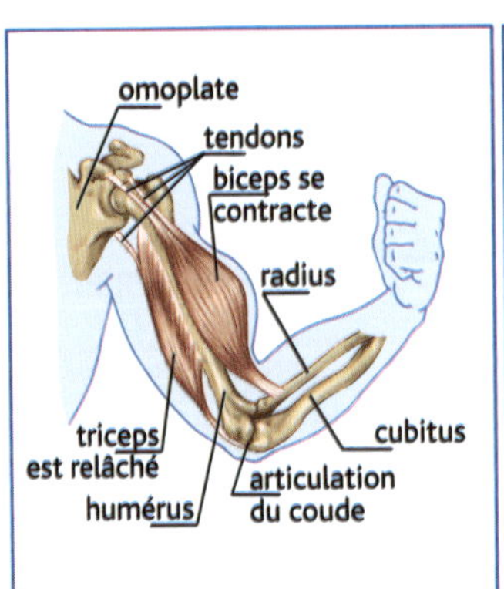

La flexion du bras

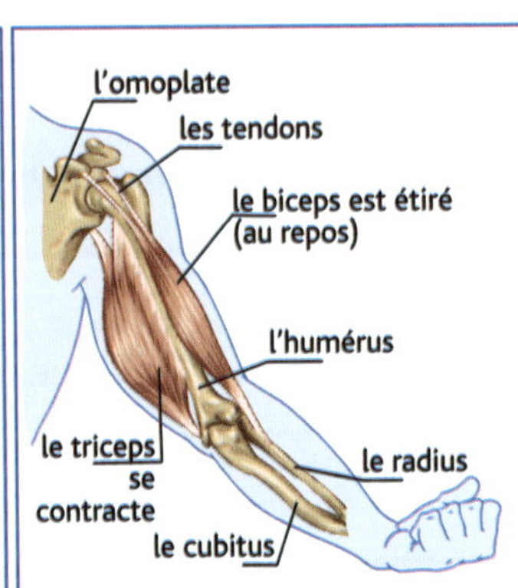

L'extension du bras

Entraîne-toi !

Corrigés → Guide Parents p. 25

1 ★ **Complète les phrases avec les mots suivants : articulations, tendons, flexion.**

a) Le biceps se contracte pour entraîner une .... du bras.

b) Les muscles sont attachés aux os par des ....

c) Le corps peut bouger grâce aux .... entre les os.

2 ★★ **Complète la légende du schéma de la flexion du bras.**
Utilise les mots suivants : omoplate, humérus, cubitus, radius, articulation du coude, biceps, triceps, tendons.

Si tu n'arrives pas à compléter le schéma, consulte la rubrique « Regarde comment on fait ! », p. 168.

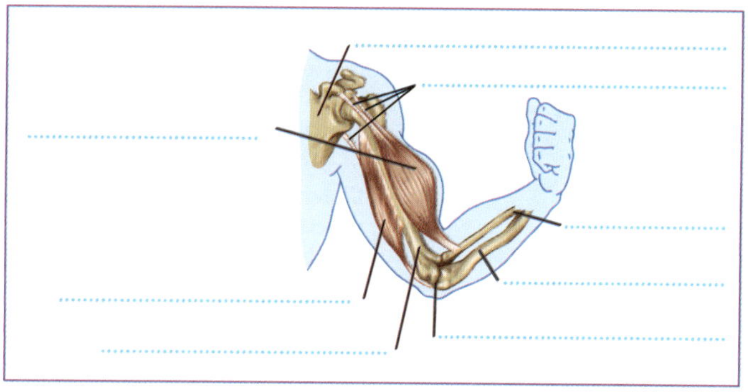

3 ★★★ **Dans le tableau ci-dessous, coche les cases correspondant aux bonnes réponses.**

Articulations	**Articulation en pivot :** elle permet de bouger dans plusieurs directions	**Articulation en charnière :** elle permet de bouger dans une seule direction
L'épaule		
Le coude		
La hanche		
Le genou		

Fais le bilan

Parmi les propositions suivantes, entoure la bonne réponse.

1. Les os sont reliés entres eux... **a)** par des muscles. **b)** par des articulations.
2. Les muscles sont attachés aux os... **a)** par des ligaments. **b)** par des tendons.
3. L'articulation du coude peut bouger... **a)** dans plusieurs directions. **b)** dans une seule direction.
4. Le biceps permet... **a)** une flexion du bras. **b)** une extension du bras.
5. Le triceps permet... **a)** une flexion du bras. **b)** une extension du bras.

TOTAL : ____ /5

Leçon
7

Les circuits électriques

Conseils Parents

Si l'enfant veut faire des expériences, il peut utiliser des piles.
Attention aux risques d'électrocution !
Il ne doit jamais utiliser le courant de l'installation électrique de la maison (prises, ampoules...).

Retiens l'essentiel !

Le courant électrique

▸ Certains matériaux sont conducteurs d'électricité. Le **courant électrique** des prises de courant est **dangereux**, car sa tension est élevée. En revanche, celui d'une pile ne présente pas de danger.

▸ Il ne faut jamais toucher des fils électriques dénudés ou démonter des appareils électriques branchés. Il y a un **risque d'électrocution**.

Un circuit éléctrique

▸ Un circuit **électrique** est constitué d'une pile, d'une ampoule, d'un interrupteur et de fils de cuivre.

L'interrupteur est ouvert, l'ampoule est éteinte : le courant ne passe pas.

L'interrupteur est fermé, l'ampoule est allumée : le courant passe.

▸ Pour que le courant passe et que l'ampoule s'allume, tous les éléments du circuit doivent être **conducteurs**. Si un des éléments est **isolant**, le circuit est interrompu, le courant ne passe pas l'ampoule est éteinte.
Ex. : L'aluminium est conducteur (❶), le plastique est isolant (❷), l'eau est un conducteur électrique (❸). C'est pourquoi il y a danger de mort à toucher un appareil électrique avec les mains mouillées.

Repère bien le pôle + et le pôle -.

❶

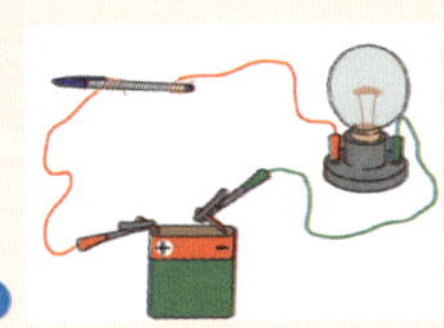
❷

❸

Regarde comment on fait !

Comprendre comment associer des piles dans un appareil

Expérience : On associe deux piles à un appareil électrique (une lampe) en plaçant les piles différemment.

❶

❷

Que se passe-t-il ? Observe bien le sens des pôles + et –.
La lampe ne s'allume que si le pôle + d'une pile est relié au pôle – de l'autre.

Conclusion : Quand on associe plusieurs piles dans un appareil, la borne + de l'une doit être reliée à la borne – de la suivante.

Entraîne-toi !

Corrigés → Guide Parents p. 26

1 ★ **Complète les phrases avec les mots et les signes suivants : fermé, conducteur, + et –.**

a) Quand on associe plusieurs piles, la borne .... de l'une doit être reliée à la borne .... de la suivante.

b) Pour que le courant passe dans un circuit électrique, il faut que l'interrupteur soit ....

c) L'eau est un .... électrique.

2 ★★ **Observe chacun des circuits. Indique si l'élément indiqué est conducteur ou isolant.**

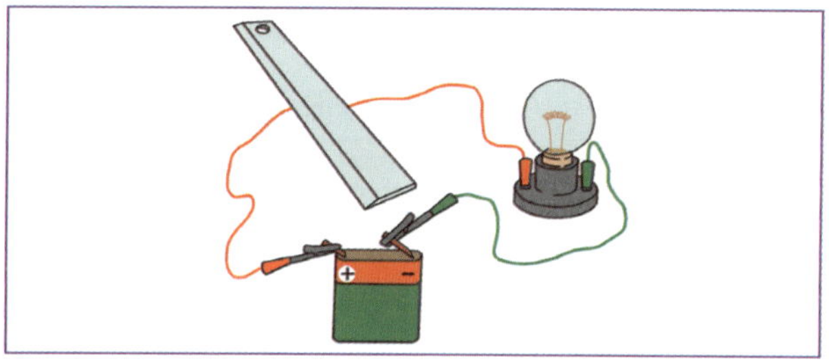

a) La règle en plastique est ....

b) Le clou en fer est ....

3 ★★★ **Observe attentivement chaque circuit, puis réponds aux questions ci-dessous.**

1)

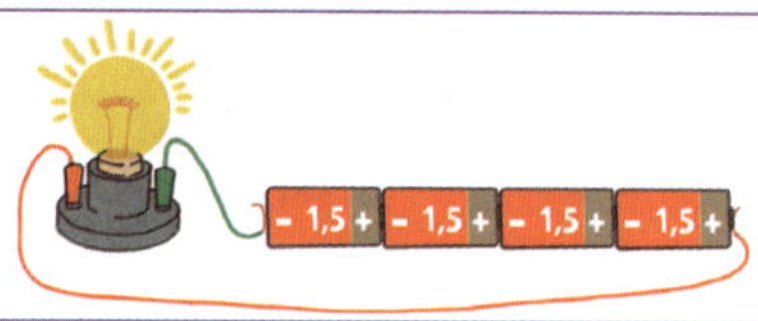

2)

a) Dans quel cas la lampe éclaire plus fort : **1)** ou **2)** ? ....

b) Quel est le nombre de volts du montage **1)** ? Écris l'opération. ....

....

c) Quelle est la tension (le nombre de volts) la plus forte : le montage **1)** ou le montage **2)** ?

....

Fais le bilan

Parmi les propositions suivantes, entoure la bonne réponse.

1. Dans un circuit électrique, le courant passe si l'interrupteur est... **a)** ouvert. **b)** fermé.
2. Dans un circuit électrique, le courant passe si tous les éléments sont... **a)** conducteurs. **b)** isolants.
3. Le fer est un matériau... **a)** conducteur. **b)** isolant.
4. L'eau du robinet est une substance... **a)** conductrice. **b)** isolante.
5. Quand on associe plusieurs piles, il faut relier le pôle – de l'une au pôle... **a)** – de l'autre. **b)** + de l'autre.

TOTAL : ____ /5

Sciences

Leçon 8

Le fonctionnement des objets

Conseils Parents

Le vélo est un objet que l'enfant connaît bien et qu'il utilise régulièrement. L'étude de son fonctionnement permet de comprendre le principe des différents systèmes mécaniques et électriques (pour l'éclairage).

Retiens l'essentiel !

Un appareil a besoin d'énergie

- Un objet ou un appareil a besoin d'**énergie** pour fonctionner.
- Certains objets fonctionnent avec l'**énergie musculaire**. C'est-à-dire que tu dois actionner tes muscles (bouger) pour les faire fonctionner.
  Ex. : le taille-crayon, la trottinette, l'essoreuse à salade, l'ouvre-boîte...
  Ce sont des objets **mécaniques**.
- Certains objets fonctionnent avec l'**énergie électrique**.
  Ex. : la lampe de poche, le grille-pain, le téléphone, la calculatrice, l'ordinateur...
  Ce sont des objets **électriques**.

Regarde comment on fait !

Connaître les différentes fonctions du vélo

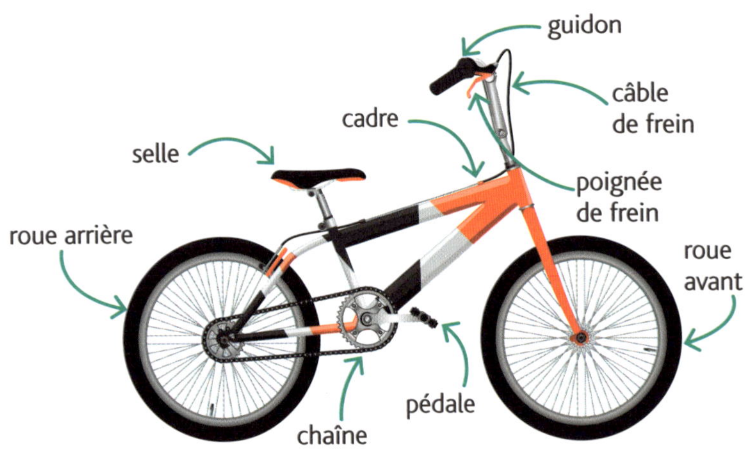

1 Mettre en mouvement
Avec tes **jambes**, tu appuies sur les pédales. Elles entraînent la chaîne. La chaîne fait tourner la roue arrière qui fait avancer le vélo.

2 Diriger
Avec tes **bras**, tu fais tourner le guidon. Il oriente la roue avant. Il te permet d'aller tout droit, à droite ou à gauche.

Le vélo peut avoir un phare pour éclairer la route la nuit. Il fonctionne à l'**énergie électrique**, il est relié à une pile.

3 Ralentir ou s'arrêter
Avec tes **mains**, tu peux appuyer sur les poignées de freins. Les poignées sont reliées à un câble qui serre un patin sur les roues, ce qui les empêche de tourner. Ainsi, tu peux ralentir. Les frottements augmentent, ce qui ralentit la rotation des roues.

Entraîne-toi !

Corrigés → Guide Parents p. 26

1 ★ **Entoure en bleu les appareils qui fonctionnent à l'électricité. Entoure en rouge ceux qui fonctionnent à l'énergie musculaire.**

a) Un ouvre-boîte 

b) Un taille-crayon 

c) Un ordinateur 

d) Un téléphone 

e) Une trottinette 

f) Un grille-pain 

2 ★★ **Légende ce vélo avec les mots suivants :**

selle | pédale | guidon | roue arrière | roue avant

c) ....

b) ....

a) ....

e) ....

d) ....

3 ★★★ **Sur cette photo, entoure les parties du corps qui te servent à faire avancer le vélo.**

Fais le bilan

Parmi les propositions suivantes, coche la bonne réponse.

a) La trottinette fonctionne à l'énergie .... ☐ électrique. ☐ musculaire.

b) L'ordinateur fonctionne à l'énergie .... ☐ électrique. ☐ musculaire.

c) Le vélo fonctionne avec l'énergie .... ☐ électrique. ☐ musculaire.

d) Les pédales du vélo ont pour fonction de .... ☐ le diriger. ☐ le mettre en mouvement.

e) Le guidon du vélo a pour fonction de .... ☐ le ralentir. ☐ le diriger.

TOTAL : ____ /5

Anglais

Leçon 1

Saluer et se présenter – Le corps

To say hello and introduce yourself – The body

Conseils Parents

- Pour apprendre aisément les parties du corps, vous pouvez vous amuser avec l'enfant en lui demandant en anglais de vous montrer ses yeux, sa bouche…
Show me your eyes.
(Montre-moi tes yeux.)
Touch your mouth.
(Touche ta bouche.)

- Apprenez-lui l'expression « Mon œil ! » : My foot!

Écoute et répète ! ▸ Piste 1

Retiens comment on dit !

Saluer quelqu'un

▸ En fonction du moment de la journée, on dit :
– **le matin** : Good morning! (Bonjour !)
– **l'après-midi** : Good afternoon! (Bonjour !)
– **le soir** : Good evening! (Bonsoir !)
ou Good night! (Bonne nuit !)

▸ Pour dire « au revoir », on dit Goodbye!

Se présenter : je m'appelle…

▸ Comment t'appelles-tu ? What's your name?

▸ Je m'appelle Sam. My name's Sam.

⚠ En anglais **à l'écrit**, on utilise is ou am.
À l'oral, is devient 's et am devient 'm.

Désigner les parties du corps

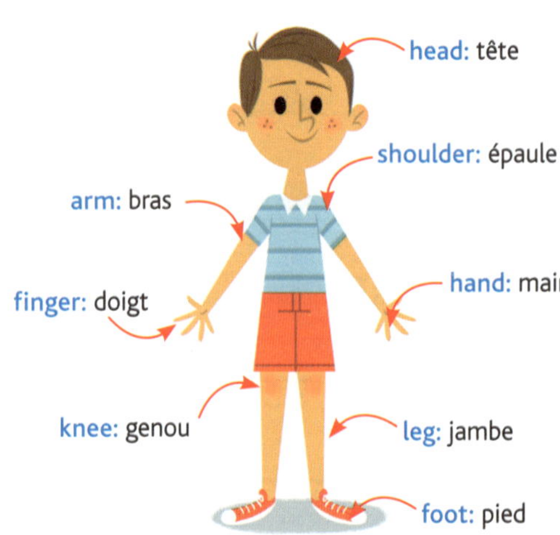

Entraîne-toi !

Corrigés → Guide Parents p. 26

1 ★ **Écris au bon endroit le mot correspondant :** leg, finger, head, hand, foot, knee.

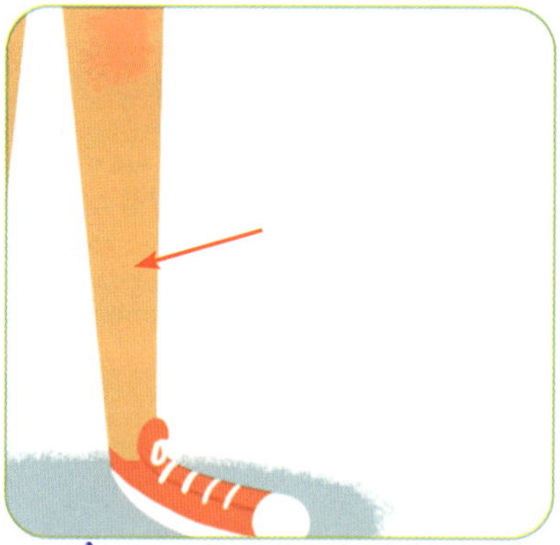

a) leg

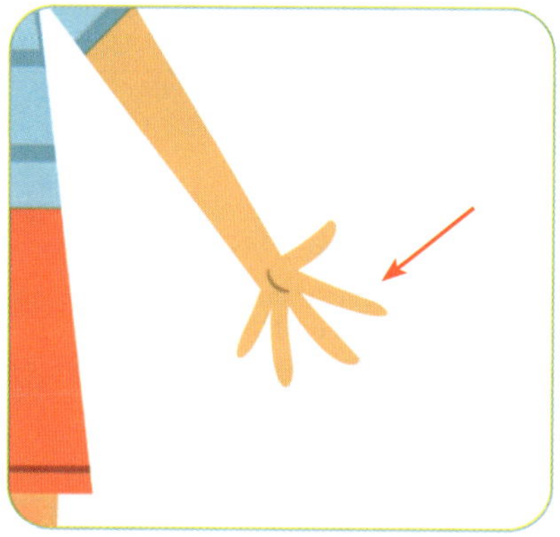

b) finger

c) foot

d) head

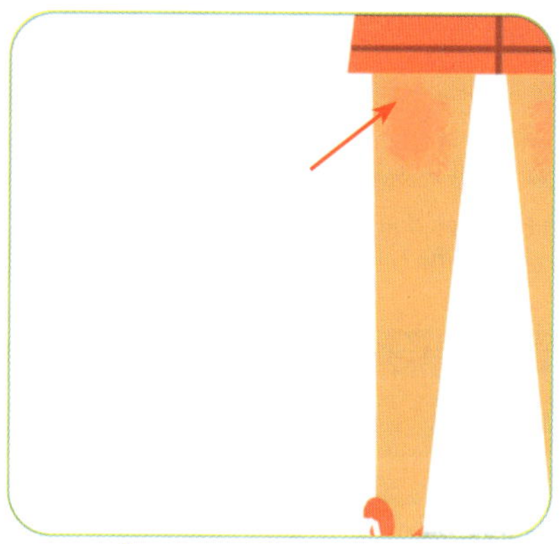

e) knee

f) hand

2 ★★ **Présente-toi.**

What is your name?

My name is Iris

3 ★★ **En anglais, « bonjour » ne se dit pas de la même façon le matin ou le soir. Complète avec les mots :** Good morning, Good afternoon, Good evening.

– le matin : Good morning

– l'après-midi : Good afternoon

– le soir : Good evening

Fais le bilan

Coche la bonne réponse.

	Vrai	Faux
a) Pour dire « bonjour ! », je peux utiliser plusieurs formules.	☒	☒
b) Good night et Goodbye veulent dire la même chose.	☒	☒
c) « Bras » se dit arm.	☒	☐
d) « Pied » se dit head.	☐	☒
e) Pour dire « jouons ! », on dit Let's play!	☒	☐

TOTAL : 3 /5

Leçon 2

La maison
The house

Conseils Parents

- Pour souhaiter la bienvenue à une personne après une longue absence, vous pouvez lui dire : Welcome home!
- Jouez avec l'enfant pour lui faire dire où il est ; demandez-lui : Where are you?

Écoute et répète ! ▸ Piste 2

Retiens comment on dit !

Nommer les pièces de la maison (rooms)

- le salon : the living room
- la cuisine : the kitchen
- la chambre : the bedroom
- le garage : the garage
- la salle à manger : the dining room
- la salle de bains : the bathroom
- le jardin : the garden

Demander à une personne à quel endroit elle se trouve

- Où es-tu ? Je suis dans la cuisine. Where are you? I'm in the kitchen.
- Où est-il ? Il est dans sa chambre. Where is he? He's in his bedroom.
- Où est-elle ? Elle est dans le salon. Where is she? She's in the living room.

Corrigés → Guide Parents p. 26

Entraîne-toi !

1 ★ **Chaque dessin représente une pièce de la maison. Écris sous chaque dessin la bonne expression : the bedroom, the bathroom, the garage, the kitchen.**

a) ....

b) ....

c) ....

d) ....

2 ★★ **Observe bien chaque dessin de l'exercice 1, puis réponds aux questions.**

a) Where is Alex? Alex is in the ....

b) Where is Mum? Mum is in the ....

c) Where is Mike? Mike is in the ....

Alex

Mike

Fais le bilan

Entoure la bonne réponse.

1. « La salle de bains » se dit : a) the bathroom. b) the bedroom.
2. Pour demander « Où est… ? », on dit : a) Where is…? b) What is…?
3. Pour dire « Bienvenue à la maison ! », on dit : a) Welcome home! b) Welcome house!
4. « Le salon » s'écrit : a) the living room. b) the livingroom.
5. « La chambre » s'écrit : a) the bed room. b) the bedroom.

TOTAL : ____ /5

Leçon 3

Le visage – Les nombres
The face – Numbers

Conseils Parents

Jouez avec l'enfant et montrez-lui les parties de votre visage qu'il doit savoir nommer.

Écoute et répète ! ▸ Piste 3

Retiens comment on dit !

Désigner les parties du visage

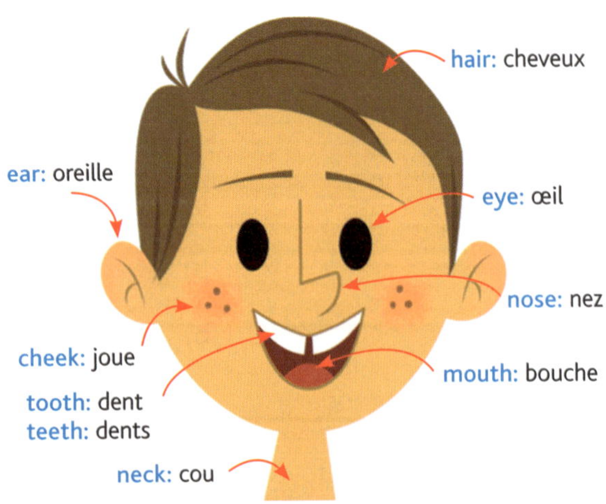

Connaître les nombres

1 → one
2 → two
3 → three
4 → four
5 → five
6 → six
7 → seven
8 → eight
9 → nine
10 → ten
11 → eleven
12 → twelve
13 → thirteen
14 → fourteen
15 → fifteen
16 → sixteen
17 → seventeen
18 → eighteen
19 → nineteen
20 → twenty

Entraîne-toi !

Corrigés → Guide Parents p. 26

1 ★ **Désigne les parties du visage de Vicky. Complète avec les bonnes expressions :**
nose, **eye**, **ear**, **mouth**, **hair**, **teeth**.

2 ★★ **Relie les chiffres et leur écriture en anglais.**

ten •	• 8	9 •	• twelve
eight •	• 10	17 •	• nine
eleven •	• 14	12 •	• fifteen
seven •	• 7	15 •	• nineteen
fourteen •	• 11	19 •	• seventeen

Fais le bilan

Coche la case Vrai ou Faux.

	Vrai	Faux
a) « Nez » se dit nose.	☐	☐
b) « Une dent » se dit one teeth.	☐	☐
c) « Bouche » se dit mouth.	☐	☐
d) Eleven et twelve signifient : onze et douze.	☐	☐
e) Pour dire dix-sept, je dis ten-seven.	☐	☐

TOTAL : ____ /5

La semaine – Le sport et la musique

The week – Sports and music

Conseils Parents

- Questionnez l'enfant : Quelle est ton activité préférée ? Mon activité préférée est le tennis.
  What is your favourite activity? My favourite activity is tennis.
- Apprenez à l'enfant l'expression « ne va pas plus vite que la musique ! » :
  Hold your horses!

Écoute et répète ! ▸ Piste 4

Retiens comment on dit !

Nommer les jours de la semaine

▸ **Un jour** se dit a day et **une semaine** se dit a week.

▸ En anglais, chaque jour de la semaine se termine par day :

lundi : Monday mardi : Tuesday mercredi : Wednesday
jeudi : Thursday vendredi : Friday samedi : Saturday
dimanche : Sunday le week-end : the weekend

Nommer les activités sportives et musicales

▸ Beaucoup de sports **se prononcent** de la même manière en anglais et en français : football, basketball, tennis, dance...
La natation : swimming.
Faire du sport : to exercise / to work out.

▸ De nombreux instruments de musique se prononcent aussi comme en anglais (piano, guitar).
La musique s'écrit music. La batterie se dit drums.
Jouer de la musique : to play music.

Attention ! Certains mots en anglais et en français se prononcent de la même façon, mais n'ont pas la même orthographe.
Ex. : jouer de la guitare / to play the guitar.

Entraîne-toi !

Corrigés → Guide Parents p. 26

1 ★ **Écris sous chaque jour de la semaine le mot qui convient :**
Monday, Tuesday, Wednesday, Thursday, Friday, Saturday, Sunday.

lundi	mardi	mercredi	jeudi
....	....	....	....

vendredi	samedi	dimanche
....	....	....

2 ★ **Réponds aux questions suivantes.**

a) Quel est ton sport préféré ? My favourite sport is ....

b) Quel est ton instrument préféré ? My favourite instrument is ....

3 ★★ **Relie les activités sportives et musicales aux bonnes expressions.**

a) •

b) •

c) •

d) •

• To play the guitar

• To go to the swimming pool

• To dance

• To play drums

Fais le bilan

Parmi les propositions suivantes, entoure la bonne réponse.

1. « Jouer du piano » se dit : **a)** to play the piano. **b)** to play drums.
2. « Mardi » se dit : **a)** Thursday. **b)** Tuesday.
3. « Week-end » se prononce de la même manière en anglais et en français. **a)** Oui. **b)** Non.
4. To play music veut dire : **a)** jouer de la musique. **b)** écouter de la musique.
5. Sunday veut dire : **a)** lundi. **b)** dimanche.

TOTAL : ____ /5

Leçon 5

Les aliments – Les couleurs

Food – Colours

Conseils Parents

Faites découvrir à l'enfant les expressions pour dire :
- Bon appétit ! Enjoy your meal!
- J'ai une faim de loup ! I could eat a horse!

Écoute et répète ! ▸ Piste 5

Retiens comment on dit !

Nommer les aliments

- les fruits : fruit
- le lait : milk
- une banane : a banana
- une tomate : a tomato
- des pommes de terre : potatoes
- les légumes : vegetables
- la viande : meat
- une pomme : an apple
- des tomates : tomatoes
- le pain : bread
- les œufs : eggs
- l'eau : water
- des frites : chips
- une pomme de terre : a potato
- le fromage : cheese
- une orange : an orange
- la salade : lettuce
- des chips : crisps

Nommer les repas

- le petit déjeuner : breakfast
- le déjeuner : lunch
- le dîner : dinner

Exprimer ses goûts

En anglais, pour exprimer ses goûts, on dit I like (j'aime) ou I don't like (je n'aime pas).
- I like eggs. J'aime les œufs.
- I don't like milk. Je n'aime pas le lait.

Dire les couleurs

- bleu : blue
- noir : black
- gris : grey
- rouge : red
- blanc : white
- marron : brown
- jaune : yellow
- violet : purple
- rose : pink
- vert : green
- orange : orange

Entraîne-toi !

Corrigés → Guide Parents p. 27

1 ★ **Chaque dessin représente un aliment. Écris leur nom sous chaque dessin :**
milk, **vegetables**, **fruit**, **bread**, **meat**, **cheese**.

a) ....

b) ....

c) ....

d) ....

e) ....

f) ....

2 ★★ **Donne pour chaque aliment son nom et sa couleur en anglais.**

a)  : a .... is ....

b)  : .... is ....

c)  : an .... is .... and ....

d)  : .... is ....

e)  : an .... is ....

Fais le bilan

Coche la case Vrai ou Faux.

	Vrai	Faux
a) I like vegetables signifie « J'aime les légumes ».	☐	☐
b) I don't like bread signifie « Je n'aime pas le pain ».	☐	☐
c) En anglais, « violet » se dit violet.	☐	☐
d) black signifie « rouge ».	☐	☐
e) The milk is white.	☐	☐

TOTAL : ____ /5

Leçon 6

Les sentiments et les émotions

Feelings and emotions

Conseils Parents

- Pour demander des nouvelles à quelqu'un, on dit :
Comment vas-tu aujourd'hui ?
How are you today?
Je vais bien, merci !
I'm fine, thank you!

- Avoir le moral dans les chaussettes.
I'm feeling down. / I'm down in the dumps.

Écoute et répète ! ▶ Piste 6

Retiens comment on dit !

Donner son humeur

- Je vais bien. I'm fine ou I'm great.
- Je vais moyennement bien. I'm not very well.
- Je suis triste. I'm sad.
- Je suis malade. I'm ill.
- J'ai froid. I'm cold.
- Je suis… I am…
- Je suis fatigué(e). I'm tired.
- J'ai soif. I'm thirsty.
- J'ai chaud. I'm hot.
- Je me sens… I feel…
- Je suis en colère. I'm angry.
- J'ai faim. I'm hungry.
- Je me sens fatigué. I feel tired.

Demander l'humeur

- Comment vas-tu ? Je suis fatigué(e). How are you? I'm tired.
- Comment va-t-il ? Il est fatigué. How is he? He's tired.
- Comment va-t-elle ? Elle est fatiguée. How is she? She's tired.

Entraîne-toi !

Corrigés → Guide Parents p. 27

1 ★ **Écris sous chaque dessin l'humeur de chaque enfant : tired, cold, sad, ill, angry, happy.**

a) He is ....

b) She is ....

c) He is ....

d) She is ....

e) He is ....

f) She is ....

2 ★★ **Complète les bulles.**

Fais le bilan

Coche la case Vrai ou Faux.

	Vrai	Faux
a) « Avoir soif » se dit I'm tired.	☐	☐
b) How are you? signifie « Comment t'appelles-tu ? ».	☐	☐
c) Sad et tired veulent dire la même chose.	☐	☐
d) À la question How are you? il faut répondre I like...	☐	☐
e) I feel happy est la même chose que I'm happy.	☐	☐

TOTAL : ____ /5

Notes :

Crédits photographiques

Intérieur : p.123 : enluminure du XVIIIe siècle © AKG images, forces gauloises © Photo Pro Guérin, Epernay et archives, Cour des Lions © AKG images/Gérard Degeorge, statuette féminine de Willendorf © Magnum photos ; p.124 : bison de la grotte d'Altamira © AKG images ; p.125 : reproduction de la frise des Petits Chevaux, grotte de Lascaux II © N. Aujoulat/CNP/MCC, habitation au temps de la préhistoire © AKG Images/ Erich Lessing, biface en silex, Somme, Abbeville Saint-Acheul, musée de Saint-Germain-en-Laye © RMN, illustration du feu © Larsen, menhir © AKG Images/Bildarchiv Steffens, outils préhistoriques © AKG Images/ Erich Lessing ; p.127 : moissonneuse © G. Dagli-Orti, théâtre et arène d'Arles © Photos aériennes Bernard Beaujard, torque © AKG Images/CDA/Guillemot, sandale gauloise © RMN/J. G. Berizzi, pont du Gard © AKG Images/Catherine Bibollet ; p.128 : enluminure du XVe siècle © Photothèque-Hachette Livre ; p.123 : château fort de Cautremont, enluminure de l'Armonial d'Auvergne par Guillaume Revel, vers 1450 © Hachette Livre ; p.130 : gravure d'une imprimerie du XVIe siècle © Photothèque-Hachette Livre ; p.131 : Léonard de Vinci et le parachute © Photothèque-Hachette Livre ; p.132 : Jean Desmarteau/Keystone France Gamma-Rapho ; p.133 : a) AKG/North Wind Picture Archives, b) Photothèque-Hachette Livre, c) Photothèque-Hachette Livre, d) Photothèque-Hachette Livre ; p.134 : Écomusée de la communauté urbaine Le Creusot Montceau-Les-Mînes/D. Busseuil ; p.129 : AKG Images ; p.137 : l'ouverture du premier hypermarché en France © Keystone France/Gamma-Rapho

www.shutterstock.com : p. 62, 76, 77, 81, 89, 91, 93, 104, 105, 106, 107, 111, 118, 138, 144, 145, 146, 147, 152, 153, 154, 155, 158, 159, 160, 161, 162, 163, 164, 165, 166, 167, 172

Illustrations de l'intérieur :
Élise Bonhomme (Patrick Leleux PAO) : p. 87, 90, 91, 92, 105, 106, 107, 111, 122, 160, 162, 163, 170, 171
Bernard Sullerot : p.168-169
Claire Wortemann : p.139, 141 et les illustrations des leçons d'anglais (p.176-187)
Frise : Dominique Fages
Cartographie : Patrick Leleux PAO
Dessins de la mascotte : Pauline Casters

Livret :
Rédacteur des corrigés de maths : Philippe Razet
www.shutterstock.com : p.3, p.5

Illustrations de couverture : Julien Flamand

Mise en page : Patrick Leleux PAO / Soft Office / PCA

PAPIER À BASE DE FIBRES CERTIFIÉES
hachette s'engage pour l'environnement en réduisant l'empreinte carbone de ses livres. Celle de cet exemplaire est de : 1,1 kg éq. CO_2
Rendez-vous sur www.hachette-durable.fr

Achevé d'imprimer en avril 2021 en Espagne par Macrolibros
Dépôt légal : Mai 2021 - Édition 01
18/7211/4

Tables de multiplication

1 x 1 = 1	2 x 1 = 2	3 x 1 = 3	4 x 1 = 4	5 x 1 = 5
1 x 2 = 2	2 x 2 = 4	3 x 2 = 6	4 x 2 = 8	5 x 2 = 10
1 x 3 = 3	2 x 3 = 6	3 x 3 = 9	4 x 3 = 12	5 x 3 = 15
1 x 4 = 4	2 x 4 = 8	3 x 4 = 12	4 x 4 = 16	5 x 4 = 20
1 x 5 = 5	2 x 5 = 10	3 x 5 = 15	4 x 5 = 20	5 x 5 = 25
1 x 6 = 6	2 x 6 = 12	3 x 6 = 18	4 x 6 = 24	5 x 6 = 30
1 x 7 = 7	2 x 7 = 14	3 x 7 = 21	4 x 7 = 28	5 x 7 = 35
1 x 8 = 8	2 x 8 = 16	3 x 8 = 24	4 x 8 = 32	5 x 8 = 40
1 x 9 = 9	2 x 9 = 18	3 x 9 = 27	4 x 9 = 36	5 x 9 = 45
1 x 10 = 10	2 x 10 = 20	3 x 10 = 30	4 x 10 = 40	5 x 10 = 50
6 x 1 = 6	7 x 1 = 7	8 x 1 = 8	9 x 1 = 9	10 x 1 = 10
6 x 2 = 12	7 x 2 = 14	8 x 2 = 16	9 x 2 = 18	10 x 2 = 20
6 x 3 = 18	7 x 3 = 21	8 x 3 = 24	9 x 3 = 27	10 x 3 = 30
6 x 4 = 24	7 x 4 = 28	8 x 4 = 32	9 x 4 = 36	10 x 4 = 40
6 x 5 = 30	7 x 5 = 35	8 x 5 = 40	9 x 5 = 45	10 x 5 = 50
6 x 6 = 36	7 x 6 = 42	8 x 6 = 48	9 x 6 = 54	10 x 6 = 60
6 x 7 = 42	7 x 7 = 49	8 x 7 = 56	9 x 7 = 63	10 x 7 = 70
6 x 8 = 48	7 x 8 = 56	8 x 8 = 64	9 x 8 = 72	10 x 8 = 80
6 x 9 = 54	7 x 9 = 63	8 x 9 = 72	9 x 9 = 81	10 x 9 = 90
6 x 10 = 60	7 x 10 = 70	8 x 10 = 80	9 x 10 = 90	10 x 10 = 100

Les chiffres romains

Nombre	Écriture en chiffres romains	Nombre	Écriture en chiffres romains
1	I	11	XI car 11 = 10 + 1
2	II car 2 = 1 + 1 (I I) en positif, le I vient se placer à droite du I	12	XII car 12 = 10 + 2
3	III car 3 = 1 + 1 + 1	13	XIII car 13 = 10 + 3
4	IV car 4 = 5 – 1 (I V) en négatif, le I vient se placer à gauche du V	14	XIV car 14 = 10 + 4
5	V	15	XV car 15 = 10 + 5
6	VI car 6 = 5 + 1	16	XVI car 16 = 10 + 6
7	VII car 7 = 5 + 2	17	XVII car 17 = 10 + 7
8	VIII car 8 = 5 + 3	18	XVIII car 18 = 10 + 8
9	IX car 9 = 10 – 1 (I X)	19	XIX car 19 = 10 + 9
10	X	20	XX car 20 = 10 + 10

Conjugaisons

Infinitif	Présent	Futur simple	Imparfait	Passé composé
Être	je suis tu es il, elle est nous sommes vous êtes ils, elles sont	je serai tu seras il, elle sera nous serons vous serez ils, elles seront	j'étais tu étais il, elle était nous étions vous étiez ils, elles étaient	j'ai été tu as été il, elle a été nous avons été vous avez été ils, elles ont été
Avoir	j'ai tu as il, elle a nous avons vous avez ils, elles ont	j'aurai tu auras il, elle aura nous aurons vous aurez ils, elles auront	j'avais tu avais il, elle avait nous avions vous aviez ils, elles avaient	j'ai eu tu as eu il, elle a eu nous avons eu vous avez eu ils, elles ont eu
Chanter (1er groupe)	je chante tu chantes il, elle chante nous chantons vous chantez ils, elles chantent	je chanterai tu chanteras il, elle chantera nous chanterons vous chanterez ils, elles chanteront	je chantais tu chantais il, elle chantait nous chantions vous chantiez ils, elles chantaient	j'ai chanté tu as chanté il, elle a chanté nous avons chanté vous avez chanté ils, elles ont chanté
Finir (2e groupe)	je finis tu finis il, elle finit nous finissons vous finissez ils, elles finissent	je finirai tu finiras il, elle finira nous finirons vous finirez ils, elles finiront	je finissais tu finissais il, elle finissait nous finissions vous finissiez ils, elles finissaient	j'ai fini tu as fini il, elle a fini nous avons fini vous avez fini ils, elles ont fini
Aller	je vais tu vas il, elle va nous allons vous allez ils, elles vont	j'irai tu iras il, elle ira nous irons vous irez ils, elles iront	j'allais tu allais il, elle allait nous allions vous alliez ils, elles allaient	je suis allé(e) tu es allé(e) il est allé, elle est allée nous sommes allé(e)s vous êtes allé(e)s ils sont allés, elles sont allées
Dire	je dis tu dis il, elle dit nous disons vous dites ils, elles disent	je dirai tu diras il, elle dira nous dirons vous direz ils, elles diront	je disais tu disais il, elle disait nous disions vous disiez ils, elles disaient	j'ai dit tu as dit il, elle a dit nous avons dit vous avez dit ils, elles ont dit
Faire	je fais tu fais il, elle fait nous faisons vous faites ils, elles font	je ferai tu feras il, elle fera nous ferons vous ferez ils, elles feront	je faisais tu faisais il, elle faisait nous faisions vous faisiez ils, elles faisaient	j'ai fait tu as fait il, elle a fait nous avons fait vous avez fait ils, elles ont fait